こんな所でくたばって
運動不足の将校どもに
年末ボーナスをくれてやる理由は一個もない。
いつも通り、敵を殺して帰還しよう。

──とある上官からの激励

HEAVY OBJECT
Countdown Kingdom

ヘヴィーオブジェクト
純白カウントダウン

和馬
KAMACHI

JN178665

序章

ぐんじんさんへ。

何でもしってるぐんじんさんへしつもんです。

サンタクロースってほんとにいるんでしょうか？

きんじょのジョンはいないって言います。そんなのお空をとんでいたられーだーっていうのに引っかかるんだって。ジョンはあたまがいいし、あいつのお父さんはぐんじんさんだからほんとのはなしかもしれません。

同じしせつのクラウディアはいるって言います。だけどサンタさんは一人しかいないし、今のじきはすっごくいそがしいから、ぼくたちみたいなおかねのないしせつにはきてくれないんだって泣いていました。

ぼくは、サンタクロースがいるのか知りたいです。

ほんとはカメラをしかけておきたいんだけど、おかねがないからそういうのはできません。

ぐんじんさんはサンタさんと知り合いですか？
れーだーっていうので見たことありますか？
もしもおはなしができるなら、こうつたえておいてください。
ぼくのことはいいから、クラウディアは泣かさないであげてほしいって。
おねがいします。

第一章　地獄氷サンタクロース　〉〉北極《ほっきょく》航路救出戦

1

『正統王国』。

その代表的な『安全国』である南ブリテン方面、中心都市ロンドン。

大きく蛇行する冬のテムズ川をまたぐように輸送ヘリが飛び回り、表の通りを八輪の装甲車が警戒しながらゆっくりと進む。

『安全国』らしからぬ厳戒態勢だが、反して歩道を行き交うカップル達は小さく笑い合いながら、時折軍人達へスマホのレンズを向けていた。

「サンタ撃墜作戦ってマジ？」

「激務のせいだな。あの爆乳、とうとう頭がおかしくなりやがった」

粒の大きな雪の降る夜の古都で、クウェンサーとヘイヴィアの馬鹿二人は一二〇ミリ砲のついた八輪の装甲車から降りると、白い息を吐きながらそんな風に呟《つぶや》いていた。

「何で機動戦闘車なんだよ。狭苦しくて仕方がねぇぜ」

「せっかく税金使って戦時広報するんだ、何事もカメラ映りが最優先ってヤツなんだろ。上になんかのってる方が格好良いじゃん、戦車みたいで」

嘆いたつもりなのに、隣ではガジェット馬鹿が何か言っている。

「あれ後ろにスクリューついてたろ。車自体が密閉されてるからさ、空気の力で浮き輪みたいにぷかぷか浮かぶ水陸両用なんだって。あのまま突っ込んで半分凍ったテムズ川でも渡るつもりなんじゃないか？」

「……控えめに言って無意味だぜ」

「すごいなヘイヴィア、お前まさかその歳《とし》で軍隊に意味なんかあるってまだ信じているのか？　向こうが武装しているからこっちも武装するしかないってだけの話じゃないか。人類は二〇〇〇年前からそんな感じでひたすら税金の無駄遣いを繰り返しているんだよ」

ニットやコートでもこもこ膨らんだ恋人達が羨ましくて仕方がない。吐く息も白い切り裂くような夜の任務では、肩を寄せ合う男女の手の中で湯気を立てるフライドポテトやローストチキンなんかは目の毒だ。

「とにかくとっととサンタの野郎を撃ち落として帰ろう」

「茶番だぜ。ようは二時間特番の脱出マジックじゃねえか」

サンタクロースが本当にいるかどうかは知らない。

だがこちらの手で『作る』事はできる。

寒波や前線の配置に拘《かか》わらず、天候兵器を使えば一〇〇%確実にホワイトクリスマスを演出できるように。

ようは、サンタクロースを撃ち落として広場で捕獲したという公式のニュースがあれば良いのだ。全国中継のテレビカメラや世界規模のネット放送と組み合わせ、大勢の人間の目に留まりサンタクロースは存在したという公的情報として受け入れられればベストだ。

それがどんなにくだらなそうに見えても、公式記録というものには一定の効力がある。

靴紐《くつひも》がひとりでにほどけるのはオカルトではなく物理法則で説明できる一般現象だが、それを『きちんと証明する』のにどれだけの歳月が必要だったか調べれば人は絶句するだろう。

装甲車やトラックの車列と随伴して歩くヘイヴィアは、通常のアサルトライフルの他に携行型の多目的ミサイルを肩に下げていた。

やる事自体は簡単で、まず夜の大都市上空を奇麗に隊列を組ませたドローン達に横切らせる。ヤツらの光点をテールランプの列みたいに輝かせてトナカイだのソリだのがあると見せかけてから、所定のポイントに到達次第市街地から地対空ミサイルを発射。後は『墜落現場』の公園に仕込んでおいたチリチリのサンタクロースを総員で確保すれば良い。

暇なマスコミは、数字さえ取れるなら何でも食いついてくる。

自分で番組制作費を出さなくても済むならお買い得と判断するはずだ。

つまり確保の瞬間をテレビカメラが突撃取材すれば、軍の狙い通りスクープ完了だ。筋骨隆々の兵士達は虫取り網を片手に北欧スカンジナビア半島の草木をかき分けて隅々まで探し回ってサンタクロースの真偽を確かめた訳ではないが、ひとまず今年のクリスマスは笑顔で過ごせるだろう。

今はもう昔と違う。

夜空をジグザグに走る謎の光点くらいなら、クリスマス特価九九・九ユーロのドローンがあれば再現できる時代になった。つまり、ＵＦＯもサンタのソリも作れる。雲に覆われたこんな雪の夜にわざわざ天体望遠鏡でも据えつけていない限り、地べたからパッと見たくらいでは正体がバレる心配もない。

問題なのは、

「ドローンって言うほど便利なもんでもねえだろ。整備不良だの不意打ちのビル風だので結構簡単に墜落するし、ここ最近は妨害電波だの赤外線だので制御不能になるってニュースも耳にするぜ。やっぱりネット通販のせいだ。無人のオモチャ落としただけで転売アイテムが好きなだけ手に入るし、頼んだ本人は商品が届かなかったら保険で埋め合わせできるんだしよ。ウィンウィンの関係ってヤツじゃん、そりゃ妨害技術だって発達するぜ」

「だから警察でもボランティアでもなく、軍の俺達にお鉢が回ってきたんだろ。サプライズパーティを計画していると必ず台無しにして笑おうとするクソ野郎っているじゃん、そういうの現場で見つけたら制圧しながら進めって事さ」

遊園地のパレードみたいな行列の一部になりながらも小声で答えるクウェンサーは、市販のスマートフォンやタブレット端末とはまた違う、軍用の携帯端末を掴《つか》んでいた。

『こちらE1、先行する軍曹達がテムズ川に飛び込んでいる』

「早速始めやがった。あの装甲車ども……」

『重さ二〇キロ以上の装備を抱えたまま、わざわざ雄叫《おたけ》びを上げて岸から寒中水泳だ。我々も馬鹿に従うべきか、指示を』

「水陸両用とか関係ないの⁉ 今水温何度だよ、リアルに死ぬヤツじゃん‼」

「さては近くにチアリーダーの集団とかいやがったな、格好つけやがって」

人為的にドローンを妨害したり墜落させる方法はいくつかあるが、クソ野郎だってエスパーではないので念じただけで、とはいかない。電波や赤外線は目に見えなくても、機材を通せば話は変わる。そして捕捉できれば、殺せる。

『歌って殺せる戦場アイドルレポーターのモニカですっ。間もなく「正統王国」軍の手によるサンタクロース撃墜作戦が始まる模様です。ここロンドン市内は各所で軍の手による交通封鎖が敷かれており……』

金と数字になれば何でも食いついてくるのか、テレビ局の連中が大真面目な顔してカメラと向かい合っていた。スタジオの方ではサンタいる派といない派で自称有識者の皆さんが激論を繰り広げているらしく、ちょくちょく中継を切り替えている。

ヘイヴィアは半ば呆《あき》れた調子で、

「役者だねえ」

「芸能関係にそれ言ってどうすんだよ。……てかあいつ幼馴染《おさななじ》みのモニカじゃん、絶対触りたくない、とっとと所定の位置につこう」

クウェンサー達はただ適当にロンドンの街を練り歩いているのではなく、ロンドン各所に兵員を配置する最中なのだ。簡単に言えば、街の周りをぐるっと回るバスに乗って、各々《おのおの》が決められた停留所に降りていくのをイメージしてもらえると分かりやすい。

「クリスマス記念金貨だって、ヘイヴィア」

「今日中に残らず捌《さば》かねえといけねえんだから道端のバイトも大変だ。あと何日かしたらニューイヤー金貨が大売出しされるだろうしな」

『正統王国』はやたらとこういうのが好きな勢力でもある。きっとお金の顔、肖像として刻まれたい王侯貴族がたくさんいるからだろうが。

ソーホー区画のショッピングストリート、ピカデリーサーカス近くでクウェンサーとヘイヴィアも頭に砲塔のっけた装甲車の車列から離れていく。

しゃんしゃんしゃんしゃんしゃん、という鈴の音があちこちのスピーカーから響いていた。

「……良《い》いのかなあ、勝手に使っちゃって。これおほほのクリスマスソングじゃなかったっけ、怒られない？」

「むしろテメェは何で年中無休で戦争やってる敵国の権利を守ろうとしてんの？？？」

スリングベルトでミサイルを提げたままヘイヴィアは雪の降る夜空を見上げて、

「きたきた、アレが例の『空飛ぶソリ』か？」

「いきなり落とす訳じゃないらしい。パフォーマンスのためにロンドン市内をぐるっと回るんだとさ」

雪の舞う夜空ではいくつかの光点が規則正しく並んでいた。

正体はカトンボみたいなマルチコプター型のドローンを八基ほど並べ、二×四の隊列を組んで飛ばしているだけだ。しかし地べたから見上げていると電飾しか分からないので、光の列のように映る訳だ。

「光の玉がジグザグ飛行したくらいじゃ誰も驚かねえ時代になっちまったんだなあ……」

「ドローンでもできるっていうのは、別に宇宙船の存在を否定する理由にはならないけどね」

そんな風に言い合いながら、馬鹿二人はガラスのウィンドウに彩《いろど》られた小さな店舗の群れではなく、裏通りを入った所にある金属製のハシゴへ向かう。

「ううっ、手袋してても普通に冷たい……っ」

「良《い》いから行けよモヤシ野郎。せっかくのクリスマスだぜ、何でこんな日に俺はテメェのケツを眺めなくちゃならねえんだ」

コンクリートというよりは石造りの方が近い。

小洒落《こじゃれ》た雑居ビルの屋上まで上がると、身を低くしたままクウェンサーとヘイヴィアは雪の積もる屋根を歩いて細かい位置取りを決める。

ヘイヴィアは長い筒を肩で担《かつ》ぎ直《なお》すと、横についている照準器を覗《のぞ》き込《こ》みながら、

「こんなもんか？」

「電源まだ入れるなよ。仕様書見たけど三分しか保たないって話だぞ」

携行ミサイルとは、言ってしまえば消火器のようなものだ。いざという時のためで、しかも使い捨てが前提。これがあればある程度の『勝算』はできるが、だからと言って全ての戦車や戦闘機を爆破できるとは限らない。基本的に重たい仕事はきちんとしたプロに任せるべきである。

「寒《さみ》ィよ、何でこんなひもじい思いして雪ん中でひたすら待機しなくちゃならねえんだ。『島国』のオンセンとかねえのかよ、ほら、こう、健康に良《い》いというか毎日浸《つ》かっていると細胞が活性化されて寿命が三〇％くらい伸びるとかいうイモータノイドとかのさあ……」

「いもーた、アレ放射線出るんじゃなかったっけ？」

「長寿鉱石だぜ？　『貴族』の間で流行してんだから大丈夫だよ不老不死だよ。今じゃ健康ブームと投機の対象のダブルパンチでグラムあたりの値段は純金の二〇〇倍だってさ。お高いんなら間違いねえって」

有識者の皆様は健康的に寿命を延ばすためなら腹の中に小型の原子炉でもブチ込むつもりなのだろうか、とクウェンサーが呆《あき》れ半分に考えた時だった。

ばた、ばた、ばた、ばた!!　と太い音を立てて何かが頭上を横切っていった。

先ほどの、ソリを模したドローンではない。

もっとデカいし、高度も低い。

「軍の連中、ティルトローターまで飛ばしてやがる……」

「カメラ映り」

「横風一発でひっくり返ったりしなけりゃ良《い》いけどな」

ぶつくさ言っているヘイヴィアは、いったん発射筒を下ろすと無線に口を寄せて、

「B4よりHQ、ポイントへ到達。以降はカウントを待つ」

『了解B4。観覧車や議事堂の辺りでレーザー照射による妨害行為を確認。今の所は小規模だがやはり敵性はいる、不意打ちのアクシデントに注意せよ』

「……どこのクソ野郎だ、サッカーの大会でカラフルな発煙筒片手にフィールドへ乗り込むようなお祭り馬鹿は」

クウェンサーは適当に口の中で呟《つぶや》いただけだが、無線が声を拾ってしまったらしい。カタブツ委員長タイプの女性オペレーターが律儀《りちぎ》にこう答えてきた。

『妨害者を捕らえた別働隊の話では、高確率でリアリズムと呼ばれる市民団体らしい。そのままの世界を見せる事が子供の教育と世界への貢献になると本気で信じている連中だ。誰にでも嚙《か》みつくから誰からも嫌われているが、自分達にその自覚はないらしい』

「……言ってる事はご大層だが、ようは暗い夜道でコートを広げる変態と同じじゃねえか。しかも何をもって正しい世界かの判断は全部自分達で決めるときた。ボクちゃんは両足ぴーんと伸ばしてケツの穴を奥までいじらないとイケないから世界中の教科書に絶対そう書きますうーって真顔で語るような視野の狭すぎる連中に、サンタクロースのありなしなんか論じられてたまるかってんだ」

『まったく……。B4、正義のために憤《いきどお》るのは結構だが、その言葉は絶対子供達に聞かせるなよ……ジジッ……』

言っている傍《そば》から無線にノイズが走った。

それ自体は小さなものだが、クウェンサーの携帯端末が無音の警告を放ってくる。

「こっちにも出たぞ。全帯域で中身のない電波発信を確認、妨害電波だ！」

「二点で測ろうぜ。距離と方角！」

こうしている今も妨害電波は出ている。

今すぐ空飛ぶ光点の列が崩れて地べたに墜落するほどではないが、あまり時間はない。ソリの形を保たないとならないのだから、実際に空飛ぶＬＥＤの列が崩れてしまえばそれまでだ。

そして容疑者は眼下に広がるソーホー区画のショッピングストリート、その中心であるピカデリーサーカスにいるはずだが、このクリスマスシーズンだ。表は肩を寄せ合う恋人達や家族連れでごった返している。必ずしも表を歩いているとも限らない。路上駐車された車やお店の中にいる可能性もある。

「ええいっ」

ヘイヴィアは携行ミサイルを雪の上に放り出すと、自分の携帯端末を取り出して雑居ビルの屋上の端まで寄った。クウェンサーもできるだけ距離を取る。二つの携帯端末を使ってA点とB点から妨害電波の受信状況を確認すると……、

「一〇時方向七〇メートル」

「こっちは七時で八〇メートル。交差しているトコに立ってんのは……あいつか！」

電飾だらけのモミの木の下で、スマホをいじっている青年がいた。

一見すると時間を気にしながら恋人と待ち合わせをしているようだが、足元には耐水大きな紙袋があった。カワイイ彼女とショッピングに出かける前から大荷物を抱えているというのはどうもちぐはぐだ。特にラッピングしていないし、隠しておく素振りもない。プレゼントという感じもしなかった。

「あれが『機材』かな。リアリズムを発見」

クウェンサーは呟《つぶや》きつつも、

「見つけたけどどうすんの？　ハシゴ降りてこっそり接近？？？」

対してヘイヴィアはアサルトライフルの銃口にサプレッサーを取りつけた。

発明バカは思わず二度見して、

「……マジ？」

「サンタのソリ待ちで馬鹿が出るたびにいちいち地上まで行って帰ってを繰り返していたらちが明かねえ。こっちだってビルの屋上でカウントを待ってんだぜ、腰は据えておきてえんだ」

屋上の縁からやや遠ざかり、地上から覗《のぞ》かれないくらいの位置からヘイヴィアはアサルトライフルを構えると、無音のまま弾丸を放つ。

とはいえ、狙ったのは地上の青年ではない。

電飾だらけのモミの木に弾丸をぶち込むと、大量の雪が真下に落ちた。あんなものでも数十キロの重さがある。青年はそのまんま押し潰されたらしかった。

携帯端末に表示されていた警告が消える。

「Ｂ４、敵性の制圧完了。暇があったらパトロールを送って回収よろしく。雪の重みで機材が壊れたって事は、ありゃ肋骨《ろっこつ》くらい折れてるかもな」

『ＨＱよりＢ４、レコーダーに残るような条件でそういう事は言わないで欲しい。貴様の起こしたトラブルに私まで巻き込むな。だが良くやった』

幸い、夜空の光点が互いにぶつかり合って地上に落ちてくるような展開にはならなかった。ドローンの隊列は正常な挙動を保ったまま別の区画へ向かっていくのが分かる。

クウェンサーは白い息を吐いて、

「『トナカイのソリ』が一周回って戻ってくるまでこのまま待機か」

「シティやランベスの辺りで撃墜されてそれっきりなんて話にならねえ限りはな。……にしてもここ最近のドローンは速《は》ええな。あれ、そこらのバイクより速度出てねえか？」

飛行機と同じで、極端に離れていると距離や速度が分かりにくくなるものだ。八つの光点は雪の夜空を泳いでいるように見えるが、実際にはもうソーホー区画を離れているだろう。

コーヒーの一杯もなく雪の中で待機というのもそれはそれでしんどいものだ。特に真下が恋人だらけの夜の街となると。仕方がないので、クウェンサー達はバックライトが洩《も》れないよう覆いをした携帯端末で暇を潰す事に。

『ここトラファルガー広場では立入禁止の黄色い規制線の他に有刺鉄線コイルの車止めが多数敷設《ふせつ》されており、特に物々しい空気に包まれています。モニカこわーい。この広場には放送中継車顔負け、アンテナだらけの士官用装甲車が何台も確認されており、件《くだん》のサンタクロース撃墜作戦の現場指揮が行われているという推測も……』

しばらく経《た》ってからだった。

画面を覆うようにぺかぺか最優先のウィンドウが点灯したのを見て、クウェンサーは現実に帰ってきた。

「おっと……。ヘイヴィア、おいヘイヴィアってば。時間だよ、ミサイル構えろ！」

「うるせえ見て分かんねえのか今俺は超忙しい」

軍の機材を使って一体どんな動画サイトまで飛んでいったのか、イヤホン越しにもアンアンうるさい画面の前から動こうともしない悪友の後頭部を掌《てのひら》で引っ叩《ぱた》いて画面の向こうの異世界から連れ戻すと、

「悪い子は特別教導隊のお姉さんが地獄の訓練所に連れていっちゃうぞー？」

「やめろよ縁起でもねえっ‼　やるよ分かったよ‼」

ちなみに軍の特別教導隊は世のお母さんの強い味方でもある。こう言っておけば寝ない子もベッドに戻ってくれるのだとかで、つまりそれくらい恐れられた存在だ。サンタクロースとは対極過ぎる。

「ほらもうすぐカウント終わるぞ。とっととサンタを撃ち落として整備基地に帰ろう」

「……ちくしょう頭の上に雪が積もるまで待機してもポップすんのはヒゲのジジィだけかよ。次は森を走り回ってダークエルフでも捕まえるミッションとかやってこねえかな」

「あ、ヘイヴィアはコスプレものがいける派なのね」

ぶつくさ言いながらも、ヘイヴィアは発射筒を肩で担《かつ》ぐ。

こうなるとクウェンサーはやる事がない。

ロンドンのあちこちを観光してきたドローンの光点の列が、再びこちらへやってきた。

『HQより総員、カウント二〇。オンユアマーク』

「マジックショーの準備は終わったか？　コケたらテレビもネットもうるせえぞ」

鼻で笑いながら、ヘイヴィアは発射筒の電源を入れる。

装甲トラックを使った巡回の数を増やしたためか、それ以上の妨害は特になかった。

無線越しにカウントは進んでいき、そのままゼロに向かう。

『五、四、三、二、一、メリークリスマス‼』

ばしゅしゅっ‼　と。

夜空に向けたヘイヴィアの発射筒から対戦車にも対攻撃ヘリにも使える多目的ミサイルが飛び出した。とはいえ、飛んでいったミサイルよりも発射筒の真後ろから噴き出した猛烈な白煙の方が目立っていた気もするが。

ヘイヴィアの一発だけではなかった。

あるいは別の屋上から、地上の装甲車から、空飛ぶヘリやティルトローター機からも。夜のロンドンの各所からハリネズミのように飛び出した二〇〇発以上のミサイルが、一斉に夜空の一点目がけて集中していく。

とはいえ、実際に届く必要はない。

軍用とは言っても工業製品なので（極めて微細とされているが）誤作動のリスクは必ず生じる。こんな街中で大量の『本物』を放ったら、爆発せずに地上へ落ちたミサイルが不発弾化するのが怖い。よって、弾頭部分は無害な低温花火にすげ替えてあった。

まずは赤や緑のカラフルな光の輪が広がった。

ぱん、ババン!!　という低い轟音《ごうおん》は、落雷のように一歩遅れて地上を震わせる。

都合二〇〇。

雪の降る夜空が色とりどりの光で埋め尽くされていく。

「一丁あがりか？」

八つのドローンを落とす必要はない。

夜空で飛行機が飛んでいると分かるのは、専用の標識灯《ひょうしきとう》を点《つ》けているからだ。

逆に言えば、カウントの時刻に合わせてドローンの電飾の光を消してしまえば、見た目の上では『夜空から消える』事ができる。後はそのタイミングに合わせて道路の封鎖を解き、雪に覆われたトラファルガー広場へ民間のテレビやネット放送のクルーを雪崩《なだ》れ込《こ》ませれば良い。ラストは今まで地べたで白いシートの裏に隠れていた赤い衣装の老人が、たった今墜落してきましたという演技をしてくれる。地上で焚《た》いた無害なスモークの中から、ちょっとチリチリになって。脱出マジックの基本は、カウントが始まった時にはすでにそこにはいない、だ。

が、

「……何だこりゃ？」

そこで携帯端末に目をやっていたクウェンサーが変な声を出した。

ヘイヴィアは怪訝《けげん》な声で、

「何だどうした。こんなめでたい日に、ドローンとか低温花火とかが地上に落ちて怪我人《けがにん》出したとかじゃねえだろうな」

「違う、そうじゃない。地上のサンタクロース‼」

「ヒゲのジジィがどうしたんだよ」

「そうだよな、そこ普通に考えて白いヒゲのじいさんだよな？」

「？」

「なのに何で赤ビキニの金髪美人がM字開脚でお待ちかねしてるんだ……。どこでこんな配役ミスが起きた、これ子供の手紙から始まった作戦行動だって理解してんのかー⁉」

2

テレビカメラは見た‼

サンタクロースは本当にいたけど、そいつは紐《ひも》の解けた赤ビキニにずり落ちミニスカートの眩《まぶ》しい金髪巨乳のせくすぃーおねいさんだったのだッッッ‼‼‼

「……えー、そんな訳で多少の手違いによって全世界レベルで恥をさらした大失態のおかげで我々第三七機動整備大隊は左遷となった。喜べ、私達はあっちこっちから引っ張りだこで年末年始も仕事漬けだぞ。ニューイヤー休暇はなくなったので総員そのつもりで」

魚が死んだような目で語るのはフローレイティア＝カピストラーノ少佐であった。

ついうっかりで危うく純真な少年の性の扉を開けそうになった罪は重い。

夢は壊していないし、多分本人からは感謝もされているけどもだ!!

今現在、クウェンサー達は多数の輸送機に分乗していた。南部ブリテン方面から北部の支配地域をかい潜《くぐ》る格好で目指しているのは、オブジェクト無用の北欧禁猟区よりもさらに先。いわゆる北極《ほっきょく》である。

「フローレイティアさん荒れてるね」

「そりゃこの状況じゃ仕方ねえだろ」

馬鹿二人がぶつくさ言っているのも無理のない話であった。ドSの女王フローレイティアはじっくり腰を据えて話をしたいようだが、無骨な輸送機のカーゴスペースに椅子などない。代わりと言っては何だが、例の全ての元凶、魅惑のセクシーサンタが四つん這《ば》いで司令官のお尻を受け止めていた。

「は、はうう……。お、おじいさんがこの寒さで腰をやったって言うから、急遽機転《きゅうきょきてん》を利《き》かせただけなのにい……」

ふわふわ金髪に気の弱そうなメガネの女性。

年齢的には女子大生か、もう少し上くらいだろうか。

ミニスカートから飛び出しているのはおそらく下着ではなく水着なのだろうが、それにしたってこの丸み。禁断の果実という言葉がすんごく似合う。残念な事に目尻の涙がこれ以上ないくらい良く似合う美人さんであった。普段は三七のどこで働いているのだろう？

「エリーゼ、気合だ。お行儀を忘れるな」

バランスが崩れて椅子が斜めに傾《かし》いだところで、フローレイティアは空いた掌《てのひら》で軽くお尻をぺしりと叩《たた》いてから、

「会社の、ではなく軍で使われる方の『左遷』となる。つまり次の戦争は相当不利な条件から始まるので心して聞いておけ。……まずは北極《ほっきょく》を取り巻く情勢から説明しておくぞ」

適当に言いながら、フローレイティアは細長い煙管《キセル》を小さく振っていた。ひとまずアレがエリーゼ＝モンタナ嬢のお尻に落ちないだけ、銀の鬼、あともうちょっとだけ心に余力がおありのようだ。

「温暖化の影響で北極圏《ほっきょくけん》の氷が年々薄くなっているのはご存じの通りよ。昔と違って今では砕氷船を使えば強引に突き進む事もできるから、石油資源の採掘や新たな航路の策定などで四

大勢力が目を光らせているホットエリアでもある」

大型の貨物船は一日で数万ユーロもの燃料を使うので、最短距離を使えるならそれに越した事はない。そしてそもそも、『新たな道』はそのままオブジェクトの行き来できる自由を増やす事も意味する。

パナマ、ハワイ諸島、ジブラルタル、喜望峰。

交通の要衝を巡って世界中で絶えず戦争が続いているのと同じく、北極《ほっきょく》もまた『オブジェクトの時代』を制する上で価値あるスポットとして認識されつつあった。重要度が高いという事はそれだけ激しい戦闘が起きている訳で、つまり兵士の損耗率も跳ね上がる。

クウェンサー、ここは優等生になるべきか、わざと上官をイライラさせてミニスカサンタへの間接お仕置きを狙うべきか迷いながらも、

「具体的にはっちゃけているのは？」

「四大勢力どこも危ないが、直接的には『正統王国』軍と『情報同盟』軍よ」

フローレイティアは椅子の上で長い脚を組み直して、

「……ただ厄介な事に、ここ数日の猛烈な寒波のせいで北極《ほっきょく》全体の気温が下がっている。温暖化の影響で薄くなっていた氷の層が、本来の厚みを思い出したという訳よ。おかげで『正統王国』と『情報同盟』、双方の大船団は軒並み氷の中に閉じ込められた。砕氷船を使っても脱出不能。こうなると、ここから先は船を使った海戦のルールじゃない。分厚い氷の上を歩いて

固定の要塞砲に接近して爆破する、陸戦のルールで戦争する必要が出てきたって感じかな」

海のプロは海でしか戦えない。

通り一遍の訓練を受けているにせよ、本職の海兵隊や陸軍の動きはできない。

そのための追加の人員がクウェンサーやヘイヴィア達という事か。

「特筆すべき点を伝えておく」

スコンという硬い音と共に、細長い煙管《キセル》が振り下ろされた。

「ひっ⁉」

ふわふわ金髪から短い悲鳴があった。

とはいえ銀髪爆乳の美人は大変心がお優しい方なので、一応は椅子にされているメガネサンタさんのお尻の上に灰皿を置いてから、ではあったが。

びくびくと震えている椅子は、

「ひぃいー……。あ、あれ？　溜《た》めて溜《た》めてからのすかしのパターンですか？？？」

「なんかエリーゼ嬉《うれ》しそうに震えてるな」

目利《めき》きの人クウェンサーからの指摘はさておいて、だ。

「『正統王国』と『情報同盟』がそもそも直接対決に至った原因は、北極点《ほっきょくてん》近くの氷を無理矢理割りながら航行していたオーロラ観測船ジュリアスシーザーにある」

「……字面《じづら》の並びを見る限り、ウチの船っぽいですけど」

「ようは、世界の海を渡る事に全く興味のない、北極仕様《ほっきょくしよう》の豪華客船だよ。キャッチコピーは『世界最短の地球一周クルーズはいかがですか』。ま、北極圏《ほっきょくけん》をぐるっと回れば一応嘘《うそ》ではないな」

そもそもオーロラにあんまり興味のないクウェンサーには楽しみのない話だ。それよりサンタさんのおっぱいが見たい。

「表向きは年またぎのオーロラ観測ツアーに擬態しているが、どうも乗り合わせている乗客リストを見る限り、『正統王国』の大富豪が偏って集まっている。乗員数の割に船全体の高さもかなり下がっているな。相当重たい荷物を運んでいる最中らしい。ちなみに北欧から北極点《ほっきょくてん》を越えてそのまま進むとアラスカ辺りの空白地帯、ベーリング海の小島に辿《たど》り着《つ》くぞ。『国連の崩壊』のどさくさに紛れてそこらじゅうの空白地帯でこっそり開設されたアレだ、純金を預かる秘密銀行でお馴染《なじ》みのな」

正直に言えば、オーロラよりも興味ない。

秘密の金塊をよその銀行に移す話をしている割に、軍は咎《とが》めるどころか迅速な救出作戦を練ってきた。……どうにも官民の癒着でずぶずぶの香りがする。しかもきちんと罪を暴いて金塊を回収したって、どうせクウェンサー達のポケットには入ってこない。国が没収して公共の財産扱いでハイおしまいだ。

フローレイティアも退屈そうな調子で組んだ脚の先をぶらぶら揺らしながら、

「こいつが何かしらの理由で北極海《ほっきょくかい》に閉じ込められた。温暖化の影響で氷が薄くなったとはいえ砕氷には莫大《ばくだい》なパワーが必要になる、私は腹の中に大量の金塊を詰め込み過ぎてディーゼルエンジンが焦げたと睨《にら》んでいるがね。そんな訳で、とっとと自分の金を取り戻したい『正統王国』と、棚ボタで金塊の情報を得た『情報同盟』とで戦争が始まったのよ。表向きは『不慮の事故で身動きが取れなくなった民間人を助け出す、無償の英雄的奉仕活動を妨害する金に目が眩《くら》んだ敵軍を排除するため』としてな」

それを耳にして、ヘイヴィアは鼻で笑っていた。

棚ボタで拾えると思っている『情報同盟』もだが、『正統王国』にしたって『自分の金』ときた。重税を課せば好きなだけ毟《むし》り取《と》れるという傲慢ぶりが見て取れる。

「……こいつら年に一度のクリスマスに何やってんだ。こんな日まで瞳の中はドルマークでいっぱいかよ」

「だから誰も触れたがらない面倒な仕事なのよ。大寒波のせいで当初のスケジュールは破綻して現場は混乱。分厚い氷で塞がれているとはいえ、流石《さすが》にオブジェクトを乗せられるような環境じゃない。明確な利益が見えているから敵も味方もバカスカ追加の戦力を投入してくる。……明らかに泥沼の気配よね？　これで戦争に勝っても得点稼ぎとしてはプラス一よ。だったらぽかぽか陽気の南半球でクリスマスパレードの警護でもしていた方がマシでしょ。得られるポイントは一緒なんだし」

つまり毎度のクソ仕事の時間である。

何しろ砕氷船が通れなくなるくらいの大寒波だ。一口に軍服と言っても迷彩柄以外にも色々特徴はあるものだが、北極《ほっきょく》で戦うなら北極《ほっきょく》に適した防寒装備は必須。武装貸与の許可をもらうと、クウェンサーやヘイヴィア達はうんざりしながら『現地装備』と書かれた木箱を開けてビニールパッケージされた軍服を取り出していく。

が、

「あのうフローレイティアさん」

「何だジャガイモ一号」

「俺達これから一面真っ白な北極《ほっきょく》で戦うんですよね？　なのにこれはどういう意図があるんですか」

言いながらクウェンサーが広げた軍服の色彩は、真っ赤。

そして白のもこもこ。

バッキンガム宮殿を警護する衛兵だってここまで極彩色じゃないだろうっていうくらいの赤一色。というか、これは本当に軍服と呼んで良いのか。こんな格好で『安全国』の街を歩けば、一〇〇人が一〇〇人サンタさんと声を掛けてくれるだろうに。

対して、フローレイティアは空いた手で自分のこめかみをぐりぐりしながら、

「だから『軍』の左遷だと言っただろう？　かく言う私もこれからミニスカサンタにお色直し

よ。表向きは新装備アンチセンサー迷彩とかいうらしいけど、実際の性能は限りなく不透明だな」

「みんなでケツを出してどうぞここに撃ってくださいっつってるのと同じじゃねえか……」

「そうそう。私達は全員揃《そろ》って高額生命保険に加入しているようね」

「サインした覚えはありませんけどっ!!」

クウェンサーが思わず悲鳴のような声を上げたが、フローレイティアは片目を瞑《つむ》っただけだった。

世の中には、鉛弾が飛び交う戦場よりもえげつない世界などいくらでもある。

「だから、たとえ死んでも肝心の大金はふわふわ浮いて誰にも届かない。仕方がないからトラブルを避けるために国が徴収する。邪魔者を消して大金まで手に入る大変素敵なレールに乗っかったって訳」

しかしここでお行儀良く戦って手順通りに戦死していく程度なら第三七機動整備大隊ではやっていけない。アラスカ方面で痛い目に遭ってから何だかんだで今日ここまで喰《く》らいついてきた、往生際《おうじょうぎわ》の悪さにかけてはゴキブリ以上の猛者達である。

空気の読めない子は言った。

「ちくしょう絶対生き残ってやる」

「ああ。こんな所でくたばって運動不足の将校どもに年末ボーナスをくれてやる理由は一個もない。いつも通り、敵を殺して帰還しよう」

「あのう、フローレイティアさん。『島国』風に踏み込みますけど、その心は？」

「『情報同盟』もそう思ってるよ」

3

オブジェクトは二〇万トンの塊が時速五〇〇キロオーバーで動くモンスター兵器だが、それでも空路と比べるとどうしても出遅れてしまう。

そんな訳で『ベイビーマグナム』はスカンジナビア半島外側、オブジェクト無用の『北欧禁猟区』に踏み込まない公海上を突き進んでいた。

「ふんふーん。ふんふんふふーん」

『何じゃ上機嫌じゃな』

球状のコックピットに収まったお姫様の鼻歌に、通信を通して整備兵の婆《ばあ》さんから怪訝《けげん》そうな声が響いてくる。

第三七機動整備大隊の面々は赤と白のサンタカラーで出撃を余儀なくされたが、『ベイビーマグナム』については正直言ってあまり関係ない。全長五〇メートル、重量二〇万トンの塊となってしまえば単純視界の迷彩については大した効果は見られないので、何色になろうが知った話ではないのだ。

セーラー服のような記号を組み込まれた特殊スーツもまた、赤ベースに白のもこもこ。とはいえこちらも、基本的にコックピットから外に出ないお姫様からすれば目立つ目立たないは関係ない。アレンジバージョンを作ってもらったくらいの気分でしかなかった。『情報同盟』のいけ好かない操縦士エリートと似たようなカラーリングになるのを除けば、まあ悪い話ではない。

「ほっきょくけんだって。ひょっとしたらサンタさんがおうちにかえっていくところを見られるかもしれない」

『はい？』

探るようなクウェンサーの声に、かえってお姫様はキョトンとして、

「だってあのヒゲの人、『北欧禁猟区』からやってくるんでしょ？　24日の夜にせかいじゅうとび回っているなら、ちょうどいまごろかえってくるとおもう」

『あっはっは何カマトトぶってやがるんだお姫様。テメェまさかその歳《とし》になってサンタなんか信じbバブアっっっ!!!?⁇』

『必殺システマアロンチョミニスカサンタスキー!!』

『ぶぼっ、クウェ、テメェ何をっ!?』

『黙れクソ野郎それ以上は許さんぜよ』

何かに気づいたクウェンサーが何かに気づいていないヘイヴィアをどつき回したようだったが、赤に白のもこもこ装備のお姫様は首を傾《かし》げるばかりだ。

座席の下には、奇麗にラッピングされた箱がいくつかそのまま置いてあった。急な出撃のせいでまだ開けてはいないらしい。

『かっ、かつては弾道ミサイルのレーダー網にサンタクロースが引っかかっていたらしいし、お姫様も運が良ければ見つけられるんじゃないかなっ！』

「うん、さっきからアクティブレーダーつかっているから、ほっきょくけんをとんでいたら1ぱつだとおもう！」

無邪気に言ってるお姫様だが、道理で基本的に港Aから港Bを結ぶ最短コースで策定される航路上において、先ほどから『ベイビーマグナム』がよその艦船と全く鉢合わせない訳だ。オブジェクト対軍艦の場合は捕捉イコール撃沈なので、みんな慌ててよけてる。

『（……これもう戦闘行為なんじゃないんですかフローレイティアさんっ？）』

『だからその戦争を始めるんだと言っているだろうが間抜け。それに北欧周りはキホン年中無休でハルマゲドンだから大丈夫よ、戦いに慣れ過ぎている。忘れられた核かゾンビ兵器でも顔を出さない限り素人《しろうと》のネットニュースにもならん』

向こうは向こうで全員一ヶ所に固まっているのだろう。

無線機から聞こえるひそひそ話の詳細までは聞き取れないが、とっとと追い着きたいとだけお姫様は考える。

「サンタさん見つかるかな」

『み、見つかったらお姫様はどうするのかなー？』

「ん。とりあえず手をふってみる」

『手って……「ベイビーマグナム」の場合、主砲の事だよな……？？？』

『あの馬鹿デカい主砲向けたら両手上げてデカい袋ごとプレゼント全部落としていくかもしれねえぞ』

4

北欧禁猟区よりもさらに先。

分厚い氷で埋まった北極海《ほっきょくかい》から突き出た、スピッツベルゲン島。その野戦飛行場に多数の輸送機を着陸させてレーダーや格納庫など必要な設備を設営していくと、そこがそのまま三七の整備基地ベースゾーンとなる。

が、

「……冗談じゃねえ、肝心の『ベイビーマグナム』はどこ行った？　海の上を時速五〇〇キロで進めるって話でしょ⁉　なのについてきてねえじゃん‼」

「北極《ほっきょく》は大陸じゃないんだ。いつどんな風に割れるか分からない氷の上は進めないって話だろ、陸戦か海戦か足回りで悩むから。いきなりこんな奥の奥まで来れないよ」

「基地だけあっても機体がなけりゃどうにもならねえだろうに……」

それでもタイムスケジュールは押しているので真っ赤な衣装のジャガイモ達だけでやるしかない。というか、大失態のツケを払わせたい軍上層部のいじわるばあさん達は最初からこうなるように仕向けていたのではと思ってしまう。

ビュゴウ‼　という白い風が真横に世界を潰していた。

空模様は純白。見上げるだけでは、今が昼だか夜だかもはっきりしない。

ほとんどホワイトアウトだ。

携帯端末の表示はエラーを起こしているが、今の気温はマイナス二〇度くらいか。

「現場まではヘリか装甲車だって。ヘイヴィアどっちにする？」

「ひとまず外から見てこの真っ赤な色がバレなくなるならどんな鉄の箱でも構わねえよ」

意外な事に装甲車の方が人気はあるようだった。

氷の上で車を走らせるというのもおっかないが、それでも猛烈な横風が吹きすさんでいる中で不安定なヘリに乗るよりはマシと考えているらしい。

「……あるいはこれもオブジェクト信仰の結果かな。やっぱり対空レーザーって怖いよな」

「今回は敵も味方もオブジェクトの出番はねえんだろ？」

ちょっと出遅れたクウェンサー達に残されていたのは、輸送専用の大型ヘリというよりは、お腹《なか》のずんぐりした地上攻撃ヘリといった風情《ふぜい》の機体だった。二人乗りのコックピットと胴体の横から突き出た固定翼にぶら下げられたミサイルやロケット砲が特徴的だが、副業として後部カーゴルームに兵隊を乗せられるらしい。実際にクウェンサーがスライドドアを開けて中を覗《のぞ》き込《こ》んでみると、ワンボックスカーよりは広い程度の空間が待っていた。ぎゅうぎゅうに詰めれば一〇人くらい乗せられそうだ。

「ちえっ。ロングセラーなんて言えば聞こえは良《い》いが、ようは進化の吹き溜まりに入っちまってアップグレードできねえ使い古しじゃねえか」

「じゃあ向こうのティルトローターに乗ったら？　最新じゃん」

「やだよ、仕組みが複雑で関節ガチャガチャしてるのって怖《こ》ええし!!」

「ふぃー……」

なんか横から別の声が飛んできた。

同じく出遅れ組か、馬鹿二人以外にもサンタカラーの女の子が乗り込んできたのだ。

ふわふわ金髪にメガネ。涙目の大変良く似合う女子大生くらいのおねいさん。

エリーゼ＝モンタナその人である。

「フ○ック疫病神《やくびょうがみ》!!　よりにもよってテメェと同じヘリかよおっかねえ!!」

「やめて待って美人で優しいお姉さんをダクトテープで公園の汚いトイレに縛りつけないでください！　絶対消えない油性ペンで体中にラクガキなんてそんなのダメなんだからぁ!!」

なんか鉄の箱の隅っこで体を小さくして自分の顔を庇《かば》っているエリーゼだったが、馬鹿二人の想像の限界を超えた辺りまで妄想が飛び出していた。どうやらよっぽどフローレイティアの教育が身《み》に染《し》みたらしい。しかしそっちからのアイデア出しはノーセンキューなジャガイモ達である。

先行きが不安な中、真上のエンジン音が強くなっていく。ローターの回転数が上がると、ぐらりと鉄の箱が大きく揺らいだ。ぶわりと攻撃ヘリが地べたから離れていく……のだが、クウェンサーとしてはそれどころではなかった。

「ひゃっ!?」

「うぐ、うぐぐ……」

最初にぐらっときたタイミングでふわふわ金髪がバランスを崩し、クウェンサーの方へ倒れかかってきたのだ。というか全ての元凶で疫病神《やくびょうがみ》だろうが巨乳は巨乳。真正面からきちゃうと少年の顔が埋まってしまう。

「だっ、だめですだめです結婚するまでそういうのはだめだって世界のルールで決まっているんですぅ!!」

棚から牡丹餅《ぼたもち》なんて言っている場合ではなかった。

ぴんっ、という小さな金属音がカーゴルームに響く。わたわた手を振り回していたエリーゼ嬢の小指の先が、よりにもよって赤いサンタ衣装に直接取り付けていた手榴弾《しゅりゅうだん》のピンを引っ掛けてしまった音だ。

起爆までの猶予は、ざっと五秒。

「あぶっねえ!!」

とっさの判断である。手榴弾《しゅりゅうだん》を掴《つか》んで投げるかエリーゼごとヘリから蹴落とすか悩みどころではあったが、結局ヘイヴィアは真っ赤なサンタ衣装についていた手榴弾《しゅりゅうだん》を掴《つか》んでスライドドアの外へ捨てる。

ばむ!!　という乾いた爆発音と共に、攻撃ヘリが横風とは違う理由で傾《かし》ぐ。

涙目で不良貴族は叫んでいた。

「テメェふざけんなよ疫病神《やくびょうがみ》ッ!!　ドジのレベルが笑って済ませられるレベルを超えてんだよ、今のDカップ未満だったら普通に蹴落としてたからな!!」

「ふぐー……」

「そして何をどう転がったら仰向けになったクウェンサーの顔をケツで踏んで男の両足の間に顔を突っ込む羽目になるんだ!?　おかしいだろおーここまでのドジでこの俺様が何の恩恵もねえだなんて!!」

まだ『情報同盟』軍とぶつかる前からこの騒ぎである。敵軍を使った年末の在庫処分セールなんて考えなくても、適当にバカンス休暇を与えてこの殺人的なドジ子と遊ばせておけば三七は勝手に全滅するのではあるまいか。

ともあれ、ようやく大型攻撃ヘリが戦場の空を進んでいく。

センサーの補助がなければ、外はブリザードや氷霧でほとんど白一色だ。

空中でバランスを保持するため多少速度は落としているが、それでも時速二〇〇キロ以上は出ている。

どんっ、パパン!! という砲撃音はすぐに響いてきた。

馬鹿デカい艦砲にしては音が軽い。

気象の変化か、爆風が気圧を変えたのか。

束《つか》の間《ま》、白いカーテンのようだった微細な氷の粒がかき消えた。

「やってるやってる……」

「おいおいおい……。何だよ、近いよ。メチャクチャ近いじゃん⁉ どうなってやがる⁉」

艦砲なら二、三〇キロ、ミサイルなら一〇〇キロ以上先の標的でも正確に当てられるはずだった。なのに現実には、『正統王国』と『情報同盟』の軍艦は双眼鏡がなくても見えちゃうくらいの距離で分厚い氷の層に閉じ込められている。

「何百年前の海賊ごっこをやってやがるんだ……?」

「この悪天候に、北極圏《ほっきょくけん》って事は真上にオーロラ輝いているかもしれないんだろ。磁気嵐が起きたら電波航法やレーダーだって使い物にならない。『極』が近いって事は昔ながらの磁石だって使い物にならないぞ。間近にいたのに白いカーテンのせいで気づけなかったんだ」

　両陣営の大艦隊はお互いに北極点《ほっきょくてん》に向かって、一刻も早く金塊だらけの豪華客船を独占したかったはずだ。どっちも北欧側から進んで北極圏《ほっきょくけん》に乗り込んでいった結果、何にも気づかねえままX字に交差した状態で分厚い氷に動きを封じられてしまったらしい。

「ゼロ距離で艦砲撃ち込みゃ一発だろうにな」

「その代わりに燃料弾薬が誘爆したら花火大会の事故みたいな大爆発に自分も巻き込まれるけどな。あんな至近で撃つようには設計されてないよ」

　下手に艦砲を使うと、たとえ地べたの歩兵を狙ったものでも勘違いから船同士の殴り合いになりかねない。そうなると『正統王国』も『情報同盟』も船そのものではなく、積んでいた人間や兵器を分厚い氷の上に下ろして戦うしかない訳だ。パンパン鳴ってる銃声や砲声もそういったものだろう。これからあのブラスバンドのパレードに混ざると考えると今から気分が憂鬱になってくる。

　野戦仕様の攻撃ヘリならどこでだって兵士を下ろせるが、分厚い氷の上に機体を直接ドカンと下ろすと氷が砕けて沈む恐れがある。このブリザードの中、わざわざワイヤー垂らして危険な降下作戦に従事するくらいなら素直に船の頑丈なヘリポートに頼った方が良《い》い。

『正統王国』側の小ぶりな駆逐艦に目をつけ、お尻の方にある観測機用のヘリポートを使わせてもらう事に。
「ちくしょういよいよ始まるぜ。こんな事ならずっとヘリに乗っていたかっ
言っている傍《そば》からすぐ近くにあった別の攻撃ヘリが白く曇った空の向こうで爆発を起こして
いた。
クウェンサーが慌てて叫ぶ。
「みょんりーっっっ!!⁉⁇」
「なんだっ⁉ フツーに生きてるじゃねえか対空網!!」
機内のジャガイモ達が慌てて身をすくめると、回転しながら空気を引き裂くメインローター
がこっちに向かって飛んでくる。
もはや人の心配なんかしている場合ではなかった。
がりりっ!! と何か太いものが輸送ヘリを外から引《ひ》っ掻《か》く音が響く。
「馬鹿野郎、俺らみてえなビッグスターの乗ってる機体を選ばねえからろくでもねえ目に遭う
んだぜ。ミョンリめ、器用貧乏なら分かっていたはずだろうによ……」
「つか危なっ、今何か刺さったぞ!! あのローター、ミョンリの置き土産か⁉」
ぐんっ! といきなりヘリコプターが斜めに傾《かし》ぐ。何かしらの警報が鳴り響き、コックピッ
トの方でも怒号が飛び交っていた。一目でまずい状況なのが分かる。
「不時着するってよ、何かに掴《つか》まれ!!」

「なら氷の上はダメだ！　突き破ったらそのまんま極寒の海まで沈められちまう。船だっ、ヘリポートを狙えーっ!!」

お腹《なか》からお行儀良く着陸、なんて言っていられなかった。半ば斜めに転がるようにヘリポートにぶつかり、メインローターを扇風機みたいに傾けたまま、見えないロープで引っ張られるように平べったいお皿の上を横断し、辺りの工具を弾丸みたいに弾き飛ばしていく。

「死ぬっ、落ちる……ぎりっぎり、シーソーみたいに引っかかってるだけじゃんっ」

「そこはどさくさに紛れてエリーゼを蹴り落とせよ馬鹿っ」

「今何かおかしな評価が入りませんでしたか？　点数のつけ方がおかしいですう!!」

そんなこんなで、ローターを折ってあちこちから黒い煙を噴き出す大型ヘリから這《は》い上《あ》がるジャガイモ達。機体はひっくり返っているので、真上に口を開いたスライドドアから表に出るしかない。

「うーん。あ、もうちょっと下から支えてもらえます？　ううーん……！」

「ふふふもっと悪戦苦闘してくれて構わないんだよレディ、もっともっとだ」

紳士の顔で両手を使って下からお尻を持ち上げているクウェンサーはデキる男だった。うっかり真っ先に出ちゃったヘイヴィアにはチャンスがない。

「一人で懸垂ができない女の子、はっはっは最高じゃあないか」

「……嫌な職場だ、早くも洗脳が始まってやがる」

でもって。

危うく横殴りのピッチングマシンで挽肉《ひきにく》にされかかった海軍の着陸誘導官の話によると、現場の状況はこんな感じだ。

『ふ、船から船を沈める馬鹿デカい艦砲やミサイルを撃ち込むと同士討ちになるかもしれんが、逆に言えばそれ以外なら遠慮する理由はない訳だしな』

『地べたから距離を取れる対空砲火とか、大きな爆発の発生しないサイドデッキのガトリング砲くらいなら普通に使ってくるぞ。気をつけろ』

『どれだけやっても軍艦が沈むようなものじゃないがな。ははは氷の上を走り回るアンタ達を挽肉《ひきにく》にするくらいなら十分な威力だよ、お疲れさん』

「……どいつもこいつも最低だ。居《い》心地の良い温水洗浄便座にどハマりしたせいで、自分のケツを拭く習慣すら忘れてやがる」

「ただあのルールだと船の連中、どこからも補給を受けられないな。餓《う》えと戦う戦争よりはマシだって考えようよ。ポジティブに」

弾幕に身をさらすのも籠城《ろうじょう》して餓《う》えに苦しむのも同じ『正統王国』軍だという自覚すら不足してきた。縦社会の弊害ここにありである。

ヘイヴィアは茶色い短髪頭を片手でがりがり掻《か》きながら、

「で、船の武器庫はどこにあるんだ？　つか海軍って銃や砲はナニ常備してんの。カービン、それともＰＤＷ？」

「何言っているんだ、渡せるものなんか何もないぞ」

キョトンとした顔で返されてしまって、むしろ馬鹿二人の方が虚をつかれた。

着陸誘導官は道路工事の現場で振り回す赤いバトンみたいな照明機材を軽く振って、

「お宅らは『安全国』でヘマした懲罰部隊だろ、敵に勝って戦争を終わらせる展開なんか誰も期待するもんか。その目立つ格好で雄叫《おたけ》び上げて、分かりやすく的になってくれ。お宅らが撃たれている間は俺達は安全だ」

「……、」

「そんな連中にお高い武器なんか預ける訳がないだろう、もったいない。これだって国民の血税で作った大切な軍の備品なんだ、そんなに欲しければ敵を殺して奪えば良いんじゃないか？」

そしてジャガイモ達は安全装置を外して初弾を装填《そうてん》した。

もちろん銃口は誘導官に向けられている。

「おいっ……！」

泡を食った誘導官が何故《なぜ》か赤いバトンみたいな照明機材をクロスさせていた。

真っ赤なビームが出るのかもしれない。

「失礼ミスター、敵を殺して奪えというご命令ですので」

「軍は縦社会だからな。ああ、こんなナリでもこの誘導官大尉の階級章つけてやがるぞ。この中の誰よりも目上じゃねえか、これじゃあ上等兵では逆らえん」

そんなこんなで多少の混乱はあったが、結局最後はクウェンサーが分厚い鋼の扉を爆破する事で潤沢な装備を借り受けられた。

世界はちょっとだけ優しくできている。

「くそっ！　こっちにあるのは武器だけか。これじゃ結局真っ赤な軍服は替えようがねえ‼」

「なら籠城戦《ろうじょうせん》で汗とシラミまみれになったお古でも奪ってきたら？　こんなに何でもかんでも持ち出しちゃってさ、もう武器庫空っぽじゃん。残された船の連中は皆殺しにされたりしない？　接近してきた『情報同盟』のコマンドとかにさ」

「一人だけお利口な口利《くちき》くんだったらその手を止めろよ、誰よりも爆弾抱えやがって」

(面白半分で思いついた罰ゲームで)サンタ衣装のクソ野郎どもが駆逐艦の側面に取り付けられた急なタラップを降りると、そこから先は死の氷。

「うう、氷の粒でも雪でも良《い》い、とにかく赤いトコに全部塗っとこ」

「ヘイヴィア、それ凍りついて固まったら樹氷になるぞ」

一面氷の北極《ほっきょく》と言っても雪が降っているので、スケートリンクのようにはいかなかった。踏むとジャリジャリする。

　クウェンサー達は攻撃ヘリとは別に装甲車を使って運ばれてきた別のジャガイモ達と合流する。彼らはノルディックスキーの板に履き替えながら、

「一番近いのからやっていこう。『情報同盟』の巡洋艦クルーズミサイル０５０。対艦攻撃は周りの護衛艦や航空部隊に任せて巡航ミサイル攻撃に専念する大物だけど、逆に今の状況ならミサイルは使えないんだろ？　丸々太った手頃な標的ってヤツさ」

　船を沈めるだけなら簡単だ。側面に張り付いて必要な量の火薬を取り付け、距離を取ってから起爆すれば良い。前後左右を分厚い氷で閉じ込められていると言っても水の上に浮かんでいるのは変わらないので、喫水線の下に風穴を空ければ後は大量の海水が艦艇を沈めてくれる。

　砂漠に取り残されたタンカー、とは似て非なるのだ。

　下はあくまでも冷たい海水。『浮いている方が不自然』はそのままだ。

「馬鹿デカい軍艦はちょっとした砦《とりで》だ。身動きが取れないからって、油断はできない。でも船を一隻沈めれば『情報同盟』の連中が盾にできる遮蔽物が確実に減る。自由に動ける行動エリアがごっそり消えるって訳だ。とっとと先制攻撃ぶつけて陣取りゲームを有利に進めよう」

「おい、言ってる暇でなんか来たぜ。何だあれ、斥候の装甲車か⁉」

「伏せろ伏せろ、散れ散れ‼　クリスマスまで毎度の戦争だ‼」

　何しろ『正統王国』と『情報同盟』の軍艦が目で見える距離で分厚い氷に閉じ込められている状態なのだ。砦《とりで》や要塞までの距離は、概算で二キロ程度。重機関銃があればいつでも自由に

撃って殺し合えるお隣さんの距離感だ。

海が凍りついているだけなので、足場は山も谷もない。

主立った遮蔽物と言えば、あちこちにある巨大な軍艦とクレーンを使って自分達で降ろした車両くらいのものだ。真っ白な平面に立っているだけではどうぞ撃ってくださいと言っているのに等しい。

装甲車までの距離は七〇〇程度。偵察用とはいえ、機関銃くらいはついている。それも四人一組で取り扱うような重機関銃だ。

「どうすんだっ⁉」

「伏せろ、伏せろ‼」

「こんな平べったい氷の上に寝そべったくらいで見逃してくれる訳ねえだろっ‼」

ぶろろろろ、という空気を引き裂く太いプロペラ音があった。

見上げれば意外なほど低い所を、『正統王国』軍の大型輸送機が白い空を突っ切っている。

いいや違う。ずんぐりした胴体の側面からは機関砲や速射砲など、いくつもの砲身が外に向けて突き出している。

対地攻撃専用のカスタム機だ。

とっさにクウェンサーは無線機を摑《つか》んだ。

「航空支援頼む！　目の前の装甲車を吹っ飛ばしてくれ‼」

『はっはっは懲罰部隊が何言ってんだ？　こいつはお前らの尻を撃つために飛ばしてるもんだよ。将校様から伝言だ、立ち止まったら命令不服従で射殺しろってさ。判断基準はこの俺サマ。つまり敵から生き延びても最後は俺達が難癖つけて洩《も》れなく殺すからそのつもりでなー☆』

「ヘイヴィア、真上に向けてミサイル撃て」

シュドッ!!　という発射音と共に白い煙が垂直に鋭く伸びていき、そしてジャガイモ達の頭上で凄《すさ》まじい爆発が炸裂《さくれつ》した。辺り一面、広範囲にバラバラと金属の装甲板や砲身その他諸々《もろもろ》の残骸が降り注いでいく。

クウェンサーは涙目で馬鹿の胸ぐらを摑《つか》んで前後に揺さぶった。

「ほんとに撃つんじゃないよ馬鹿!!　今のギャグノリだったでしょ!?」

「うるせえな事故だ事故。軍隊ってのは全体を勝たせるために個人を差し出す組織なんだよ。つか、戦争不参加で射殺なら敵に銃を向けてねえあいつらがまさにだろ。そもそも文句があるなら物陰から出ろよお利口さん！　この俺サマが落としてばら撒《ま》いた『盾』だぞ!!」

倫理もへったくれもなかったが、これで平べったい氷の大地に遮蔽物ができたのは事実だった。小さなものでも軽自動車くらいの塊があちこちにある。少なくとも、何もできずに装甲車の機銃で蜂の巣にされる展開だけは避けられそうだ。

「おいハッカー！　通信ログ消しとけ!!」

「いよいよ荒《すさ》んできたよ……」

爆音が連続した。

落ちた残骸が誘爆しているのではない。

今さらのように『情報同盟』の装甲車がこちらに機銃を向けて連射してきたのだ。戦車の砲と比べればチャチに見えるかもしれないが、それでも一発一発は親指よりも巨大な対物弾だ。生身のサンタ軍服で直撃なんてもらったらバラバラに吹っ飛ばされる。

折れたプロペラやドラム状のエンジンの陰でクウェンサーが叫ぶ。

「盾は作ったんだろ。早くミサイル構えてあのコンビーフ缶を黙らせなよっ！」

「うるせえな今そのミサイル使っちまったろ‼　装塡にまだかかる、三〇秒で良《い》い、何とかして時間を稼げよ馬鹿野郎‼」

「二〇秒！」

「三〇はかかる‼」

「だったら言ってる間に手を動かせよクソ馬鹿野郎‼」

「時間を稼げっ‼」

そしてクウェンサーは傍《かたわ》らで被害者ヅラしてうずくまっていた全ての元凶エリーゼ＝モンタナを遮蔽物の陰から蹴り出した。雪や氷の上だったからか、魅惑のお尻は思った以上の滑りでカーリングみたいに進んでいく。

「あ、ああっ、あわーっっっ‼⁉⁇」

涙目のメガネ巨乳のメガネか巨乳のどちらかに見惚《みと》れた装甲車の狙いがわずかに迷い、ヘイヴィアは焼けた鉄くずの逆サイド、その端から身を乗り出して肩に担《かつ》いだミサイルを発射する。ド派手な爆発音に背中を叩《たた》かれるようにして、涙目のエリーゼがわたわたとこちらへ戻ってきた。震える両手でクウェンサーに摑《つか》みかかりながら、

「なばっ、ななな何をナニしてくれたんですか今イマぁ……⁉」

「うるさいなメガネの曇りを拭いて早く移動しろっ。今のはただの斥候だ、一台だけでおしまいな訳ないだろ‼」

シュコン‼　というスパークリングワインの栓を抜くような音がいくつも立て続けに響き渡った。

ヘイヴィアが叫ぶ。

「迫撃砲だ‼　注意‼」

注意しようが何だろうが頭の上に落ちれば爆死確定なので、不真面目なジャガイモ達でも迅速に動いた。野球の遠投みたいに大きく弧を描く爆発物が落ちてくる前に、さっさと次の遮蔽物――――あちこちに降り注いだカスタム輸送機の残骸の一つ――――へと飛び込んでいく。

ヘイヴィアは輪切りに近い攻撃機のコックピットの裏に身を隠したまま後ろへ目をやり、

「ちくしょう、八〇ミリじゃねえぞ。軍艦閉じ込めるほどの分厚い氷が割れてやがる、俺らのいたトコ跡形もねえじゃねえか。ヤツらコンビーフ缶の上に何乗っけてやがるんだ」

「おい、あれも全部ミサイルでやるのか⁉」

「だから今撃ったっつってんだろ。装塡するから時間を稼げよ‼」

びくっ、と肩を震わせたのは世界一サンタ衣装の良く似合う金髪爆乳であった。

涙目なんて次元ではなく、割と本気で滝のように泣きながらおねいさんがすがりついてくる。

「無理ですって無理無理‼　同じ手がそう何度も通用するはずないですからっ、その軽い頭をフルに使ってちょうだいこの美し過ぎる私が生き残るために！　私さえ助かったら後はどうぞご勝手にくたばって構いませんからあっ、馬鹿は馬鹿なりにもっと工夫してぇ‼」

なのでクウェンサーはエリーゼの赤い軍服を一枚剝ぎ取ってからむちむち生脚お姉さんを蹴り出した。

カーリング巨尻を利用してヘイヴィアが遠方の装甲車を狙い撃つ。

「なあおい、今度は俺が脱がす係でテメェが爆破する係にしねえ？」

「お前がやると笑えない領域まで脱がすからダメ」

そして両手で上着の裾を摑《つか》んで下にぐいぐい引っ張っている（ので大きな胸の方が強調されているのには気が回っていない）エリーゼ＝モンタナが律儀《りちぎ》にこちらの物陰へ戻ってきた。

「あばアハハ寒い寒い早くズボンを返してください早く早くうはばハババがちがちがち‼」

「あれ？　きゃーえっちーの雰囲気じゃない」

「今氷点下一五度だぜ？　人は極限の状況に立たされるともうお色気とか真っ当な事言ってら

れなくなるのな」

開けた地形に有利不利はない。見方によっては『大きな標的』であるトラックや雪上車の方がリスクは大きいとも言える。わらわらと歩兵達が表に出てきた。機銃掃射でこちらの足を止めつつ、歩兵を使ってクウェンサー達を石の裏から追い立てるつもりらしい。

「どーするよ？」

「盾の位置だけ覚えておけ」

言いながら馬鹿二人はスモークグレネードの細長い缶を放り投げる。自分達の隠れる瓦礫《がれき》を大きくまたぐ、野球の遠投のような軌道だった。氷の上に落ちた金属缶は、ばしゅしゅ!! という激しい音と共にカラフルな煙を撒《ま》き散《ち》らす。目を塞ぐ。重機関銃の足止めは恐怖の一言だが、親指より太い銃弾だって当たらなければ意味はない。

「次の遮蔽物は一〇時方向五〇メートル！」

「えっえっ？　まさかあの横殴りの雨の中を進んでいくつもりですかっ？　目を塞いだって真《ま》っ直《す》ぐ弾が飛んでくるのは変わらないのにぃ!!」

「なら一人でお留守番してろよ。ほら行くぞ!!」

できるだけ身を低く、というのは寒冷地用にノルディックスキーを履いた状態では成り立たない。両足とスキーストックを使って自分の体を前へ押し出しながら、クウェンサー達は必死に『盾』を目指す。池の上で、石から石へと跳ぶように、だ。途中で勢いを止めれば鉛弾をもらって血の池に沈む。雪混じりの氷はスケートリンクよりもざらついていた。

「ひい、ひいっ、ひぃぃーー……」

「やっぱ人の評価って相対的だよな。絶望的に出来の悪《わ》りぃエリーゼが泣き言言ってると、いつものモヤシ野郎が歴戦の勇者に見えてくるぜ」

千切れて傾いた尾翼の陰に飛び込むや否《いな》や、メガネのお姉さんはスキー板を脱ぎ散らかして体を丸めてしまった。本人は現実の全てを遮断したいのかもしれないが、外から見ると『島国』のドゲザみたいになってる。

クウェンサーはこちらに突き出されたメガネの丸いお尻を掌《てのひら》全体でぺしぺし叩《たた》きつつ、

「エリーゼ、エリーゼ」

「も、もお私の事は放っておいてください」

「分かったお前は置いていく。今から『情報同盟』の兵士達が回り込んでくるけど、特に誰もフォローはしないから安心して寝転がっていろ。多分お誘いしてるように思われるだろうけど」

急にシャッキリしたエリーゼ＝モンタナが体を起こした直後だった。

携行ミサイルの大筒をこちらへ放り投げたヘイヴィアが、アサルトライフルに持ち替えて瓦《が》礫《れき》の端から身を乗り出す。そのまま短い連射。ただしこちらのサイドにいるのは銃を使えない爆弾馬鹿とかおっぱい以外に取り柄なしの金髪疫病神《やくびようがみ》とかだ。ヘイヴィア一人、一ヶ所からパンパン撃ってるだけだと反撃が集中するので、同じ瓦礫《がれき》の遮蔽物でも頻繁に逆サイドに回ったり塀を覗《のぞ》き込《こ》むように上から狙ったりと今回は場所移動が激しい。

やる事のない人達はテキトーに応援していた。

「ヘイヴィア大変そうね」

「きゃーこの私のために馬車馬のようにがんばってーですぅ」

早い段階でミョンリが消えたのが痛かった。

器用貧乏の椅子がヘイヴィアへ回ってきたのだ。

「テメェらっ!! せめてフェイクで銃構えて連中の注意を分散させるとか、ちっとは協力する気はねぇのか!? ほらもぐら叩《たた》き的な!!」

「やだよ武器もないのに囮《おとり》なんか流れ弾が当たったらどうすんの」

「……現状の確認をしねぇか？　こっちは今押され気味で、今のまんまだと『情報同盟』の歩兵どもがじりじりと近づいてくる状況を止められねぇんだけど」

「それが？」

「ここに届いたら連中、裏まで回ってくるだろうがッ!!」

クウェンサーは留め具を外して邪魔なノルディックスキーを放棄した。

瓦礫《がれき》の端を回り込んで誰かがこちらを覗《のぞ》き込《こ》んできた途端、涙目のエリーゼが両手でスキー板を掴《つか》んで振り回し、クウェンサーはスキーストックを思い切り突き込む。喉の辺り――ヘルメットにも防弾ジャケットにも守られていない急所――にがっつり刺さっていた。

がぼっ、がぼぼ、という水っぽい悲鳴があった。

いいや、どさくさに紛れて『情報同盟』兵は自分の胸にくっついていた手榴弾《しゅりゅうだん》のピンを抜いたのだ。もう助からないと分かっていても、何としても味方のために敵を減らしたいらしい。

イケメンは心の中までイケメンだった。

「うわあああああッ!?」

クウェンサーが瀕死《ひんし》の歩兵を蹴倒して慌てて身を伏せようとしたらお荷物エリーゼと正面衝突した。二人して揉《も》みくちゃになりながら氷の大地を転がっていく。

バム!! というくぐもった爆発音があった。

「はれ?」

でっかいおっぱいの辺りでクウェンサーの頭を抱えたまま、仰向けに転がるエリーゼが間の抜けた声を出していた。

あのイケメン、度胸があるのは良《い》いが無警告で手榴弾《しゅりゅうだん》を炸裂《さくれつ》させたのは問題だったようだ。

クウェンサーやヘイヴィアよりも、同じ『情報同盟』兵の方で被害が拡大している。

「ただしイケメンに限るってヤツですかねえ」

「ふがふご。その呪いの言葉、もう一回言ったら後悔するぞ……」

「ぷっ。そこでイラつくという事はご自分は範囲外だという自覚が、ぷふふう」

クウェンサーは金髪巨乳にスタングレネードをくりつけて物陰から蹴り出した。

P/N
STUN
GRENADE

みんなの視線がでっかい谷間に挟まった円筒形のスティックに吸い寄せられた直後、非殺傷の閃光《せんこう》と爆音が戦場を支配する。

「あわーあッッッ!!⁉??」

「ヘイヴィア撃て!!」

必死に叫んだのに悪友まで両目を押さえてのた打ち回っていた。あのメガネ巨乳、根っこは最悪だが魔性の女という称号で間違いないらしい。仕方がないのでクウェンサーが血まみれのスキーストックを掴《つか》んで転がる敵兵どもへ飛びかかっていく。

どれだけデジタル社会のスポーツ工学に基づいて最適の運動と食事で肉体を鍛え上げた『情報同盟』兵でも、倒れている間なら赤子も同然だ。

「何だっ、おい……頭が痛てえ……。うっぷ、わざわざダウンした相手を殺す必要あんのかよ、非殺傷の意味がねえ……」

「お前と同じくらいのタイミングで目を覚ます程度の威力しかないんだぞ。もう一回銃を掴《つか》まれたいのかよ?」

そして歩兵の在庫がなくなると、後は高威力の機銃や榴弾砲《りゅうだんほう》を積んでいるけど使い勝手の限定されるトラックや雪上車だけになる。『情報同盟』側の四角い缶詰(寒冷地仕様)は慌てて軍艦の陰まで引き返そうとしたようだが、それより早くヘイヴィアのミサイルが空気を切り裂いて缶詰を吹き飛ばしていく。

涙目のエリーゼが何か訴えてきた。

「今っ、よりにもよってこの私をびっくり箱にしませんでしたかあ⁉」

「大丈夫だよスタンで非殺傷だから」

「何言っているんですかじくじく痛みますよ。ほらっ、ここ、やっぱり赤くなっているじゃないですかあ‼」

「うふふエリーゼたん、そこはもっと良く見せてくれないと分からないよ」

　襟を開いて桃色の変化を見せる辺りを激しく主張してくる金髪巨乳の金髪巨乳な部分を覗《のぞ》き込《こ》みながら、クウェンサーはとても優しい顔になっていた。

「リアルに言うと死亡率は二〇％くらいかなー？」

「しれっと言ってるけどやっぱり多い……。あのう、これロシアンルーレットを上回ってますう」

　ともあれ今がチャンスだ。

　下手に増援を呼ばれる前にクウェンサー達は瓦礫《がれき》から瓦礫《がれき》に移動し、そしてゴール地点の軍艦まで辿《たど》り着《つ》く。巡洋艦クルーズミサイル０５０。『情報同盟』軍の艦艇で、氷に閉ざされた今となっては固定の拠点の一つである。

　側面部分に張り付いたクウェンサーの仕事はシンプルだった。

　超音波のエコーで壁の厚みを測ったら、後は最適の大きさに千切ったプラスチック爆弾『ハンドアックス』を取り付けていく。爆薬だけでは威力が不安なので、金属製のお椀《わん》のようなものと組み合わせておいた。粘土状の爆弾を、マーガリンでも塗るようにお椀《わん》の内側へ薄く張りつけるのが隠し味だ。

「そんなので何か変わるのかよ？」

「モンロー効果だよへイヴィア君。壁は一面しかないのに、三六〇度に爆風を撒《ま》き散《ち》らしたって無駄遣いだろ。こういうのは、一点に揃《そろ》えて槍《やり》みたいな形にすると威力がマシマシになる」

変態の言葉は変態にしか分からないのでへイヴィアは放っておいた。

花火の仕掛けが終わったら、後は適切に距離を取るだけだ。

「エリーゼ、とりあえず二〇は下がっておいて」

「はいはい」

「他のみんなは一〇〇は下がっておけー」

「はいい？」

疑問が湧き立つ前にクウェンサーは無線のスイッチに手を掛け、年末効果で割と盛大な大爆発が巻き起こった。

二〇〇メートル大の巨体だろうが何だろうが、船は船。横っ腹に人が通れるほどの風穴を空けられた巡洋艦が、大量の海水を飲み込み、傾いていく。

そして正座を横に崩したような艶《なま》めかしいポーズで起き上がったエリーゼが真っ赤な顔して

泣き言を叫んでいた。

「てめいい加減に私に何か恨みでもあるんですかあ⁉」

「エリーゼー、そこにへたり込んだままだと割れた氷と一緒に海へ引きずり込まれるぞ。あと恨みだって？　そもそもこんな死地に飛ばされた理由をもう忘れたのかこのメガネの無駄エロおねいさん‼」

5

一回、成功の図式を作ってしまうのは大きかった。

池から飛び出た石から石へと跳んでいくように、であった。分厚い氷で閉じ込められ、身動きの取れなくなった『情報同盟』の艦船に近づいては爆弾を取り付け、爆破して沈めていく。

「生身で軍艦沈めるって、これもう勲章モノなんじゃないの？」

「そりゃ戦闘機が船を沈めたら勲章もらえるが、船から船に馬鹿デカい対艦ミサイル撃ったくらいじゃ通常業務扱いだ。爆薬は爆薬だろ、書類の上じゃフツーのカテゴリに収まっちまうぞ」

実際に沈めてみて分かったが、軍艦というのは風穴を空けてもただ海に沈んでいく訳ではないらしい。致命的に傾いたタイミングで艦内の燃料パイプがねじれて破れるのか、あるいは火薬庫の在庫が棚から落ちて叩《たた》き付《つ》けられるのが原因なのか。内側から激しく誘爆して、火山の噴火みたいに大量の残骸を辺り一面へ撒《ま》き散《ち》らすのだ。

こちらとしてはそれでも一向に構わない。

来るのが分かっていれば、後は使いようだ。混じりっ気のない平たい氷の大地では身の隠しようがないため、ランダムにばら撒《ま》かれる『恩恵』にはかえって助けられている。

「……敵を殺して奪えとは良く言ったもんだぜ。攻撃すれば攻撃するほど敵は減って安全な遮蔽物も増えていく。こっちにとって得しかねえぞ」

「ああ、あの駆逐艦、今頃どうなってんだろね。やっぱ『情報同盟』の報復行動で沈められたかなあ？」

絶望的に白い戦場を自分達で塗り替えて安全圏を構築しつつ、クウェンサー達はさらに奥へ進んでいく。この辺りまでくると風が止《や》んでいた。

『正統王国』と『情報同盟』の艦隊は、互いが互いに気づかないままX字に交差した状態で氷漬けにされていた。多少のズレはあっても、基本的に敵艦は一列に並んでいると見て良い。

「……あれだ」

アサルトライフルのスコープで遠くを覗《のぞ》き込《こ》んでいたヘイヴィアが何か呟《つぶや》いた。

「これまでと毛色の違う船がある。民間だ。携帯端末で地図呼び出してみろよ、あれが例のオーロラ観測船じゃねえか⁉」

「ジュリアスシーザーだ。何だ、俺達の方が早くゴールに辿《たど》り着《つ》いちゃったのか」

目の前が白くちらついたのはその時だった。

風はないのに太陽光が白くぼやけたと思ったら、クウェンサーの視界が五メートル先も見えなくなってしまう。

「何だっ、ホワイトアウト⁉」

「氷霧だ、ようは凍った霧で太陽光が乱反射してやがる！　最悪だぜ。磁石に頼るなよ、ここはもう北極点《ほっきょくてん》の近くだ、いつもの感覚で針を見たってあてになんかならねえぞ‼」

ごろごろという低い唸《うな》りも、天候不順によるものだろうか。

クウェンサーは意味もなく白い大空を見上げて、

「……雷まで……。こんなだだっ広い平面じゃ天罰狙い撃ちコースまっしぐらじゃないか」

そして泣き言を言ったのはやっぱりエリーゼ＝モンタナだった。

「てててててか私達ってまだ助ける側に立ってるんですかあ？　今のままだったら氷漬けっていうか、むしろあのオーロラ観測船？　あばばあばあばあの船に助けてもらって温かいスープでもいただかないと身が保たないようなガチガチガチガチ……」

泣き言は泣き言だったが、寒さにせよ落雷にせよ、助ける側の人間が先に全滅してしまえば助けを待つオーロラ観測船ジュリアスシーザーも共倒れだ。どっちみち、救助のためにはあの船に辿《たど》り着《つ》く必要があるので、エリーゼの提案に関係なく前へ進まなくてはならない。

「具体的にどうすんだ……？」

記憶だけが頼りだ。真っ白なスクリーンに翻弄されて同じ場所をぐるぐる回らないよう、へイヴィアは遠くよりも足元に視線を落としてノルディックスキーの板とスキーストックを動かしていく。

「言われた通りにゴールまでやってきたけどよ、結局あの船だって分厚い氷に邪魔されてんだろ？　助けるって、どうやって。まさか春まで待って氷が解けるまで『情報同盟』と戦い続ける訳じゃあるまいし」

厳密には両軍の『上』が求めているのは乗組員ではなく『一緒に積んである大量の金塊』なのだろうが、どちらでも問題は同じだ。純金は、重い。船が動かないからと言って、この銃撃戦の中、両手で抱えて持ち帰るのでは自殺行為にしかならない。

「はあ、はあ……。あったぞ、もうすぐだ、オーロラ観測船。やっぱりこの道で間違っちゃいなかった」

「エリーゼもうちょい右」

「はいはい私だけぐるぐるコースにお誘いしてますね？　いい加減に分かるんですうそういうの……ひぎいーっ⁉」

なんか美人のおねいさんが深さ三メートルくらいの大穴に消えていった。氷の亀裂、クレバスだ。どっぽーん、という色気の足りない水っぽい音色が続く。人の忠告を全く聞かねえ馬鹿を引きずり上げるかどうか結構本気で悩んだクウェンサー達だったが、結局は金髪巨乳メガネ美人だったので合成繊維のロープを投げて助ける事に。なんか一個でも属性が抜けていたらテキトーに口笛を吹き、そのまんま見失ったふりして立ち去っていたところだ。

シャーベット状の海水ですっかりずぶ濡《ぬ》れなのにお色気よりも悲愴《ひそうかん》感の方が前に出ちゃっている人は、刻一刻とメガネのレンズを凍らせながら必死の訴えを放っていた。

「はやはばば早く早く船に行きましょうあったかい暖炉とスープと毛布とその他諸々《たもろもろ》が絶対いります今この惑星にはぬくもりが必要なんですう‼」

「うふふエリーゼおねえたん、今なら体で温めてあげるよ？」

「あの船セレブ向けだろ、イモータノイド風呂《ふろ》とかねえのかな。長寿鉱石だ、美容と健康とノゾキのためだぜ」

「あばばああアンタらこんな時でもブレない人ですねえっ⁉」

ちなみにジュリアスシーザーとかいう大仰な名前のオーロラ観測船、サイズだけで言えば最初にヘリで降り立った（？）駆逐艦よりも大きい。分厚い氷を割り裂いて進むという話だったが、なんか中途半端《ちゅうとはんぱ》に傾いたまま動きが停止していた。設計仕様の限界を超えた氷を無理に砕いていこうとして失敗し、姿勢を崩したところで周囲の海水が再び凍りついてしまったのだろう。

これでもマシな方だ。

船首を乗り上げて重さで氷をへし折るタイプだった場合、バランスを崩して丸ごと横にひっくり返っていたかもしれない。

「……こんな時期にこっそり出航して金塊の山を秘密銀行に運び込もうとしていたクソセレブの集まりだろ？　鬼が出るか蛇が出るかなんて次元じゃねえぜ、何をどうやったってびっくり箱の中にろくなもんは期待できねえ」

「同じ『貴族』階級のヘイヴィアが何言ってんだ。ん？　あれタラップか？？？」

氷霧の白いカーテンの切れ目、クウェンサーが指差した辺りは、船の側面だった。そこから金属製のハシゴと階段の中間といった代物が、白く凍りついて船壁と半ば一体化していた。タラップが下がっているという事は、船の誰かが下げたはずだ。まさかと思うが、ちょっとした冒険気分で表をほっつき歩いた客やクルーでもいるのだろうか？

「戦争なんかなくたって、ここにゃ世界最強生物の白熊だって徘徊《はいかい》してんだぜ。流石《さすが》に自分から死にたがる自殺志願者の面倒までは見られねえぞ……」

「やめようよ、ケンカに使える格闘技と応援したいスポーツチームと最強生物の話は。答えの出ない話はいったん始めるとやたら噛《か》みつく自称有識者がわんさか集まってくるんだから」

ともあれ、ロープを投げてロッククライミングごっこをしなくて済むのは幸いだ。

狭いタラップを使うとなると、ノルディックスキーは邪魔にしかならない。板をブーツから外して背中にくくり、改めてクウェンサー達は金属製の段を踏む。先に『情報同盟』側がこっそり占拠している可能性も考慮して、念のため銃を構えながらジャガイモ達はタラップを上り切ってオーロラ観測船ジュリアスシーザーのサイドデッキへ。

「さっ、さむいーー……」

（エロくない意味で）濡《ぬ》れた体を自分で抱き締めながら、エリーゼがガタガタ震えて呟《つぶや》いていた。もう少しで暖房の恩恵にすがれる、という気持ちのせいでぶり返してきたのだろう。真っ当な寒さを。

徹底的に自業自得《じごうじとく》なので放っておいてジャガイモ達はこう言い合っていた。

「俺達、ＶＩＰサマの護衛とかに撃たれたりしないよな？」

「おっかねえ事言うなよっ。やだよ年明け前のカウントダウンだってのに味方同士で撃ち合うのなんか！」

「……うう。アンタらには自分の胸に手を当ててこれまでの悪行を一つでも思い浮かべる機能はついていないんですかあ？」

そんなものがあったら馬鹿は馬鹿を返上しなくてはならなくなる。

等間隔で並んでいる水密扉の一つに張り付き、クウェンサーとヘイヴィアは方針を決める。

「とりあえず身分は明かす。その上で怪しい素振りを見せるヤツは先制攻撃で黙らせる」

「オーケー、俺らの目標は金塊だ。ただ向こうの護衛も訓練されてるぜ。一言で黙らせるったって実際問題近づく暇なんかねえぞ、柔道だの合気道だので投げ飛ばす線はナシだ。鉛弾でも使わねえと無理」

「俺の爆弾でやろう」

「粉々にする気かよっ？」

「コンカッション。釘《くぎ》とか鉄球とかの混ぜ物なしで、量を調整して頭を揺さぶる攻撃方法だ。本来はグレネードの一種なんだけど、プラスチック爆弾さえあれば同じ事はやれるはず。中を空洞にして量を調整しよう、いつもと違ってこれなら非殺傷で叩《たた》きのめせる。効果範囲は半径二、三メートルくらいしかないけど、逆に言えば投げて陣取りゲームに巻き込む使い方をすれば確実に脳震盪《のうしんとう》で昏倒《こんとう》する。ジャケットの隙間からピンポイントで肌に刺さなくちゃならない麻酔銃よりは使い勝手が良《い》いはずだ」

「ようし天才、良く言った。それで行こう」

ようは民間人に丸めた軍用爆薬を投げると言っているのだ。もう倫理が完全にぶっ飛んでいますね、というエリーゼの言葉は誰も耳にしなかった。勝っている時の戦争なんてそんなものだ。

分厚い水密扉の真ん中にあるハンドルを回し、クウェンサー達はいよいよ船内に入り込む。

内部は打って変わって木目や緋色《ひいろ》の絨毯《じゅうたん》が幅を利《き》かせる、クラシックな洋館みたいな造りだった。やはりセレブ向け、鉄骨から食事のトレイまでできるだけ軽くが常道の船において、そこらじゅう無駄な飾りで溢《あふ》れ返《かえ》っている。

宿泊メインの豪華客船なので、全体の内装としては縦に長いリゾートホテルを横に倒して部屋を並べ直したような構造になっているのだろう。船室の数は多く、直線の通路がやたらと長い。反面、エレベーターは貨物用や業務用がメインであって、一般客は小洒落《こじゃれ》た螺旋階段《らせんかいだん》を使って上り下りするらしい。

案内板を見ると、普通の船と違って『天文台』という丸い部屋があるらしかった。おそらくハワイ辺りにある巨大な反射望遠鏡をそのまんま据えつけているのだろう。他にも北極圏《ほっきょくけん》を突き進む船だというのに屋内プールまで完備しているらしい。最上階で天井はガラス張り。水着で温水プールに身を委ねながら一面のオーロラを観察できるのだとか。

プラスチック爆弾の『ハンドアックス』を千切ってゴルフボールくらいの小さな塊にまとめながら、クウェンサーが小さな声でぼやいていた。このサイズだといつものボールペン型の信管では大き過ぎるので、分解して小さなものを自作しておくのも忘れずに。

「何この悪趣味時空、良《い》い予感がしないよ……」

「ノストラダムス並に曖昧な予言して何になるってんだ？　再婚した母親が連れてきた女の子が告った相手でも的中になっちまうじゃねえか」

「大丈夫、それはむしろ萌《も》えます」

ぶつくさ言っている間に、横手のリネン室からうら若きメイドさんが顔を出した。小さな悲鳴を上げてへたり込み、傍《かたわ》らにいた小さな子供にしがみついて庇《かば》う姿勢に入った銀髪メイドを見てクウェンサーが叫ぶ。

「どうするっ、コンカッション？」

「いいやややめ、グレーからホワイト、戦意喪失を確認！」

実際に相対してみて分かったが、脅《おび》えるメイドさんが凍りついたまま凝視しているのはヘイヴィアの銃口だ。クウェンサーの方はゴルフボール大の粘土の塊なので、おそらく構えを見ても何をやっているのか分からないのだろう。コンカッショングレネード、効果はあっても威嚇作用は全く期待できない。『使ってみるまで相手は止まらない』では、平和的な非殺傷兵器とは言《い》い難《がた》い。

プロのメイドさんにしがみつかれて何とも羨ましい感じになってる少年は、彼女の肩越しに首を傾《かし》げて声を掛けてくるくらいだった。

「軍人さん？」

「ああ。こんなナリだが『正統王国』」

「じゃあナイト様！」

むぐ、とヘイヴィアがちょっと黙ってクウェンサーが腹を抱えて爆笑していた。ガチの『貴族』階級にはさぞかし返答に困る問いかけだっただろう。

「でも何でナイト様がサンタさんの格好してるの？」

「サンタじゃねえし、罰ゲームってか色々事情があんだよ！」

「だってそっちのお姉さん、ニュースに出てた。本物のサンタクロースが撃ち落とされたんだって」

「ひぎい思わぬ被弾‼　わ、私のビキニサンタは一体どこまで拡散を……？　デジタルタトゥーは永遠に消えないキズとなって世界中を駆け回るんですかあ⁉」

ずぶ濡《ぬ》れエリーゼまで総毛立って叫んでいたが、お子様は両目を輝かせてわなわなしている ばかりだ。

「ジョンはいないって言っていたけど、やっぱりほんとにサンタクロースはいたんだ……。これはクラウディアにも教えてあげないと！」

あっ！　と銀髪メイドが叫び、慌てて男の子を追いかけて螺旋階段《らせんかいだん》の方へ消えていく。

クウェンサー達も舌打ちするが、まさか銃口を向けて制止を促す訳にもいかない。ここから先は、いつ情報が洩《も》れて警戒態勢が強化されるか分からない、と考えて動くしかなさそうだ。具体的には、遮蔽物と複数の退路を常に意識して船内を進むしかない。

ヘイヴィアはそっと息を吐いて、

「……あちこち連れ回して流れ弾に被弾、よりはマシな展開か。ちくしょう」

「コンカッショングレネード、カンッペキに粘土遊びか何かと勘違いされたままだったな。使わずに動きを止めるには……やっぱりカタチが大切か」

「自分で粘土っつったろ。丸だろうが四角だろうが威力は変わらねえんだ、見ただけで誰もが脅《おび》える形に整えりゃ良《い》いんじゃね？」

クウェンサーは友の助言を聞き入れる男だ。丹精込めてリアルなペ○スの形にしたら顔を真っ赤にしたエリーゼ＝モンタナから割と本気でぶたれた。

「何やってんですかもおー!?」

「いやコンカッションでやるなら寒さですっかり縮んだこれくらいのサイズが限界だ！　ギンギンのフル○起にしたら死んじゃうって!!」

「そういう話をしてんじゃねえですよ、さっきのほっこり話の直後にコレとか、あなたどこまで腐り果ててやがるんですかあ!?」

「そしてほほうエリーゼ君。これを見ただけでアレと分かる程度には知識を積み重ねているのかな。もしもキサマが本当に何も知らない無垢《むく》なるおねいさんなら『あらカワイイ、これは何の動物ですか？』とかぶっ飛んだ方向に議論が向かってもおかしくなかったのにだ!!」

もう一発ぶたれた。

頬を押さえて『島国』のセーザを横に崩しながら、船内通路の赤い絨毯《じゅうたん》の上でクウェンサーは叫ぶ。

「だって女性器方向はヤじゃん!!」

「ぶぼっ、一体何発ぶたれたいんですかあなたはあ!?」

「ご褒美《ほうび》をいただけるのならいただけるだけ何発でもだ!!　さあ、ほらっ、さあおかわりッッッ!!」

ふーふーと不機嫌な猫みたいに威圧してくるエリーゼは放っておいて、ヘイヴィアは眉をひそめてこんな風に尋ねてくる。

「ちなみにこれ、信管はどこから刺すんだ？」

「やっぱりこう収まりの良《い》い所に……うーん、尿道から突き刺す方向かな？」

「ごめんちょっと俺が無理。そんなハードなプレイは流石《さすが》に見ているだけで金玉が縮むよう」

悪友には冒険心が足りなかった。

仕方がないのでクウェンサーは今ある体積を利用して、ペ○スの次に威圧効果を見込める別の形を作り上げていく。

「うわあ、ですう」

「だから何でテメェはそう、一回こっきりの消耗品をそこまでリアルにする訳？」

「作り手としての意地だよ。できたー、ゴキブリ型昏倒《こんとう》グレネード!!」

子供の残酷な悪戯《いたずら》みたいにお尻の方から信管を突き刺した途端、折悪く、正しい意味でのセーラー服を纏《まと》う船乗りさん（男性）が顔を出してきた。

しかもこちらを見てぎょっとした途端、その手が腰のホルスターに伸びる。

「クウェンサー!!」

「喰《く》らえコンカッション！　武器置かないとコレ投げるぞこんちくしょー!!」

威圧効果は高かった。

泡を食って錯乱した船員さんが所構わず腰の拳銃を乱射しまくったので、クウェンサー達は慌てて近くの船室のドアを蹴破って退避する羽目になったのだから。

ヘイヴィアは馬乗りになって馬鹿の首を絞めていた。

「テメェはテメェはほんとにもう……」

「ぶえっぐ⁉　いいからこれ早く投げさせてっ‼」

壊れたドアから廊下側へゴキブリちゃんを放り投げて無線機のスイッチを指で押すと、耳をつんざくような甲高い爆音と共に混乱しきった銃声の乱舞がピタリと止まった。

「やった？　やったか？？？」

「知らないよ、不安が取れないならエリーゼ蹴り出して確かめさせなよ」

「皆さんしれっと言っていますけど私の人権⁉」

馬鹿どもがこれだけ騒いでも追加の攻撃がやってこないという事は、やはり無力化に成功したのだろう。おっかなびっくり廊下の方を覗《のぞ》いてみると、割とドアから近い場所でセーラー男がうつ伏せに転がっていた。

メイドさんに男の子、それから船員さんも。これまで死者はないが、派手に撃ったり爆発させたりの音は船内中に響き渡っただろう。こちらは一応助けに来た身だが、名乗る前から事を起こしたのはマイナスの意味で大きい。ここからは、これまで以上に不意打ちの鉛弾をもらうリスクが跳ね上がったと見るべきだ。

クウェンサー達は改めて長い廊下を歩きながら、

「って言ってもこれだけ大きな船だよ。船室なんか一〇〇〇以上あるでしょ、どこから調べて誰と話をつけるの？」

「これが普通の状態だったらな。人間ってのはプレッシャーには勝てないもんだぜ、孤独のまだと倍率が跳ね上がる。チキンなセレブどもの事だ。どっかオペラハウスなりバスケットコートなり、デカい施設に集まってんじゃねえか？」

「……俺達今海に浮かべる船の話をしているんだよね？」

クウェンサーとしても具体的に何か狙いがある訳ではない。最初に大きな部屋を調べて、そこが空振りだったら個々の船室をしらみ潰しでも効率は変わらないので、ひとまずその流れに乗っかる事に。

「いるぜ」

両開きのドアの前で、ヘイヴィアがそう囁《ささや》いた。

元々どんな部屋かは知らないが、今はパーティ会場として機能しているらしい。ドアの横に長テーブルで囲った即席の受付カウンターが用意されていたからだ。ただ、招待状を確認する受付嬢はいない。空っぽの席がいくつかあるだけだった。

銃器や格闘の素人《しろうと》であるクウェンサーにも、肌で感じる何かがあった。真夜中の学校のような冷たい無人の空間とは違う、何かしら、温かいものが扉の向こうから伝わってくるのだ。この教室だけ徹夜で文化祭の準備をやっていますといった、大勢の人の気配が。

「この先だ。贅肉《ぜいにく》だらけのＶＩＰサマだけなら話は早《は》ええが、どうせそういう連中は自前の護衛をわんさか引き連れてる。綱渡りになるのだけは覚悟しておけ」

「しておけーって言われても、具体的に何をどう対策しろって言うんですかあ?」

確かに不安が拭えなかったので、ヘイヴィアが両開きのドアを開けて、クウェンサーが金髪巨乳を中に放り込んでみた。

ちょっと待ってみたが、銃声の連打は特にない。

だんだんと向こうから鳴り響いているのは、両開きの扉を叩《たた》いている音だ。

『ひいいーっ!! あけてー開けてくださいですう!!』

「割と元気いっぱいだし、大丈夫かな?」

「油断すんな、ただし美人に限るの法則が働いてるかもしれねえぞ」

クウェンサーはゴキブリ型の爆弾を、ヘイヴィアはアサルトライフルを摑《つか》み直《なお》し、それぞれ壁に張り付いたまま両開きのドアをゆっくりと開けていく。

そこで予想外の一発があった。

しかしそれは、特大のマグナム拳銃やスラッグ弾で壁ごと体をぶち抜かれたとか、そういう展開ではない。むしろベクトルとしては真逆になる。

声だった。

大きなダンスホールに集まる人々は、口を揃《そろ》えてこう呟《つぶや》いたのだ。

「ヘイヴィア……『様』？」

6

忘れていた。

すっかり忘れていたのだ。

「(そうだよ……。さっきもガキンチョからナイト様とか呼ばれていたし、こいつ地元じゃ有名な『貴族』のボンボンだったんだっけ？　そりゃ『正統王国』で金にうるさい連中が集まっているとしたら、顔見知りがいてもおかしくないわな)」

燕尾《えんび》服《ふく》にイブニングドレス。

戦争やってる最前線ではありえない、きらびやかな正装の紳士淑女が集まっていた。いいや、そもそも彼らはここが戦場だという認識すらないのかもしれない。この船の中は、独立した一つの『安全国』であるとでも。

船内だというのに吹き抜けになっている広いダンスホールは、これだけで体育館ほどの広さがあった。毛足の長い絨毯《じゅうたん》に天井は巨大な水晶のシャンデリアがずらり、エアコンの他に壁際《かべぎわ》には本当に火をくべられる暖炉が等間隔に並び、壇上は演劇用ではなくジャズやオーケストラの楽団に働かせるための演奏台だろう。料理については立食パーティのように長テーブルがずらりと並んでいる訳ではない。本当のセレブはわざわざ自分から料理や飲み物を取りには行かない。数多く用意しておいたメイド達がダンスホール全体を見渡し、人と人の隙間を縫って適宜行き交い、不足を補う。そういう風にできていたのだろう。

　高い天井の辺りでは、大きな横断幕が頭上をまたいでいた。

　そこにはこうある。

『辛《つら》い手術を耐えた子供達に、本物のオーロラを見せてあげよう！　年またぎチャリティーツアー!!』

　クウェンサーは鼻で笑った。

「……自分だけじゃなくて、周りに贅沢《ぜいたく》をばら撒《ま》くくらい金が有り余っているっていうのか」

「そそそんな余裕があるなら、とっとと温かい飲み物と着替えくらい出てきても良いと思うんですう……」

　とにかく寒さにやられて着替えを欲《ほっ》するエリーゼ＝モンタナ、その内ぱっつんぱっつんのメイド姿にでも進化しそうな発言であった。想像するとちょっと面白いのでクウェンサーは特にツッコミを入れず、黙って流す事に。

ヘイヴィアは少し離れた場所で多くの人に取り囲まれていた。

悪友の『貴族』としての顔は、何気にそう見られたものではない。

「ヘイヴィア様がこちらにいらっしゃるという事は、やはり『正統王国』軍による救出作戦は順当に進んでいるという訳なのですね」

「それは吉報にございます。流石《さすが》はウィンチェル家の跡取り様、その英雄的な行動については一片の曇りもございますまい」

「子供達もきっと喜びますよ。ふふ、絵本の中の王子様が本当にいると教えてもらえるのですからね」

それから扇子で口元を覆ったセレブな奥様は流し目を送って、

「うふふ、軍の手で捕獲した本物のサンタさんまで連れてきてくださったようですし」

「ひぎいーっ⁉」

軍服なのにエロスな空気が漂うずぶ濡《ぬ》れエリーゼ、全世界レベルの生き恥はまだまだ消えずであった。

そっと、クウェンサーは息を吐く。

『前提』を、改めて頭の中で思い浮かべてみる。

それから傍《かたわ》らで極寒のびしょびしょと羞恥の熱で小刻みに震えている、金髪巨乳のメガネおねいさんの脇腹を肘で軽くつついた。

「(んっ、ふ……ひンっ???　な、何ですかセクハラですかっ?)」

「(黙れ高感度式お姉さん。とにかく要警戒)」

「はい?」

場違いな顔がいくつか見て取れた。

クウェンサーやヘイヴィアよりもさらに年下、せいぜい一〇歳かそこらの少年少女がパーティ会場に混ざっている。格好こそタキシードやカクテルドレスだが、表情や足取りはどこかおぼつかず、慣れていない。クウェンサーとしてはこちらの方が親近感はあった。そう、同じ『平民』の匂いがする。

爆弾抱えた戦地派遣留学生の視線に気づいたのか、慣れないタキシードを纏《まと》う小さな男の子がイブニングドレスの背中に隠れた。しまった、まだゴキブリちゃんを持ったままだ。セレブさんはうっすらと笑いながら、その頭を掌《てのひら》で撫《な》でている。

「クウェンサー」

何かしら話し込んでいたヘイヴィアが、こっちに振り返って声を掛けてきた。クウェンサーはクウェンサーで肩をすくめて、

「悪いが俺は『平民』だ、そっちの会話には交ざれそうにない。アンタ達『貴族』のお作法については分かんないよ」

「そういう話をしてんじゃねえよ、これからどうするかだ」

ヘイヴィアがそう告げると、周りの紳士淑女も耳を傾けてきた。

というか、我が物顔で口を挟んでくる。

「差し出がましい事ではあるのですが」

「これから具体的にどうやって皆を退避させるのでしょう。やはりヘリコプターやティルトローター……あるいは、分厚い氷を割って下から潜水艦を差し向けるとか？」

「こちらには子供達もいますし、人命優先で策を練らねばなりませんね。どのような話が待っているのか、事前にお聞かせ願ってもよろしいでしょうか」

気になる。

引っかかる。

自分の贅沢《ぜいたく》どころか他人にまでばら撒《ま》けるくらい圧倒的な財力を持った『貴族』達が、金の力よりも血も繋《つな》がっていない木《こ》っ端《ぱ》の『平民』の命を優先する？　ありえない。ただの僻《ひが》みや偏見ではない、実際問題『正統王国』はそういう組織なのだ。

が、今の本題はそちらではない。

クウェンサー達としても、次の一手は早い内に打たなくてはならない。先に到着したのは彼らだったが、黙っていれば『情報同盟』の兵士達もこのオーロラ観測船までやってくる。奪い奪われなんかやっていたら、どれだけ被害が拡大するか分かったものではない。

ここで、流れを変える。

そのために必要な事と言えば……。

『前提』を思い出せ。

「そうなると、だ」

「ああ。テメェも大体考えてる事は似たり寄ったりってツラだな」

クウェンサーとヘイヴィアがそれぞれ呟《つぶや》くと、セレブ達がぐっと身を乗り上げてきた。

「どっ、どうするのです？　具体的にどのような方法で我々を助け出してくれると⁉」

「いいや」

台詞《せりふ》は譲った。

同じ『貴族』から言った方が、まだしも反発心は少ないだろうと考えて。

だからヘイヴィア＝ウィンチェルは迷わず言った。

「この船が積んでる金塊を全て海に捨てる。そうすりゃ『正統王国』も『情報同盟』も船を襲おうなんて考えねえだろ」

そう。

両陣営が追い求めているのは人命ではなく、パーティ会場に集まったセレブ達が秘密銀行に隠そうとしていた大量の金塊だ。それがこの船にあるから、人命もろとも狙われる羽目になったのだ。

それなら。

いらない純金を手放してしまえば。

「純金は重い。船のコンテナにでも積んでクレーンで落とせば、分厚い氷を割ってそのまま海まで沈んでいくだろうさ。そうすりゃ戦場はよそへ移る。お次は潜水艦同士の殴り合いかね。少なくともこの船が襲われる心配はなくなるから、テメェらは春の雪解けまでじっくり待てば良い」

「いえっ、その、ヘイヴィア様、それは……⁉」

「困る事があるか？　純金は海水を浴びても錆《さ》びたり腐食したりはしねえ。どうやったって安定しているから信用されていて、高値で取引される貴金属になったんだろ。あらかじめ、投下量さえ把握しておけば回収にゃ困らねえ。一〇〇年放り出したって量が変わる訳じゃねえんだからな」

純金を全て船外に落としたという証明をしないと外からの襲撃は終わらないかもしれないが……どうせ秘密銀行あての書類くらいまとめているだろう。そして船は水の上に浮かんでいるのだから、積載重量に応じて『沈む深さ』は変わる。リストの重さと船の浮き方を調べれば、偽りがない事くらい明かせるはずだ。

「ちなみに」

ここでクウェンサーが補足を入れた。

「……俺達がこの船に籠城《ろうじよう》したって、『情報同盟』が外から対艦ミサイルや艦砲で滅多打ちしてきたらどっちみち船ごと純金の塊は海の藻屑《もくず》だ。純金は炎に入れても海水に浸《つ》けても性質は変わらないんだから、後からゆっくり海底をさらっても減額はない。つまり金塊が欲しい『情報同盟』側に躊躇《ためら》う理由は一個もないぞ。純金は、盾にならない」

沈黙があった。

無理もない、とクウェンサーは思う。

一見すると馬鹿二人は妥当で真っ当、ありふれた順当な意見を言っているように聞こえるかもしれない。だけどここに揃《そろ》ったセレブ達にとっては、絶対に譲れない『前提』があるのだ。

そう。

敵国である『情報同盟』に金塊を奪われてしまっては元も子もない。

だけど同じ『正統王国』に保護されてしまうと、秘密銀行に隠すはずだった膨大な金塊の存在が露見してしまう。追徴課税でごっそり財産を奪われたくない側としては、金塊が『正統王国』に渡ってしまっても困るのだ。

今ならまだ、金塊は手元にある。

その重さ故に、もう自分達では動かせないと分かっていても。

だけど海の底に沈めてしまったら、流石《さすが》のセレブ達でも手出しできなくなる。『正統王国』

か『情報同盟』か、いずれにせよ軍の力を借りる必要に迫られてしまう。自分達の財産を、目の前で奪われてしまう流れを止められなくなる。

だから、できない。

それが一番安全と分かっていても、最適の答えを選べなくなっている。

「……違うのです」

しかし、だ。

燕尾服《えんびふく》を着た紳士様は、クウェンサーの予想を超える台詞《せりふ》を吐き出した。

「ヘイヴィア様。この船には、金塊など積んでいないのです」

最初、『正統王国』のジャガイモ達は意味が分からなかった。

だって、それでは戦争の『前提』が崩れてしまう。この船が秘密銀行行きでないとしたら、わざわざ『正統王国』と『情報同盟』が目の色を変えてまで北極《ほっきょく》に部隊展開しようなんて考えないはずなんだから。

だから、だ。

「ここまで来てまだ自分の金に目が眩《くら》んでやがるのか……？　人命を優先するって話はどこ行った⁉　子供の命を優先するって言ったのはその口だろうがッ‼」

「金塊を隠すのはそっちの勝手だし、これだけ広い船内をすぐに捜索できるって訳でもない。だけど抱え込んだら抱え込むだけリスクは増えるぞ。さっきも言ったけど、『情報同盟』側にこの船への攻撃を躊躇《ためら》う理由は特にないはずだ」

もしもそうなった場合は、クウェンサー達はチャリティーイベントに連れてこられた子供達だけでも抱えて表へ逃げ出すまでだ。『正統王国』が欲しがっているのは、やはり金塊。さっきも言った通り、海の底に沈んでも問題なく回収できるとしたら、軍からやってきたクウェンサー達までわざわざセレブ達の意地に付き従ってここで爆死する義理はない。

死にたい者だけ死ねば良い。

ひょっとしたら、これが『平民』と『貴族』の壁なのかもしれないけど。

「違うのです……」

別のイブニングドレスが囁《ささや》いた。

自分の背中に隠れる小さな男の子の頭を、そっと撫《な》でながら。

「譲れないものはあります。そこに嘘《うそ》はありません。ですがそれは、純金ではない。ですから海に沈めて再回収を待つという方法は使えません、絶対に」

「何を」

「私達にとっては、辛《つら》い手術を支えて命を繋《つな》ぐ経験と技術こそが第一にございます。ヘイヴィア様、どうあってもここは譲れません。船を動かしたり、ここで戦ったり、どうにかできないものなのですか。何でも協力しますから」

今度はずぶ濡《ぬ》れのエリーゼの肘がクウェンサーの脇腹をつついた。

「(実は良《い》い人達、なんでしょうか。何だかんだ言っても、縁もゆかりもない子供達の手術費用を肩代わりしているという話ですしい)」

「……、」

だとしたらたまらない美談だが、何か引っかかる。

そういう努力をするなら、『貴族』どもは絶対に広く喧伝《けんでん》する。テレビクルーを同じ船に乗せたり、何だったらこの会話をスマホで録画して動画サイトにアップロードするだけでも構わない。お金を使って知名度を買う、それがヤツらの言う慈善。図式を作るにあたって、今のままではパーツが足りない。

そして。

だから。

『前提』に従って、苦労知らずのセレブ達はこう告げたのだ。

真実を。

「人工関節や臓器に支えられた子供達は、全身それ自体が価値あるレアアース・イモータノイドの塊となっております。つまりは、運び屋。必要な時に必要な量だけ皮膚下に商品を埋め込む運び屋です」

「市場価格は意図的に釣り上げておきましたから、長寿鉱石のグラム単価は純金の二〇〇倍程度でしょうか。国内でできない手術を海外で行うと言えば当局から睨《にら》まれる恐れはありませんし、金属探知ゲートでどれほど怪しい反応が出ても体内の医療機器を外せと迫る警備員はいませんからな」

「ところがここで言うイモータノイドは鉱泉として水中に染《し》み出《だ》す事からお分かりの通り、純金と違って容易《たやす》く性質が変わります。海に沈めてしまっては値が落ちてしまうリスクがございましょう」

これを、だ。

追い詰められて渋々でもなければ、罪悪感に駆られて涙ながらに懺悔《ざんげ》するでもなく。

そういう流れが来てしまったからただ話している。まるで、天気の話が出てきたから雨についての豆知識を引っ張り出してくる。それくらいの感覚で。

「て……」

空白。

そしてヘイヴィア＝ウィンチェルがあらん限りの力でもって怒鳴り散らす。

「テメェらッッッ!!!!!!」

むしろ、だ。

当の『子供』は、その大きな声に肩をびくつかせていた。

イブニングドレスの淑女の背中に隠れたままだった。そこが、一番安全だと教えられていた。荷物を運ぶたびに体を切り開かれ、異物という異物を全身に詰め込まれて糸で縫うような生活を強いられているのに。それでも、他の道に進むくらいならここにいた方がマシだと思い込むほど、徹底的に追い詰められている。激しい虐待を受けた人間は、家に帰れば殴られると分かっていても絶望の帰路から一歩でも外へ逸《そ》れる事ができない。時間に遅れれば、それで激昂《げっこう》されてより強く殴られると脅《おび》えてしまうから。ここにいる子供達にもたらされた『救い』とは、つまりそういう類のモノだ。

「？　そんなに大きな声を出してどうなさったのです、ヘイヴィア様」

「イモータノイドは長寿鉱石。その微弱な放射線によって細胞を活性化させるという話ですし、純金の二〇〇倍もする稀少《きしょう》なレアアースにございます。通常であれば、願ったところで施術を行えるものではございません」

「『平民』が『貴族』のために奉仕するのは当然。ドラッグや武器を運ばせている訳ではあるまいし、むしろイモータノイドを組み込めば健康のためにもなるのです。それはとても幸せな事ではありませんか」

　悪びれもなく。

　そもそも悪い事をしているという自覚すらなく。

『貴族』が『平民』を取り扱うとは、どういう事か。その一端を垣間見《かいまみ》たような話だった。

（……サンタクロースはいない、か）

　それは、いてもいなくても、どっちみち自分達の所には絶対来ないという意味だったのか。

　封じられた平穏。

　そこから一歩でも外に出れば餓《う》えて死ぬと脅され続けて、それが当たり前だと思うほどに刷り込まれてしまった子供達。いらない枝を切られて添え木に縛り付けられ、大人達が願った通りの花を咲かせる事が最善であると信じるしかなかった幼い魂の群れ。

　でも、まだだ。

　完結はしていない。

　船内で出会った子供は、エリーゼ＝モンタナを見かけた時に、『サンタクロースはいる』から『早くクラウディアに教えなくちゃ』と言って走り去った。

　つまり、彼らでも信じきれなかった何かがやってきたのだ。

　サンタクロースなんて。

　外からやってきて、一切の利害なく、管理の外から手を差し伸べてくれる者の存在なんか。

それでも赤い服を着た誰かが潜り込んできた。

なら。

それなら。

そしてイブニングドレスの淑女の背中に隠れていた小さな男の子の手を取り、そっと引き離した。

「ヘイヴィア」

クウェンサーは呟《つぶや》いた。

呟《つぶや》いて、さりげなく手にしていたものを悪友の手に握り込ませる。

半径二、三メートル。

その外まで踏み出して、用意されたレールからほんの一歩だけ外へ脱線して。

クウェンサー＝バーボタージュはこう告げる。

「コンカッション」

バム!!　という激しい爆音と共に、空気を叩《たた》く衝撃波で脳震盪《のうしんとう》を起こしたクソ野郎どもが床へ転がっていった。

7

コンカッショングレネードが作用するのは半径二メートル程度。対して体育館より広いダンスホールには無数の紳士淑女でぎっしりだった。当然、一発の爆発で全員昏倒《こんとう》とはいかない。

ただし。

意外にも、だ。くそったれのＶＩＰどもが引き連れていた黒服の護衛達とは戦闘状態に入らなかった。

「……正直に言って、助かりました」

そう告げて頭を下げてきたのは、ある警備主任だった。

「こんな訳知り顔で『あなたと同じ側』に立っている素振りを見せる事自体が罪深いのでしょうが……我々もきっかけが欲しかったのかもしれない」

「アンタは……？」

クウェンサーが尋ねると、中年男性は淡く笑った。

「一応は『貴族』ですよ。ただし、もしもあなた方にこんな不遜な言い方が許されるのであれば、皆が皆何も感じてこなかったとは思わないでいただきたい」

『平民』と『貴族』の間には、絶対的な壁がある。

だけどそれは、逆に言えば対人関係をある程度無視できる。どうせ雲の上の人だから、接点なんか一生ないだろう、と。

だけど『貴族』と『貴族』の関係ならどうか。

より身近であるが故に、彼らは縛られていた。『貴族』の持つ恐るべき力に。わずかでも逆《げき》鱗《りん》に触れればどうなるかという恐怖を、直視しなければならなかった。

そんな彼らが、動いたのだ。

もう嫌だと。

今あるチャンスが次も回ってくるとは限らない。だから、ここで確実にあの子達を助けてくれと願って、具体的なリスクを背負って。

いいや、護衛達だけではない。

ものは言わない。

だけど辺りを行き交うメイドやセーラー服のクルー達も、無言で道を譲ってくれた。軍服に袖は通せない、『貴族』となんか戦えない。それでも、何かできる事はないかと必死に考えて。

ヘイヴィアもその辺りの事情は理解しているのだろう。

その上で、敢《あ》えて触れず吐き捨てるようにこう尋ねた。

「テメェらの親玉どもは？」

「具合の悪い『貴族』の皆様にはお休みいただいております。全員最下層のバラストタンクに。

中から開ける事はできませんから、負けて船が沈む時は運命を共にする形になるでしょうね」

「……へっ、ヤツらにゃ良《い》い薬だぜ。戦争国へようこそ」

「それから差し出がましいお願いなのですが、もしも後でお時間がありましたら、子供達と話をしていただけないでしょうか。わたくしどもではできない事がありまして」

「あん？　そのガキどもは一体サンタクロースに何を願ったってんだ？？？」

ヘイヴィア＝ウィンチェルの言葉に、警備主任は淡く笑った。

そして告げる。

「本物のナイト様を、連れてきてほしいと」

どこまで本気だったかは、当の子供達にも分からなかったのかもしれない。

あるいは絶対にありえない存在に願う事で、叶《かな》えられなくてもショックを受けずに済むと考えたのかもしれない。来てくれない事への、諦めの儀式だった可能性だってあるはずだ。

だけど最強の兵士達はここへ来た……と言ってしまって良いのだろうか。

もちろん、だ。

ここまでの筋は、何一つ通っていない。

軍に送られたクリスマスカードから始まったサンタクロース撃墜作戦は本来成功するはずだ

ったもので、左遷されてきたクウェンサーやヘイヴィアが北極圏《ほっきょくけん》までやってきたのもたまただ。そしてオーロラ観測船に的を絞ったのも、最初から子供達の救出を目的とした作戦ではなかった。

それでも、『たまたま』の『偶然』であっても。

やはり彼らはここまで来た。

いくつかの失敗とすれ違いを経て、何度も何度も途切れていた線を無理矢理に繋《つな》いで。一〇〇回繰り返しても一〇〇回とも事態に気づかず素通りしてしまっていたはずなのに、何故《なぜ》だかヘイヴィア達はオーロラ観測船の中でゲスなセレブどもを叩《たた》きのめしている。

理論を超えた現象。

あるいはそれだって、奇跡とでも呼ぶべきなのか。

「へっ……」

ヘイヴィア＝ウィンチェルは小さく笑った。

本物のナイト様。

現実に君臨する『貴族』の醜さを目《ま》の当《あ》たりにしてきた子供達が、それでも捨て去る事のできなかった夢のような存在。だからこそ諦めの儀式を経て忘れようとしていた何か。

『貴族』なんて言葉は利権の手垢《てあか》にまみれていて、世間に喧伝《けんでん》するようなノーブレスオブリージュなんてどこにもない事くらい、実際その世界で生きているヘイヴィアだって良く分かっているだろう。

だけど、そんな夢みたいな話にすがる者もいる。

すがった者の前でその手を振り払うほど、彼は狭量《きょうりょう》ではない。

「……仕方ねえか。ここから先は手袋投げてレイピア構えるナイト様のご登場だぜ」

任務失敗上等、子供もメイドも放っておいて自分達だけ黙って逃げ帰る、という選択肢はこれで消えた。

オーロラ観測船ジュリアスシーザーに純金の塊は積んでいなかった。

船に同上していた『平民』の子供は、ざっと二〇人くらい。たったこれだけの数、小さな体の中に、純金の山に匹敵する価値を持つ稀少《きしょう》なイモータノイドを人工関節や臓器の形で徹底的に埋め込まれているという。

投機目的に健康ブーム。

極限まで吊り上げられた長寿鉱石の価格は、グラムあたり純金の二〇〇倍。

微弱な放射線のおかげで細胞が活性化し、寿命が元来の三〇％も伸びる……というのは流石《さすが》に失笑モノだが、長寿鉱石という名札をつけてそう広めておけば得をする人物がいるのも容易に想像がつく。人は健康という建前があれば、その辺に生えてる海藻を煮詰めたドロドロにさえ札束を積む愚かな生き物だ。

「どうする、純金はないって言って『情報同盟』の連中が信じてくれると思うか？　先に船へ乗り込んだ敵兵の言葉なんか」

「信じる理由がねえ。重たい純金の山を持ち出すための時間稼ぎをしているって判断されんのがオチだ。つまり、答えがどうだろうが連中はこの船を襲う」

それに、『情報同盟』が正しい答えに辿《たど》り着いたとして、だから何なのだ？

彼らにとっては縁もゆかりもない敵国の人間。

その体内に金塊の山に匹敵する財産が眠っていると分かったら、メスを使ってアジの開きのように大きく広げてでも全身のイモータノイドを取り出そうとするだろう。元々、大金のために戦争を始めた連中だ。現場の兵士達がどう思うかは知らない、ひょっとしたら彼らなりに『救出・保護』すると考えるかもしれない。だけど、ヤツらの『上』が人命なんぞに気を配る心の持ち主とは思えない。自信満々に、意気揚々と。保護した先の病院でバラバラにするのがオチだ。

そうなると、

「この船に籠城《ろうじょう》するか、ガキどもを連れ出して整備基地まで案内するか。どっちにしたってこのままにはしておけねえ。戦争のルールが変わっちまったぞ、くそったれが」

「……ポジティブに考えようよ。金塊と違ってあの子達は軽いし、自分の足で歩き回れる。持ち運びの面で言えば、あのクソセレブどもが言った通り確かに有利なんだ。海に沈めて仕切り直し以外にも、いくつかの選択肢があるはずだ」

ぎぎぎみぎみぎみぎみぎ、と。

何か硬いものが軋《きし》むような音が、ダンスホールに響き渡ったのはその時だった。

「今度は何だよ、クソが……」

「たいへんっ、大変ですう!!」

よそを見て回っていたはずのエリーゼ＝モンタナがダンスホールに飛び込んできた。彼女は軍用の携帯端末をこちらに突き付けながら、

「何かデカいのが来てる……。『情報同盟』軍の船！　あの規模だと巡洋艦を超えてます、ざっと八万トンオーバー!!」

「マジか、その重さだと戦艦クラスになっちまうぞ。つかそんなカテゴリの兵器なんかまだ残ってやがったのか!?」

「そもそも『来てる』っていうのは？　分厚い氷で閉じ込められているんじゃなくて？」

らちが明かないのでエリーゼの携帯端末をみんなで覗《のぞ》き込《こ》む。

エレクトリック０１９。

船の側面にはそうあった。

撮影されているのは写真や動画だ。辺り一面真っ白で、比較できる物体がないのでパッと見で分かりにくいが……確かに大きい。艦橋の窓の一枚一枚はどこの船でも大体同じだから、ここを基準に考えてみると自分で思い描いているスケール感が狂っている事にクウェンサーは気

づかされる。

戦地派遣留学生はものを見て、呻《うめ》くように呟《つぶや》いていた。

素人《しろうと》に毛が生えた程度の技量でも、すぐに分かる事がある。

「二〇〇どころじゃない、三〇〇メートルはありそうだぞ……」

オブジェクト以外の兵器は基本的に小さく取り回し良く、を旨《むね》とする昨今の開発事情とは真逆に進んでいる。オブジェクト一本の体制に不満がある物好きな派閥でもあったのか。あるいは『情報同盟』内部に、オブジェクト無用の北欧禁猟区辺りで異形の進化を遂げた船でも引っ張り出してきていたのかもしれない。学生は呻《うめ》きながら、

「主砲は控えめに見ても五〇センチはありそうだ。ただの火砲じゃないな。あの分だとレールガン、いやコイルガンか。オブジェクト以外でまだあんな重砲の開発をやってるなんて驚きだけど……海関係だと電磁式カタパルトの研究って看板立てて隠《かく》れ蓑《みの》にでもしていたのかね」

「つか、こいつ動いてねえかっ？　分厚い氷のせいで船は動けねえんじゃねえのかよ⁉」

「船首を覆うように変なブレードがついてる。除雪車みたいにくの字に曲がったヤツ」

クウェンサーが何かに気づいた。

「規格外のパワーと重さで強引に氷を割っている……だけじゃないな。見ろよヘイヴィア、この砕氷ブレード。氷との接触面から蒸気が出てる」

「エンジンの排熱で鉄板を焼いているか、あるいは高周波で振動でもさせてやがんのか？　こ

いつ、氷を溶かしながら進んでやがる。発泡素材を電熱線で切り分けるようなもんか」

「何にしても最初からあったたって感じじゃないな、あのブレードだけ周りから浮いてる。今あるもので急ごしらえだとは思うけど。ただ何にしても敵の方が一枚上手だった。目に見える位置まで近づいてきたのは、戦車の砲と同じ、真《ま》っ直《す》ぐ一本道の直射でこのオーロラ観測船をぶち抜くつもりだからだ」

「何でそんな面倒臭《めんどうくさ》せえ事を？　地平線、いや北極《ほっきょく》の場合は水平線だっけ？　とにかく一線の向こう側から大きく弧を描いてボールを投げりゃ済む話だろ」

「それだと一発でオーロラ観測船が粉々になる。だけど威力の高過ぎる直射なら、砲弾は船を貫通して反対側に飛び出すんだ。戦車や装甲車なんかと一緒だよ、徹甲弾でじっくり肉抜きしながら降伏勧告を送れる」

「……、」

「俺が作ったコンカッショングレネードでもあったろ。使ってみるまで恐怖を覚えない、じゃ交渉にならない。つまりヤツらも話がしたいんだ、『財産』が本当に金塊かどうか疑問もあるのかも。それが何なのか聞き出すためには、処刑よりも拷問だろ」

　どこに誰が身を寄せているかも分からないまま、あてずっぽうで民間の船を端から順に削り取っていこうとしている訳だ。当然こちらの人権など考えているはずもない。財産の正体が健康系レアアース（？）をしこたま詰め込んだ子供達だと分かったら、むしろ嬉々《きき》として『回収』に乗り出すだろう。クレーンを使わずに済んでラッキーだった、くらいの感覚で。

ヘイヴィアは苦い顔で、しかし要点は忘れない。

「……疑問があるって事は、今すぐ沈めに来る訳じゃあねえな？」

「ああ。財産の正体が紙の札束とか小切手だったりした場合は、火や水が天敵になる。だからそういう代物じゃないかを確かめるため、ヤツらは徹底的にプレッシャーを与えようとするはずだ。こっちがいらない事まで勝手にゲロるように仕向けてな」

ただしそれも。

結局は『予測』でしかないのだ。

何しろ『情報同盟』側からすれば、こちらがどれだけ真実を白状したところで『敵兵は嘘《うそ》をついているのではないか』『まだ重要な情報を隠しているのではないか』という疑念と常に戦い続ける羽目になる。情報は十分か不足しているか、一体どこまでやれば過不足ないという事になるのかは、ヤツらの胸三寸となってしまう。

勝っている側の戦争とは、そういうモノだ。

究極的には、今この瞬間に結論付けて沈めにくる可能性もゼロではない。

「あのガキどもに、メイドやクルー達も……。非戦闘の連中はどれだけ逃がせると思う？」

「本気で言ってんのかよへイヴィア？　『情報同盟』からすれば優先度の低い人間にしか映らないぞ。インパクトのある威嚇をやって俺達を追い詰めるためなら、むしろ無害な一般人から順番に殺されかねない。外の連中は、財産の正体が子供達だって事も知らないんだぞ」

分かっているはずだ。

だからヘイヴィアもそれ以上は噛《か》みつかなかった。


本物のナイト様を、連れてきてほしい。


経緯なんか知らない。

ここまでの筋は通らず、論など一つも成り立っていない。

どう考えたってサンタクロース撃墜作戦から北極海《ほっきょくかい》までの道のりは計画的に繋《つな》がっていた訳がないし、『正統王国』の目的は大金だった。子供達を助けるため、だなんて片腹痛い。彼らは散々苦しめられてきた幼い命の存在自体に気づいていなかったのだから。

それでも現実にヘイヴィア達はその願いを耳にして、この船に立っている。

論理を超えた偶然。

すなわち、奇跡的に。

「……誰も逃がせねえんじゃ立《た》て籠《こ》もれねえ。俺らが前に出るしかねえか。八万トン超えの怪物、『情報同盟』の戦艦に。水平線よりこっちにいるとはいえ、ここから先の道のりは地獄だぜ」

「ならやめるか？　あの子達の前まで歩いて、しゃがみ込んで目を合わせて、やっぱり無理です大人の事情です諦めてくださいって言えるかよ」

「死んだ方がマシだぜ、くそったれが」

「なら、地獄は『情報同盟』の連中に見てもらおう」

ヘイヴィアがさらにクウェンサーと意見をまとめようとした時だった。ふと不良貴族は視線を感じてそちらへ目をやった。

小さな男の子がいた。

体中にメスを入れられ、必要のないイモータノイド製の関節や臓器を入るだけぎっしりと詰め込まれた、運び屋の少年。慈善という言葉を悪用され、大人達の利害に呑《の》み込《こ》まれて、ありとあらゆる善や正義に絶望しているであろう……いいや、そんな憎悪《ぞうお》を抱く余裕すらなくなってしまったであろう、哀《かな》しいほどに『普通』の魂。

「なあ」

屈《かが》み込《こ》み。

目線を合わせて、ヘイヴィアは話しかける。

「心配すんなって、何とかする。『情報同盟』の戦艦だか何だか知らねえが、指一本触れさせねえからビビる必要はねえさ」

「どうやって？」

素朴だが核心を抉《えぐ》るような質問だった。

「どうやったら、クラウディアを守ってもらえる？　ジョンはダメだって言ったんだ。何でも持ってるあいつは施設の子じゃないから、外から笑いながら……」

「なあ、もう大丈夫だ」

そこには答えずに、まずヘイヴィアはこう告げた。

歪《ゆが》みの根幹を貫くように。

「誰もクラウディアだけなんて言ってねえだろ。ジョンとか言われても知らねえし。いいか、この俺様が全部まとめて面倒見てやる。だからさ、アンタは『もしもの話』から、自分自身を取り除く必要はねえんだよ。自分が幸せになったって良《い》いんだよ。そこから積み上げていかねえか？」

「え、だって？」

首を傾《かし》げていた。

枕元にプレゼントの箱があっても、自分のものだと分からずにいるような。

もらえる事が、自然ではない。温室の外へ踏み出す事が、当たり前ではない。

あのクソセレブどもは慈善だ正義だ散々喚《わめ》き散《ち》らしておいて、実際には子供達から目の前いっぱいに広がる選択肢を全て摘み取っていた。一本を除いて自由に伸びている木の枝を片っ端からハサミで切り落とし、自分が望んだ通りの花を咲かせようとするために。

だから。

ここから始めないと、ダメだ。

呪いのような言葉がゆっくりと流れてくるのは、それだけ少年の『普通』で『当たり前』が歪《ゆが》められてきた結果だ。だからどれだけおぞましくても、絶対に目を逸《そ》らす訳にはいかない。

彼は。

その小さな口から、確かにゆるゆると垂れ流していた。常人には理解のし難《がた》い、しかし従わなければ許されなかった『正義の理屈』を。

「僕は生まれた時からひどい病気で」

「そのせいでお父さんとお母さんにたくさん迷惑をかけて」

「たくさん借金したって話を聞いているし」

「普通の学校に通えなくて」

「そんな時に手を差し伸べてくれた人がいて」

「恩を仇《あだ》では返せないから」

「これは絶対に正しい事なんだって」

「でもクラウディアが辛《つら》そうな顔をしているの見てられないし」

「だから」

「サンタクロースが本物のナイト様を連れてきてくれたら」

「僕の事は良《い》いから」

「あの子達を」

「あの子達の分まで、石は全部僕が運ぶから」

「だから」

「ヘイ」

重ねられていくのは、否定。

否定に否定に否定。

救いの拒絶。

だがヘイヴィア＝ウィンチェルは身を屈《かが》めたまま、静かに遮った。

それから言う。

はっきりと、騎士の剣で見えない何かを断ち切るように。


「ゆっくりで良《い》い」


泣き叫ぶ声があった。

それはとても当たり前で、でも彼らには絶対に許されなかった事。

今まで歪《いびつ》に軋《きし》んだ温室を眺めるしかなかった警備主任が、少し離れた場所でそっと息を吐いていた。自分にはできなかった夢を叶《かな》えてくれた人を見るような。

支離滅裂で、メチャクチャで。

だけどそんな音の塊の中で、ヘイヴィア＝ウィンチェルは確かに耳にした。

たすけて、と。

そんな叫びを。

「……もう終わらせる、絶対に。アンタらは二度とイモータノイドなんか運ばねえし、金に目が眩《くら》んだ戦艦なんか俺らが沈めてやる。このヘイヴィア＝ウィンチェルが、流れる血と重ねた伝統に懸けて誓う。誰も見捨てないと。だから、何も、何一つ、心配なんかいらねえんだ」

そこまで宣言すると、『貴族』のボンボンはそっと小さな頭に手をやった。

分不相応でも。

汚れきっていても。

ここでは、ここでだけは、最強のナイト様にならなくてはならない。

それがこの男の義務だ。

「なあ。あんなクソみてえな連中ばっかり見てきたから何を言っても奇麗ごとにしか聞こえね
えかもしれねえが、一つ確認しておこう。俺ら『貴族』が、何で普通の人よりたくさんご飯を
食べて、豪華なベッドで眠って、最新のジムで体を鍛えて、その全部を『平民』から吸い上げ
た税金に賄《まかな》ってもらっているかは知ってるか？」

彼は、カビの生えた言葉を思い出す。

まだ『とある件』で両親や兄弟と仲違《なかたが》いをする前であれば、毎日のように当主たる父親から
言い聞かされてきた文字の羅列を。

『貴族』とは、王より与えられた領地を育て、そこに住まう人々を庇護《ひご》する存在たれ。

『貴族』とは、いざ戦が起きた場合は真っ先に馳《は》せ参《さん》じる存在たれ。

『貴族』とは、誰にもできぬ仕事を完遂する存在たれ。

つまり、

「君を守る力を研ぐためだ」

8

「ところでエリーゼ、何であんな面倒臭い事してた訳？」

「はあ？」

メガネのくせに頭が回っていないのか、ピンときてない顔の金髪巨乳にクウェンサーは自分の持っている機材を軽く振った。

「携帯端末だよ。手で持ってこなくても通信で良かったろ」

「あれ、画面の表示確認してなかったんですかあ？　ええとですねえ……」

9

最初で最後の挑戦が始まった。

一回でもミスすれば、流れ弾の一発でも当たれば、オーロラ観測船ジュリアスシーザーの外を動き回るクウェンサー達は文字通り粉々にされてしまうだろう。

唯一にして最大のチャンスはと言えば、

「来たっ、来ました……」

カーテンの隙間から外の様子を観察していた金髪巨乳のメガネ美人エリーゼ＝モンタナが弾んだ声を上げていた。

「氷霧ですう、太陽の光を乱反射させれば辺りは真っ白になりますよ!!」

「よし、紛れて進むぞ！」

そもそも『正統王国』と『情報同盟』の艦隊は不自然な近距離でX字に交差したまま分厚い氷に閉じ込められていた。センサーの誤作動にせよ目視での視界不良にせよ、急ごしらえの艦隊を差し向けただけでは極低温の環境に対応しきれていないのだ。

今ならいける。

というよりこの機会を逃したら、身を隠した鉄くずの遮蔽物ごと一瞬で吹き飛ばされる恐怖の艦砲祭りが始まってしまう。

微細な氷の粒の集まりとはいえ、気象条件は水物だ。いつ何がきっかけで晴れてしまうかは分からないので、クウェンサー達は急いでタラップを駆け下りてノルディックスキーの板とブーツを接続していく。氷の大地に雪をまぶしているため、体を進めるとじゃりじゃりした感触が板を通して返ってくる。

　ぎぎごりがりがり、という大地を噛《か》み砕《くだ》くような不気味な軋《きし》みが、ここまで響き渡っていた。戦艦『エレクトリック019』自体は五キロほど距離が離れているはずだが、震動自体は白い大地を伝って足元を震わせているのだ。

「本気でオーロラ観測船を端から順番に抜いていくつもりならよ、できるだけ船に対して垂直に撃ちたいはずだ。位置取りが終わったらおしまいだぜ。ざっと五キロくらいか？」

「五キロって、ほんの数分あるかないかくらいじゃないですかっ？　戦艦ってあんなナリでも何十ノットも出るんでしょう⁉」

「普通の海ならな。並の軍艦くらいは閉じ込めるくらいの分厚い氷を無理矢理割っているんだぞ。今なら自転車程度の速度しか出ないよ」

　それでも三〇分とかからない計算だ。

　ここで失敗すれば、もうリカバリーは効かない。

「ヘイヴィア、エリーゼ、手順の確認は頭に入っているな？」

「わーってる‼　心配すんなら奇跡の確率でドジを引き当てる巨乳の方に言ってやれ‼」

「わ、わわ、私だって頑張っているんですよう‼」

　クウェンサーは携帯端末の画面に目をやると、表示がほとんど固まりそうになっていた。とはいえ、北極圏《ほっきょくけん》の極寒の空気がそうさせている訳ではない。

　軍用品が壊れかけている理由は他にある。

「始めるぞ」

合図と共に、三人は分厚いスクリーンの向こうに消えてしまった『情報同盟』の戦艦『エレクトリック019』を目指す。クウェンサー達の予測が正しければ、どっちみち戦艦の横に張り付く事はできないだろう、絶対に。よって、側面まで肉薄してプラスチック爆弾を設置する方法は使えない。

当然、あれだけ巨大な船を人の手で外から叩《たた》いてもダメージは通らない。それこそオブジェクト級の大火力がないと正攻法ではどうにもならない。

そういう所で戦おうとしている訳ではないのだ。

狙いはただ一つ、

「……マイクロ波だったんだ」

白い息を吐いて、必死にスキーストックを雪と氷の大地に突き刺しながら、クウェンサーはそう呟《つぶや》いていた。

「電子レンジと同じマイクロ波！　あの戦艦はくの字の砕氷ブレードから分厚いマイクロ波をばら撒《ま》いて水分子を振動させる事で温度を上げて、氷を溶かしながら進んでいったﾞ!!」

「そりゃあそうですよねえ」

隣で大きな胸を揺らしながらスキー板を動かしているエリーゼが追従してくる。

「同じ船の中なのに携帯端末同士の通信が通じないなんて絶対おかしいですもん。何か目に見えないモノで電波を邪魔されているとしか思えないくらい」

「対策を練るっつったって、ヤツらもアリモノの組み合わせで対処するしかねえ。おあつらえ向きだぜ。立ち往生してる巡洋艦辺りから蜂の巣みてえに並べたレーダーでも毟《むし》り取《と》って砕氷ブレードに改造でもしやがったのか……？　超高出力のマイクロ波を出す機材なんて軍用品の中にゃ腐るほどあるだろうからな!!」

「ああ、言われてみりゃお前本職はレーダー分析官だったっけ？　給料変わんないのにこんな最前線で何してんの？？？」

「早く整備基地に帰りてえ……ッ!!」

だったらそれを乱してやれば良い。

マイクロ波さえ何とかできれば、特大の戦艦『エレクトリック０１９』でも氷は砕けなくなる。いいや、それどころか、あの船自体の重さが戦艦に牙を剝《む》く。すぐに止まれない、レベルではない。氷が砕けない状態でさらに戦艦が無理して前進を続けてしまったらどうなるか。

ない袖は振れない。

あの戦艦は自らの力で潰れた空き缶のようにひしゃげていくはずだ。

「メートル単位の氷の塊をリアルタイムで溶かしていく、特大のマイクロ波だ。あの戦艦までは近づけないぞ」

「分かってる」

「離れた場所から食い止めるしかない。それにはお前の狙撃の腕が必要になってくる。トリガーに指を掛けているのはアンタだ、任せたぞ」

言いながら、クウェンサーは手で持っていたものを離した。

これもハンドメイドだった。

素材については基本的にパーティの飾りだ、これくらいならオーロラ観測船でいくらでも手に入った。アルミ箔《はく》にヘリウムガスにゴムの風船、それから釣り糸などなど……。

つまりお手製の、銀の風船だった。

まずヘリウムで膨らませてから、外側にびっちりアルミホイルを貼りつけた代物だ。

「一〇〇メートルのラインだ！」

「このホワイトアウトの中じゃ見えねえよッ!!」

「一面氷霧だぞ、手元から伸びている紐《ひも》をガイド代わりにしろよ、延長線上に必ず風船があるはずだ」

追い風になるよう、戦艦『エレクトリック０１９』を中心にぐるりと周囲を迂回《うかい》して位置取りを決めていた。自分達が船に肉薄できない以上、風船を飛ばして近づける以外に手はない。

ちなみに一〇〇メートルとは、戦艦までの距離ではない。

高度一〇〇メートルの話だ。

「髪の毛がパリパリしてきましたよう。この悪天候、細かい氷の粒がぶつかり合って静電気でも生み出しているからですかね。こんな地べたでも帯電が始まってる……!!」

「ヘイヴィアっ」

迷っている場合ではなかった。

舌打ちしながらヘイヴィアはアサルトライフルを構える。


実際のところ、雷は誘える。


例えば、身近な所では避雷針。

だけどビルの上に巨大な金属軸を設けるだけがその方法ではない。ようは一定以上のエネルギーが蓄積された電界に『電気を通す性質を持った』電極を投じ、先端放電現象を誘発できれば何だって良《い》いのだ。

例えば、ロケットの下端に金属ワイヤーをぶら下げたり。

例えば、消防車以上の高い圧力を持ったポンプで直線状に高圧放水を解き放ったり。

こうした研究分野は誘雷技術と呼ばれ、部分的であれば実用化にも成功している。もはや天罰として狙った場所へ雷を落とすのはそう難しい話でもないのだ。

そして雷は巨大なエネルギーの塊だ。

適切な場所に落とせば、高出力で整えられたマイクロ波の壁に歪《ゆが》みを生じ、破綻させる事ができる。

『情報同盟』の戦艦『エレクトリック019』を。

たった一発で叩《たた》き潰《つぶ》して、みんなを守れる。

「ああっ！」

激しい銃声と共に、しかし嘆くようにエリーゼが叫んでいた。

実は、アルミホイルを貼りつけた風船だけでは誘雷の条件としては弱い。先端放電現象を利用するからには、やはり避雷針のようにできるだけ尖《とが》った導電物質を使うのが望ましい。

そのために、クウェンサーは風船の中にクリスマスの飾りを投じていた。トゲトゲの星みたいな飾りだ。

風船を割って、中身が飛び出す事で初めて誘雷の条件が整う。

望まぬ場所で雷を落としても仕方がないので、スイッチオンオフの意味でも風船で包んでおく必要があったのも事実だ。

そのはずだったのだが……、

「外したってのか？　いや違う‼」

ここからでは真っ白なカーテンのせいで高度一〇〇メートルの様子なんて見えないが、それでも糸がたるむのは手元の感触で伝わってくる。風船はきちんと破裂させたが、望んだように誘雷は発生しなかったのだ。

「電界の高度がズレている……？　エリーゼ、さっきパリパリしているって言ったよな。次はもう少し下だ！　八〇メートル‼」

「あとどれだけチャンスが残っているんですかあ⁉　このホワイトアウトだっていつまでも続くとは思えませんし、銃声自体は辺り一面に鳴り響いているんです。ヤツの艦砲なら音を頼りに大雑把に撃ち込んだだけででっかいクレーターができますよう、ここはもうバレてる‼」

「向こうは派手に氷を割りながら進んでる！　正確な音源なんて探知できないはずだ‼」

「向こうの船に乗ってる訳でもないのに断言はできないでしょう⁉」

「だったら今から走って逃げたら戦艦クラスの電磁式艦砲から逃げ切れるか？　とてもじゃないけど俺には無理だ。だから撃ち込まれる前に破壊するしかないんだよ、粉々にな‼」

萎《しぼ》んだままの風船に金属箔《きんぞくはく》の色紙で作った飾りをねじ込み、ヘリウムガスの缶を使って膨らませ、釣り糸で縛り付けていく。その周りをデコイのアルミホイルで覆っていく。

手を離す。

飛ばす。

「届け、届け……」

ほとんど祈るようにクウェンサーは呟《つぶや》きながら、釣り糸を伸ばして風船の高度を上げていく。

失敗続きの中でただ同じ事を繰り返すのは相当焦《あせ》るが、下手なアレンジはかえって迷走の素にしかならない。机上の計算では間違っていないはずだ。後は実際の現場で起こり得る些細《ささい》な誤差を埋める事さえできれば誘雷は起こせる。

白い息を吐いて、ヘイヴィアはアサルトライフルを上空に向けた。

問題ない。

やれるはずだ。

その時だった。

「はっ、はれる」

脅《おび》えるような声があった。

エリーゼ＝モンタナはあちこちを見回しながら、

「辺り一面の氷霧が晴れていきますう!!　早く隠れないと戦艦に気づかれて集中砲火を受けますよう!?」

舌打ちして、クウェンサーは刃の短い調理用ナイフを使って根元から釣り糸を切断する。半ばへイヴィアに抱き込まれるような格好で、近くのスクラップの山の裏へ倒れ込んだ。スキー板を履いたままだったので、危うく足首をひねるところだった。

仕切り直しだ。

「本当に合ってんのかよ、これで……」

雪と氷の粒にまみれて、ヘイヴィアが呪いのような声を出していた。

白いスクリーンが晴れてしまえば、停滞だ。

　こんな即席の遮蔽物、目隠し以外の役に立たない。艦砲を一発撃ち込まれたら鉄くずごとバラバラにされてしまう。

　そして永遠には待てない。戦艦『エレクトリック019』は所定の位置につき次第、容赦なくオーロラ観測船へ砲撃を加えていく。

　板挟みだ。

「根本的に方法を間違えてんじゃあねえのか、方法を⁉　俺らは勝手に思い浮かべたアイデアに縛られて、自分から袋小路《ふくろこうじ》に迷い込んだ！」

「黙れヘイヴィア。白いカーテン自体は切れ間に入っただけだ、すぐにでも安全地帯は回復する。とにかく一発。狙った場所で誘雷を起こせれば番狂わせは起こるんだっ‼」

　ヘイヴィアは味方にライフルの銃口を向けていた。

　味方に銃を向けてはいけません、みんなで協力してこの戦いに挑みましょう。お題目は結構だが、彼は彼で生き残らなくてはならない理由がある。

　人差し指は引き金にかかっていた。

　ヘイヴィアはそのまま静かに質問を飛ばしてくる。

「……ギャンブルの黄色信号は、あと一枚揃《そろ》えば、だぜ。スロットじゃあ七は二つまでなら普通に並ぶし、ポーカーじゃ二枚のワンペアから三枚のスリーカードに揃《そろ》えるのが大変なんだ。テメェまさか、ガキの命背負った言いだしっぺのプレッシャーに押し潰されてねえだろうな」

「勘だの運だの意味不明なジンクス頼みならともかく、自分の中に確たる理論や統計がある場合は話が別だ。ツキだの流れだの見えないものを考えなしに脅《おび》えて、中途《ちゅうと》半端《はんぱ》に方針転換するから大負けするんだよ」

「……、」

額の真ん中に銃口を押し付けられても、学生は目を逸《そ》らさなかった。

当然の答えを言い放つ。

「競馬で一〇〇万ユーロ勝つ方法を教えてやろうか？　元手を一億ユーロ用意して、一切の感情を排したプログラム売買で馬券を買い続けて少しずつ差額を積み上げ、最終的に一億一〇〇万ユーロにすれば良い。元手のわずか一％、誤差の分だけな。プログラムに採用した統計確率理論さえ間違えていなければこれで勝てる。運やツキなんかじゃない、確かな理論と反復行動だけが必勝を呼び込むんだよ。いいか、ここでは一時的に負けたとしても、途中でビビったり変な欲を出してブレたところで事態は好転しない。その場合は迷走して、ただ一方的に負けを広げて借金地獄に転がり落ちるだけなんだ」

わたわた両手を振っているのは、傍《はた》で見ているエリーゼだ。

「とっ、とにかく身を伏せてください！　今はホワイトアウトに頼れないんですう、スクラップの陰からカラフルな頭が見えたら意味ないでしょっ⁉」

「チッ」

ヘイヴィアはアサルトライフルの銃口を外す。

物陰でじっと耐える。

耐えて、心臓が口から飛び出すほどの緊張を抑え込む。

ぎぎぎごりごり、という氷を割って進む戦艦の震動が、ここまで響く。

そして。

風の流れが変わる瞬間を、確かにクウェンサーは捉えた。

「まっ、また来ましたよ。氷霧ですぅ!!」

「大分時間を食った。もうこれ以上の余裕はないぞヘイヴィア!!」

白く包まれた世界で、しかしクウェンサーにできるのは先ほどまでと同じ作業の繰り返しだ。

停滞している側にとっては、これだけで寿命をガリガリ削られているかのようだ。

手がかじかむ。

あるいは恐怖や緊張で指先が震えているのか。

先ほどまでできた風船の小細工が、手間取る。地団駄を踏みそうになるが、暴れても事態は好転しないと自分に言い聞かせるしかない。

そう何度もチャンスがある話ではない。クウェンサーだって分かっている。『情報同盟』の戦艦『エレクトリック019』から捕捉されてしまうのはもちろん、これだけ極低温の世界だと風船のゴムだってひび割れが起きてしまうかもしれない。いくらストックを抱えていても、その全部がダメになってしまったらそこでおしまいだ。

「怖《こ》えぇよ……」

アサルトライフルのグリップを握るヘイヴィアが、己の心に正直になって呟《つぶや》いていた。

まつ毛が凍るほどの世界なのに、脂汗が全身から噴き出す。

誰だって怖い。

できる事なら逃げ出したい。

自分の死の恐怖からは逃げられない。しかも一発の銃弾でヘマをすれば、オーロラ観測船の全員の運命を悪い方へ決めてしまう。これで何も感じない方が、むしろ人間としてはおかしい。

「……なら、諦めるか」

誰に向けてでもなく。

釣り糸を操るクウェンサーは自分に向けて、口の中でこう呟《つぶや》いていた。

「あの子の前まで戻って、やっぱり無理です大人の事情なんですって伝えるか」

「へっ」

最後の瞬間、ヘイヴィア＝ウィンチェルは小さく笑っていた。

普段は意識なんかしない。

ただの腐れ縁だ。

だけどここでこう言えるから、彼は『貴族』なのかもしれなかった。

「そんな事するくらいなら、ここで死んだ方がマシだ」

アサルトライフルの引き金を引く。

直後に世界を割るような轟音《ごうおん》と閃光《せんこう》が炸裂《さくれつ》し、垂直に落ちて、戦艦『エレクトリック01 9』の船首部分へ容赦なく突き刺さった。

10

たっぷり時間をかけて、だ。

実に三〇分以上。ゆっくりとだが確実に、鋼と複合装甲でできた灰色の船が万力でアルミ缶を潰していくように破壊されていく。最初に砕氷ブレードが潰れてからは転げ落ちた。あれだけの巨体だ。これ以上進めないと分かっていても、すぐさま止まれる訳ではない。乗員が外へ逃げ出すチャンスくらいはあったかもしれない。

刻一刻とひしゃげていく壁のせいで分厚い水密扉が塞がれてしまわない限りは。

「『情報同盟』は一時撤退……というか、様子見に移ったらしい。落雷を軸とした未知の天候兵器が戦線投入されたとみなして根本的な戦術の練り直しに入ったようね」

銀髪爆乳のフローレイティアはそんな風に言っていた。

「ともあれ、この隙に子供達を船から連れ出したのは僥倖《ぎょうこう》だった。『情報同盟』の金食い虫どもがオーロラ観測船を再度襲ったところで、もう何もない。ありもしない金塊探しに何ヶ月でも頑張ってもらおうじゃないか、壁紙や床板まで剝がしてな」

「……例の『貴族』ども、結局誰かバラストタンクから引っ張り出しましたっけ？」

「放っておけ。『情報同盟』が貪欲なら船の隅々まで探してくれるさ、その過程で拾い物を見つけるかもしれんがな」

お灸《きゅう》と言うには少々キツい展開になりそうだった。腐っても『貴族』なので外交ルートを辿《たど》っていずれ戻ってくるだろうが、年末年始は『情報同盟』の強制収容施設にある電話ボックスみたいなサイズの独房で過ごす羽目になるかもしれない。

「あの子達はどうなるんです？」

「人工関節や臓器は何とかせねばなるまい。下手に高級品で身を固めているという情報が洩《も》れた場合、よからぬ連中にさらわれるリスクが残るからな。市販品の、手ごろな価格帯のものに付け替える。これが彼らにとって最後の手術になる事を願っているがね」

「……誰持ちの費用で？」

世知辛い話だが、『貴族』と違って『平民』にとっては流せない問題だ。そもそも経済的に問題がなければ、あの子達は病気の治療を盾にされて『貴族』どもの走狗《そうく》として弄ばれる事もなかったはずだ。

ただ、これに対してフローレイティアは小さく笑った。

「彼らの協力のおかげで大量のイモータノイドは海外の秘密銀行に匿《かくま》われる心配もなく、きちんと適正に納税される運びとなったんだ。お役人が感謝をしているよ。追徴課税分から協力費という名目で手術代を払っても十分に釣りが出る勘定だとさ。堅苦しいお役人どもも、こんな時くらい果物のバスケットを贈ってくれるかもしれないな」

そこまで言うと、細長い煙管《キセル》をそっと咥《くわ》える。

ややあって、彼女はこう呟《つぶや》いた。

「……それにしても、イモータノイド、か」

「はあ。やはり少佐様は気になりますか。えと、『島国』関係の趣味という事はオンセンにも興味がおありのようですしぃ」

「専門の医療機関以外で勝手に行う放射線治療なんか興味はないよ、おっかない。それよりエリーゼ、イモータノイドの地中含有率は何%か知っているか？」

「えと、そりゃあお高いレアアースなんですから、純金の二〇〇倍でしたっけえ？　それこそ砂漠を丸ごとひっくり返したって指先くらいしか見つからない代物なんじゃあ」

「いいや」

フローレイティアは小さく笑った。

笑って言った。

「ゼロだよ。完全な〇・〇〇%」

行間一

　そんな戦争から遠く離れた世界のお話。

　より正確にはドーム球場の裏方だ。大きな資材保管庫の中でコンテナ状の簡易家屋を丸ごと組み立て、楽屋として提供されたスペースだ。今はもう３Ｄプリンタがあれば家を作れる時代である。

『情報同盟』軍の将校、銀髪褐色のレンディ＝ファロリート中佐はデカめのタブレット端末で動画ニュースを眺めながら内心で歯噛《はが》みしていた。

（……サンタ撃墜作戦。『正統王国』め、なかなかデキる‼　この手のほのぼの軍隊ニュースは我々『情報同盟』の独壇場だと思っていたのに。ああ取られたっ、取られた――サンタクロースーっ‼）

　隣から覗《のぞ》き込《こ》んでいるのは、彼女が担当する整備基地に属する操縦士エリート。

　ついさっきまでクリスマスライブで二時間ほど熱唱していた豪快縦ロールの少女もまた画面に釘付《くぎづ》けになっている。

　しかし彼女が気にしているのはサンタクロースの真偽などではなく、

「ほ、おほほ。これっ、このバックでながれているおんがく!!　私のうたっているクリスマスソングではございませんか⁉　こいつこのやろうどもかってにっ、おーんーがーくーしようりょうー!!⁉⁇」

　ゾンビっぽい叫びでなんか『資本企業』みたいな事を言い出している。

　場合によってはこれだけで一つの戦争に発展しかねないのが『情報同盟』の流儀だが、今回は大きな動きには発展しないだろうな、とレンディは踏んでいた。戦争には正義がいる。クリスマスの雰囲気を台無しにしてまでメジャー楽曲の使用料を巡って戦争を起こしても、こちらのパブリックイメージを害するだけだ。我々は違いの分かるオトナなので特別に見逃した、としてしまった方が楽して利を得られる。

　テレビのCMでもネットのバナー広告でもそうだが、数字にならないイメージというのは、大金を払ってでも獲得するだけの価値があるものなのだ。

「そっちは一体何をしていますの？」

「我々はクリスマス休暇よりもニューイヤー休暇派なので。年明けはカリブ海でリゾート軍事演習って話だったでしょう？　予算だけだとつまらないので、上積みして豪華な旅にできないかなあと」

「……それ元手はぜいきんですわよね？」

「公費の資産運用と言ってちょうだい」

『情報同盟』と言えば仮想通貨や電子マネーの権化《ごんげ》ではあるのだが、逆に言えばすでに一般大衆に広く知れ渡った投機方法では一山当てるのも難しくなってくる。なのでレンディが手を出しているのは別の分野であった。

「イモータノイド?」

「うふふ。銀行、銀行です。これから先は銀行の時代なのです」

「はあ? おかねをあずけるところでしょう。もうけとつながるとはおもえませんが」

「本当に? 情勢不安でビビりまくりな国の住人をひたすら煽《あお》りまくって、間もなく預金封鎖で紙くずになるあなた達の財産を絶対値の落ちないレアアースに変換してあげる代わりに手数料をいただきますという新ビジネス。ふははこれなら一〇〇パー確実に儲《もう》けが出るのです、確実にな!!」

第二章　年末と年始に挟まれて　〉〉ウユニ方面塩湖鎮圧戦

1

一年のおしまいをみんなで楽しく演出しよう！

本年最後のビッグイベント、キラッキラの『ロイヤルクリーナー』が始まるよ!!

「ぶすう……」

いやあー困った困った。

全長五〇メートル大の超大型兵器オブジェクトを丸ごと格納する整備場で、金髪ショートのお姫様がどんぐりを頬張り過ぎた小動物みたいになっていた。平たく言えば可愛《かわい》いのだが、多分今目の前で言ったらぶたれる。

「なんかこのごろおよびがかからないな、クウェンサーたちばっかりたのしそう」

「こっちは装甲板どころか最低限の防弾ジャケットもないほとんど丸腰の状態で北極《ほっきょく》に投げ出

されたんですけどね!!　いやー辛《つら》い！　ほんとに辛《つら》くて堪《たま》らないなあ辛《つら》い辛《つら》い!!」

クウェンサー＝バーボタージュとしては半分本音、半分『つまんなかったよアピール』に精を出すしかない。だがやればやるほどお姫様の機嫌は悪くなるばかりだ。さっきからなんか体育座りしてこっちに目を合わせてくれない。

ちょっと離れた所では、油圧の馬鹿デカい工具を手にしたまま整備兵の婆《ばあ》さんが呆《あき》れたように息を吐いていた。

『楽しそうに辛《つら》かったと語る』のが、遠足に参加できなかった子に対してはすでに十分な破壊力を秘めているという基本的事実がクソ馬鹿野郎サマにはお分かりでないらしい、と。

「……クウェンサーはサンタクロースに会ったみたいだし」

「んんう？」

「ふねのこどもたちが言ってたの知ってる。サンタさんが助けてくれたって。クウェンサーたちは見たんでしょう？」

何やら情報がねじれているが、変に訂正するのも非常にアレだ。

「いやははは、そんなに良《い》いもんじゃなかったけど」

「サンタさんってどんな人だった？」

「俺は悪い子だから何ももらえなかったよ」

とはいえ、『ベイビーマグナム』は三七の柱となるべき主力兵器であり、何とも面倒な事にお姫様以外の誰にも操縦できない。ここで精神的に折れてしまうと今後の作戦行動に差《さ》し障《さわ》るので、婆《ばあ》さんはさりげなく口を挟む事にした。

「ほれ姫様。そんなに仕事がなくて退屈しておるならいくらでも与えてやるから心配するな。この辺りは少々塩気が強いのでな、機体はいくら洗浄しておいてもバチは当たらん」

「ぶすうー」

「仕事の質が思い出を作るのではない。時間の共有こそが団結を深めるもんじゃ。ほれ、『ロイヤルクリーナー』とかいうイベントとも重なる訳じゃし」

そこまで言われて、何やら渋々といった調子でお姫様は体育座りからお尻を浮かせた。渋々というか、小さな子供みたいに唇を尖《とが》らせたままだが、洗浄機材を両手で掴《つか》み取《と》る。サイズだけで見るとモップよりも大きい。おそらく研磨ディスクで車の表面を磨くポリッシャーを大型化したものだろう。

一方、意外といった顔をしたのはクウェンサーの方だった。

彼は婆《ばあ》さんの方に目をやって、

「ばあさん、そんなのいちいちチェックしていたんですね。『ロイヤルクリーナー』なんて、俺でもいつの間に浸透したもんなのか気にしてないのに」

「世間話の通じぬギークにはなりたくないのでな」

「ぐぬ⁉」

しわくちゃの婆《ばあ》さんに言われるとちょっと突き刺さるクウェンサー。

……実際には婆《ばあ》さんも婆《ばあ》さんでギーク度で言えばクウェンサーをはるかに超える。そういう『一つの方向に尖《とが》った人間』がなんと言われたら傷つくかについても熟知しているのだ。

だらだらと汗が止まらない戦地派遣留学生は慌てたように身振り手振りを交えつつ、

「しっ、ししし知ってますよちゃんと流れは摑《つか》んでいます！　クリスマスと新年の間にある今の時期、ちょっと中弛《なかだる》んじゃうなーっていうこのタイミングを埋めるために新しいイベントを作りましょうってヤツでしょ!?　具体的には、大掃除!!　みんなで集まって街中ピカピカに磨いちゃうぞー的な!!　敢《あ》えてですよ？　敢《あ》えての流しをしていただけできちんと溶け込んでいますってッッッ!!!!!!」

戦争とは無縁の『安全国』ではこの真冬でも水着からメイド服まで、とにかく大掃除の汚れを弾く格好に着替えた若者達が街へ殺到している事だろう。イベントとしては『大掃除』なのだが、実際には仮装して大騒ぎして一体感を楽しむという方が大きい。はた迷惑なハロウィンのような乱痴気騒ぎではなく、下手にボランティア活動をしているものだから大人達も怒るに怒れないありがた迷惑状態が続いているのだとか。

いいや。

いえーい!!　わーきゃー!!　と格納庫の外から大騒ぎの声が聞こえてくるところから察するに、おそらく整備基地ベースゾーンの敷地内《しきちない》でもお祭り騒ぎ開催中である。整備場の連中がマジメ過ぎるのだ。

「(……ま、商売人が手前勝手に伝統をいじくり回してイベント化する流れは『島国』でも散々経験してきたから、何を今さらという感じだがの。ハロウィンしかり、クリスマスしかり、バレンタインしかり。実際の発祥や起源なんぞ騒ぎたいだけの連中はどうでも良《い》いんじゃし)」

呆《あき》れたように息を吐き、婆《ばあ》さんは近くに立てかけてあった放水機の金属ノズルを放り投げた。太いチューブと連結したそれは、もはや消火機材なんて次元ですらなかった。ちょっとしたビーム兵器みたいな威容を見せつけている。

「貴様には主砲の関節部分を任せた。砂と塩はとにかく天敵じゃ、徹底的にこそぎ落とせ。磨き残しについてはALSで検出しろ」

「へいへい。波長は?」

「三八五ナノメートル。モノ自体はただの塩じゃからな、基本で構わん」

『ベイビーマグナム』自体はでっかい球体なので足場にできる場所は意外と少ないのだが、その周囲はジャングルジムみたいな鉄骨や足場でぐるりと囲んであった。階段や簡易リフトまで全体を眺めると、これだけでちょっとした近代建築のようだ。

クウェンサーは機体の後ろ側に回ると、金属製の手すりに命綱を固定してから、腰だめに構えた放水機の金属ノズルのトリガーを絞る。最初は弱めのつもりだったのに、莫大《ばくだい》な水圧に叩《たた》かれていきなり後ろへ吹っ飛ばされかけた。

「ばあっ、あ⁉」

階下の婆《ばあ》さんは呆《あき》れ顔《がお》のままだった。

「男が濡《ぬ》れてどうすんじゃ、とっとと仕事しろ」

「アンタら大先輩は基本的に思いやりと高さに対する恐怖心が足りてないんじゃないですかッ⁉」

やるべき事は簡単で、強力な水鉄砲をオブジェクトの関節部分に叩《たた》き込《こ》んで付着している塩分を削《そ》ぎ落《お》とすだけ。ただしこい塩っ気は肉眼だけでは確認できないので、特殊なゴーグルを掛けた上で紫色のライトを浴びせて『汚れ』を浮かび上がらせるのも忘れずに。

「よっ」

真上からお姫様の小さな掛け声があった。

モップより大きなあのお化け電動歯ブラシみたいな洗浄機材は主にセンサー関係のためだろう。操縦士エリート自身に任せるのが一番効率的だ。なのでクウェンサーといったん離れ離れになるのだg
「ぶふう⁉　あれ、あのう！　お姫様何やってんの⁉」

「何って、『ロイヤルクリーナー』なんでしょ」

なんか違った。

金髪ショートのお姫様がクレーンのボックス席に入ってガサゴソしていると思ったら、いつものぴっちりした特殊スーツからクラシックなメイド風に着替えていたのだ。

このイベント、汚れを弾く格好に着替えて集合、という話ではあるのだが。

「そもそも軍服で良くない⁉ 汚れがうんぬんかんぬんならッ‼」

「なんかふひょうだね」

さもありなんである。

こちらは下段、お姫様は上段。……いかにロングスカートのクラシックタイプとはいえ、この位置関係では丸見えになってしまうという基本にして真髄を悟られてはならないからだ。そう、喜ぶな。丸見えとは何が丸ごと見えているかはみんなで想像なさい‼ こんな所で迂闊《うかつ》に喜んだらバレてしまいますよッ‼

ちなみにクウェンサーより下の段では整備兵の婆《ばあ》さんが洗浄作業をしているので、彼女が真上を見上げた瞬間に同じものが見えてしまう。

(長く、一秒でも長く、このパラダイスを保つためにすべき事は……ッ‼)

「えアアッ‼」

『資本企業』製のアクション映画みたいな雄叫《おたけ》びを上げて、クウェンサーは手すりに金具で固定してあったライトの関節をちょいと曲げた。強烈な光で良からぬモノを覆い隠すのは『島国』のテレビジョン放送が生み出した匠《たくみ》の技である。流石《さすが》は世界で初めてオブジェクトを世に送り出した傑物どもだ、ここは参考にさせていただく他あるまい。

「? なにクウェンサー???」

「いや別にッ!! しつこい汚れを頑張って落としているだけです!! 気合い気合い!!」

全力で疑惑を洗い流した。

一方の婆《ばあ》さんは自分の視界が不自然に塞がれている事に気づいていない様子で、

「確率統計理論じゃよ、つまり経済効果狙い。おそらく『ロイヤルクリーナー』の発信源は『資本企業』辺りで、情報が洩《も》れてよその勢力にまで拡散していったんじゃろうな。マーケターにとっては、二六日から三一日までの間に利用できるイベントがあれば何を盛り上げても構わなかった」

「ええー、みんなで騒いで思い切り楽しめたら良《い》いじゃないですかあニヤニヤ」

(い、いける。今回ばかりは完璧な図式を作り上げた……!! もはやこの理想の世界には誰の邪魔も入らないィッッッ!! いやあー薄い青ですかそうですか、ミントのアイスクリームみたいな清涼感があってとても良《い》いと思います全力ニヤニヤ!!)

「んっ」

と、頭上のぱんつから変な声が出てきた。

彼女は相変わらず両手でお化けポリッシャーを握り締め、デリケートなセンサー周りを丹念に磨き上げている。おかげでスカートを押さえるものなど何もない……はずなのだが、それにしては『傘』の広がりに不自然な歪《ゆが》みがあった。

近距離だからか、両手を折って手前に抱き寄せるような格好で磨いているのだ。

今もモーターの力で高速振動を続けているお化け洗浄機械を、抱き枕か何かのように。

「んんーう……？」

（ま、まさか、目覚めつつある？　お姫様、そっちの方向に……自転車のサドルや古い洗濯機の角と同じ理論、すなわち全身を貫く振動に開眼しつつあるとでも言うのか⁉　良《い》いっ、それはすごく良《い》い。非常に素晴らしい事ですよオお姫様ァアあああああああ‼‼‼）

「あっ」

なんか間の抜けた少女の声がクウェンサーの思考を遮った。

がっつり頭上を凝視していたからこそ、クウェンサーにはぬるぬるの洗浄液にまみれたお姫様の手から何かがすっぽ抜けるのを目撃した。

直後。

階上からモップより巨大な金属とモーターの塊が落下してきて馬鹿の顔面全体に直撃した。

2

「おおお。おおおおおおミョンリーっ‼　何だテメェヘリごとまとめてあれだけ派手に撃墜されたくせに生きてやがったのかあーっ⁉」

「ええと何言ってんだかサッパリなんですけど、私そもそもヘリなんか乗ってませんよ？　あとヘイヴィアさん感動のどさくさに紛れて抱き着いてきたら暴発事故を装《よそお》って射殺しますからね」

「そしてさようならクウェンサーちゃん！　俺はデキる器用貧乏とバディを組むから平たい床でも普通に転ぶドジ姉さんは任せたぜーい‼　はーっはっはあ‼」

「いやあ‼　なすりつけて逃げるなよう、何で俺一人だけ無茶な状況から抜け出せないのお⁉」

ヘイヴィアやミョンリ達に見捨てられ、クウェンサーは一人泣いていた。

もっと暗い顔でぶつぶつ言っているのは、やっぱりあの人エリーゼ＝モンタナである。

「……なにこの桃から生まれた鉄道バカにまとわりついてくるキングで貧乏な神様みたいな扱い。このくそったれの第三七機動整備大隊には女の子の取扱説明書を持っている人は誰もいないんですかあ……？」

誰が何と言おうが仕事は仕事だ。

クウェンサーやエリーゼもまた、近くに停《と》めてあった装甲車両の側面から平べったい屋根に身を乗り上げていく。

「あとエリーゼ、出撃するなら頭の猫耳は外せよな」

「ひいっ⁉　な、ちょ、うそでしょっ、猫耳スクール水着であちこち泡まみれになってカラダ全体で水回りの大掃除していたの全部バレたあ‼」

「似合わねえよぱっつんぱっつんお姉さん‼　何故《なぜ》そこに俺を呼ばなかった⁉」

何故《なぜ》と言われれば、その時クウェンサーはメイドお姫様のぱんつを見上げていたからである。あちらを立てればこちらは立たないものなのだ。アリバイを無視した多重体感エロスに挑戦したければ、並行世界の存在を認めるしかない。

いつも通りのぎゃあぎゃあだが、どうやらエリーゼ＝モンタナとしてはご不満らしい。パーティグッズの猫耳カチューシャを取り外したお姉さんが子供みたいに唇を尖《とが》らせて言うには、

「大体ですねえ、こう見えても軍曹なんですからねっ。私の方が階級は上なんだから上官はちゃんと敬ってくださぁい‼」

「学生の俺にカイキューとか言われてもなあ」

「敬意っ‼」

「分かりましたおしゃぶり大先生」

「えううっ⁉　大佐だろうが大将だろうが頭におしゃぶりってつけちゃったら太刀打ちできないんですう‼　素材を殺しにかかる方のマヨネーズかッ⁉」

今回の彼らの軍服は真っ白だった。

軍上層部の手による相変わらずの嫌がらせ、結婚式仕様で戦場へゴー、という訳ではなく、

「ウユニ塩湖……。ひゃー、地平線の向こうまでずーっと塩の大地だなんてすごい話ですねぇ」

「見た目は平べったいけど、ここ標高三六〇〇メートル辺りだってさ。『島国』のフジサンくらいあるよ、高山病に気をつけないと」

「えと、注意して何とかなるものなんでしたっけえ？」

今は一二月で、季節が逆転する南半球と言ってもこれほどの高さとなると肌寒い。しかし一方で、ギラギラとした太陽光が肌に突き刺さってくるのが分かった。真夏のビーチでもないのに、放っておいたらあっという間に日焼けしそうだ。これもまた、高山特有の環境なのか。

「これぜーんぶ塩の採掘場、つまり売り物なんですよねぇ」

「『資本企業』みたいな言い方だな。けどそのせいなのか？　こんなゲテモノ支給してくれちゃってさ……」

装甲車両の上に座り込んだまま、クウェンサーはブーツのカカトでガンガン平べったい屋根を叩《たた》く。

戦車、とは違う。

確かにベース自体は(開発費の削減とメンテを楽にする意味で)無限軌道を備えた戦車の流用ではあるのだろうが、回転式の砲塔のようなものはついていない。代わりに、何やらぶっといシャフトの先端に巨大な松ぼっくりみたいな装備がくっついていた。いわゆるドリルで、戦時下でも短時間でシェルターやトンネルを作るための坑道掘削車だ。

ちょっと先で白い土煙（？）を巻き上げているヘイヴィア達の方は、カマキリみたいに折り畳んだアームが二つと、正面にブルドーザーのような排土板を装備している。戦闘工兵車と呼ばれる、倒木をどけたり野戦飛行場の滑走路を均《なら》したりする特殊車両である。

無線機からは、フローレイティアの声があった。

『今回の目的は「資本企業」の第二世代、「ポリスクイーン」の撃破にある』

「制服警官の女王様ねえ」

『ドSのタイトスカートならウチの爆乳で間に合ってるっつの……。薄気味悪い猫撫《ねこな》で声《ごえ》は良いからとっとと鞭《むち》を打ってくれ』

クウェンサーが眉をひそめると、何やら怪訝《けげん》な顔になったエリーゼが自分の無線機を軽く上下に振って、それからこっちにすり寄ってきた。どうやら地吹雪のように舞う細かい塩の粒によって、早速軍の機材をぶっ壊されたらしい。

『元々連中は全ての軍隊をＰＭＣ化したイカれた勢力ではあるが、今回はさらにゲテモノだ。軍ではなく、警察系特殊部隊が組み上げたオブジェクトなのだとか』

「警察発のオブジェクト……」

『んなもん何に使うってんだ？　凶悪犯追い回してカーチェイスなんかやったら街並みが全部瓦礫《がれき》の山になっちまうぜ』

軍と警察は、同じマシンガンを持っていても明確に区分が分かれる。

軍が警察の仕事をしたら『自国の民に銃を向けた』とみなされてしまうし、警察が軍の仕事をしたら『国境外まで出かけて人を捕まえている＝ルール押し付けの内政干渉』となる。なので相手がテロリストか敵国の兵隊かで区分を分け、二つの組織を使って脅威となる人間を元気に追い回している訳だ。……実際にはテロリストの正体は軍の施設で十分に訓練されたコマンド部隊の精鋭だった、なんて話もあるはずなのだが。

『「資本企業」は効率と利益を追求したビジネスモデルの勢力だ。二度手間になると経費の無駄になるから、一本化を図ろうとする動きはこれまでもあったのよ。件の「ポリスクイーン」はその一例ね。これが結論というより、極論を投げ込む事で世論を動かしたいのかもしれんが』

「……あれ、一機五〇億ドルとかいう話でしたよね？」

『テレビのＣＭだってネットのバナー広告だって一緒だよ。ああいう連中にとっては、世論操作は大金を払うに値するとみなされるらしい』

何にしたって豪気な話だ。形のない発信力よりも指先の技術で自分の居場所を作りたいクウェンサーからすれば、中身のない発言権なんてクラスの一軍になりたくて札束を献上しているようにに見えなくもないが。

『「資本企業」の内部で軍と警察が勝手に揉《も》めているのであれば、利用しない手はない。こっちは元から存在する亀裂を広げて大きな谷を作るまでだ』

「うん？？？　だったらお試し一機の警察オブジェクトじゃなくて、在庫がたくさんある軍隊オブジェクトを叩《たた》いて弱らせた方が効果的じゃないですかあ?」

『何でクウェンサーの機材からエリーゼの声が聞こえるんだ……?』

一つの無線機を二人仲良く。車体が揺れるので金髪巨乳の柔らかい頬やメガネのつるとたまにぶつかりながらも情報交換を続けるクウェンサーだったが、

『そして先を見据えるんだよエリーゼ。「資本企業」の軍と警察が殴り合って、数に勝る軍が勝ったらそんなのただの妥当な結末だろ。燃え上がらない』

「……、」

『警察系オブジェクトはきちんと敵国のオブジェクトと戦って撃破されたのに、「資本企業」軍は泣《な》きっ面《つら》に蜂で生き残りの警察官を次々攻撃している。オブジェクトを失った市民の味方を。ほら、ここまでやれば大炎上だ、「安全国」の皆様がどっちに肩入れするかは明白だろ?くそったれのPMCめ、敵と戦わず同胞ばかり攻撃する軍隊なんかいらない、もっと警察の手でオブジェクトを増産すれば良い。安易な感動にまみれた暇人どもが負けている方をしっかり支援してくれるさ。そういった混乱が、時間の停滞が、自分達に一体何をもたらすかも想像しないままな』

まったくいつも通りのサイテーな作戦であった。

人の心が理解できないのではない。十分過ぎるほど習熟した上で悪用しているのだから、軍のインテリというのは本当に手に負えない。

「わあー……」

もはや現実逃避でもするように、金髪巨乳のエリーゼ＝モンタナがメガネのつるを押さえ、遠くを見ながら感嘆の声を上げていた。

何か巨大な影が屹立《きつりつ》している。

とは言ってもオブジェクトではない。大型観光バスくらいの大きさの、塩の塊だ。牧場にある干し草みたいに円筒形に丸めて固めた塩の塊が、それこそピラミッドのようにあちこちで山積みにされているのだ。やっている事自体は土管を積み上げて保管しているのと変わらないはずだが、やはりスケール感が全然違う。

人は巨大な物体と、無数の同じ物体がずらりと並ぶと、無条件に畏怖を抱くのだったか。

「ざっと九〇〇〇平方キロ。世界最大規模の塩湖にして塩の産出地、か」

『オブジェクトが丸々身を隠せるくらいの遮蔽物だぜ。俺らはでっかいキルハウスの床を這《は》ってる虫か何かかってか？』

ただ問題の『ポリスクイーン』は見当たらない。地平線の向こうにもいくつかピラミッドがあるようだが、どこかに潜んでいるのだろうか？

『衛星画像はあてにならん』

フローレイティアは率直に言った。

『全てが塩でできているウユニ塩湖はそれ自体が巨大な合成スクリーンのように働くからね。

通常画像は太陽光の反射で真っ白、レーザー測距についても反射率が狂っているからあてにならないのよ。地上のレーダーで走査は続けているが、塩を積んだピラミッドの裏に潜んでいる場合は反応が出ない。消えたり現れたり、といった感じだな』

「……逆に言えば、お姫様が身を隠せば向こうにも捕捉できなくなるって可能性もある訳か」

『トドメは後ろからついてきているお姫様よ。お前達の仕事は、有利な地形を築く事。足元はみんな塩だから好きなだけ掘り進められるぞ。「ポリスクイーン」は空気の力で機体を浮かばせるエアクッション式だから、水陸はともかく地面の凹凸の影響を如実《にょじつ》に受ける。落とし穴で足を止めてお姫様に撃たせろ、それでおしまいだ』

　クウェンサーは遠い目になった。

「……絶対にそんな簡単じゃないよ」

『いつもなら一緒にげんなりするところだが今回ばかりはそうじゃねえ。何しろ規格外の疫病《やくびょう》神《がみ》はテメェの隣にひっついているからだ‼　はーっはっはあ全ての不幸を背負って俺らの弾除《たまよ》けになっておくれクウェンサー君！　俺らはひたすら楽をす
　ごんっ‼　と。

　何か変な轟音《ごうおん》と共に、いきなり前を進むへイヴィア達の戦闘工兵車が視界から消えた。

　クウェンサーは慌てたように無線を掴《つか》み、

「ストップ、ちょっとストップだ‼　何だ今のッ⁉」

「ぶぎゅう⁉」

急ブレーキに振り落とされないよう、エリーゼはでっかい胸を潰すようにしてそそり立つドリルの極太シャフトにすがりつく。心臓に悪かった。白い大地は薄く削れて細かい塩になるのか、戦車と同じ無限軌道であってもかなり滑る。

恐る恐る、だ。

平べったい屋根の上を移動して坑道掘削車の先頭部分から真下を覗《のぞ》き込《こ》んでみれば、もうギリギリだった。

一体何がギリギリなのかと言われれば、

「おっ、おおーう……。ま、マジかよ……」

「何だつまんない、ヘイヴィア生きてるじゃん」

真下からの呻《うめ》きにクウェンサーは呆《あき》れたような声で呟《つぶや》いていた。

落ちていた。

一面平べったい、鏡のようになだらかな白い塩湖。しかし実際には大きな溝が開いていたのだ。自然にできたとも思えない。観光バスくらいの大きさの円筒を横に倒したような、違和感丸出しの空白。それがいくつも連結して、あたかも塹壕《ざんごう》や迷路みたいに長い長い溝が延びている。

「白一色の塩湖だと遠近感が摑《つか》めなくなるんだっけか……。なるほど、横だけじゃなくて縦にも当てはまるとなると、目の前で口を開けている大穴の深さも分からなくなる、と」

フローレイティアは、白一色のウユニ塩湖では衛星からのレーザー測距もあてにならないと言っていた。どこにどれだけ『塹壕迷路《ざんごうめいろ》』が広がっているかは、実際に歩いて調べるしかなさそうだ。

『うぐぐ……。た、対戦車壕《たいせんしゃごう》、とかなんですかね？』

「ミョンリが運転してんのか？　でもって考え過ぎだろ、単純に商品の塩を切り出したってだけじゃあ？」

無線に向かって口を寄せる。

やはりミョンリ、つくづく器用貧乏の子である。

顔（？）から落ちた戦闘工兵車だったが、何やらもぞもぞとお尻が左右に動いていた。装甲の塊のくせにおねだりしている……という訳ではないようで、カマキリのように折り畳んだ二本のアームを展開して、なんと身を起こそうとしている。

「あれ？　そんな事もできるんだ」

「こいつのアームはオセアニアの要塞攻略戦で分厚い城壁ぶち抜いて大量の兵士を雪崩《なだ》れ込《こ》ませた実績持ちだぜ。近づく事さえできりゃあ力業で戦車の正面装甲を抉《えぐ》り取《と》れるってよ。アルミ缶に草刈り鎌を突き立てるようにな」

「それまでが死ぬほど大変じゃんか……。カニバサミがロマン武器なのは認めるけどさ」

「呆《あき》れ顔《がお》でため息ついてる暇あったら何か手伝うとかねえの!?」

「是非ともご意見を聞きたいところだけど、三〇トン近い鉄の塊なんてどう引っ張り上げれば良い訳？」

やれやれ感が止まらないクウェンサーだったが、そこでふと気づいた。

エリーゼ＝モンタナがさっきから黙っている。大体こういう時は誰も頼んでいないのに勝手に動いて大迷惑をかける（そしておっぱいで謝る）、というのが相場のはずなのだが……。

「エリーゼ？」

「あれ……」

彼女は溝に落ちたヘイヴィア達ではなく、よそへ目をやっていた。目線はかなり遠い。クウェンサーは金髪巨乳の指差した方へ視線を投げると、

「あの塩の山、裏から横に……何か影みたいなのが伸びていませんかあ？」

バガンッ‼ と。

ちょっと離れた所で、白い円筒をひたすら積み上げた塩のピラミッドが突き崩された。

全長五〇メートルの金属塊。

そこから強引に押し出された巨大なロールが四方八方へ散らばり、容赦なく転がってくる。

塩とは言っても一つ一つのサイズは大型観光バスと同程度だ。塩の比重は二以上……つまり同じ水のタンクの二倍の重さになる。あんなものでも直撃したら一般車くらいぺしゃんこにされてしまうだろう。

その距離、わずか一五〇〇メートル弱。

衛星画像はあてにならず、物陰に隠れた場合は地上のレーダー走査から逃れ得るという話だったが、それにしても、

「近いッッッ!!⁉⁇」

「なにっ、またエリーゼが何か踏んづけやがったのか⁉　とにかくもうあの乳をビンタさせろお!!」

「北極《ほっきょく》の件でもう禊《みそぎ》は済ませたという認識なのは私だけなんですかあーっ⁉」

『「資本企業」のだい2せだい、「ポリスクイーン」をかくにん。わたしがまえに出ないとみんながやられる!』

『了解お姫様。その他大勢のタワシども!　守られるだけのお荷物野郎に降格したくなければ手を動かせ、仕事の時間だ!!』

「仕事の時間だじゃないだろ一人で勝手に格好つけやがって……っ!!」

前も後ろもだ。

クウェンサーが息を呑《の》んでエリーゼの手を掴《つか》んだ途端、第一波が到達した。もうヘイヴィア

達の待つ塹壕部分《ざんごうぶぶん》へ飛び降りるしかない。平べったい屋根から跳ぶというより転がり落ちると同時、巨大な塩の円筒が松ぼっくりのようなドリル搭載の坑道掘削車を派手に蹴り転がしていった。

3

最悪だった。

まさか開戦して三〇秒で自分の作業車を失ってしまうとは。

「どっどどどうしましょう！　坑道掘削車の運転手さんを助けないとお‼」

「待てエリーゼ、考えなしに今飛び出していっても『ポリスクイーン』に生存者がいるって教えるだけだ‼　分厚い装甲に治療キットも搭載してる。爆発しないんだったらひとまずあのスクラップに詰めておいた方が安全だ‼」

「……テメェら、俺らの時と違ってすげえーシリアスに救助について語り合うのな？」

ゴォ‼　と。

頭上を何か巨大な影が高速で突き抜けていった。

辺り一面にばら撒《ま》かれた円筒形の塩の塊ではない。もっと大きい。一瞬だったし裏から見ただけなのでパッとでは分からないが、おそらく『ポリスクイーン』だ。通り過ぎて、後から遅れて壁のような空気の塊が塩のトンネルを埋め尽くしていく。

「ぶえぇっ⁉」

「かはっ、息を吸うな‼　肺をやられるっ……」

　馬鹿みたいな突風も問題だが、一緒に舞い上げられるのは粒の細かい大量の塩だ。食卓に置いてある小瓶とは量が違う。頭から被《かぶ》るほどになると、もはや緩やかな毒と見た方が良《い》いだろう。

「上じゃ何が起きているんだっ、くそ」

「ああもうっ！　俺らの作業車だぞ。助ける気がなかったんなら無賃乗車するんじゃあねえ‼」

　全く役に立たないコメントは無視するとして、クウェンサーはようやく身を起こした戦闘工兵車の屋根に乗り上げていく。何しろ溝の深さは大型観光バスに匹敵する。戦車ベースの作業車の屋根に立って、さらに背伸びをしても地上の様子は見えなかった。

「ええいっ、ミョンリ頼む」

『ほいほい』

　クウェンサーはカニのハサミのような形状のアーム先端に携帯端末のストラップをくくりつけると、動画撮影モードにしてから、潜望鏡みたいに振り上げてもらった。

　ひとまず一分間。

たったそれだけで、『状況に置いていかれている』焦燥感がクウェンサー達の胸を炙《あぶ》る。国外で大災害が起きた時、辺りのスピーカーから聞いた事もない外国語できつめの警告放送を突き付けられるのと似た感覚だ。ここはもう安全だから絶対に動くなのか、これから危険がやってくるから早く逃げろなのかも判断できない。

餓《う》えている。

とにかく正確な情報が欲しい。

どうすれば生き残れるかを知っておきたい。

画面を見ていないのでほとんど役には立たなかったが、それでも部分部分を一時停止して確かめていくと、ようやっと『ポリスクイーン』の素顔が見えてくる。

巨大な球体状本体。

そのてっぺんから前方一八〇度にかけて、扇の骨のように三本のアームが等間隔で設置されている。武装についてはそこからぶら下げる形で搭載されていた。

「ぱ、パトランプがついてるぜ？　全体的にふざけてんのか⁉」

「私達はあくまでも警察系ですって主張するのに意味でもあるんだろ」

主砲については……不明。

下位安定式プラズマ砲、レーザービーム砲、レールガン、コイルガン、連速ビーム砲……。

各々《おのおの》の方式で多少の癖みたいなものは出てくるはずだが、戦地派遣留学生の目では極大の砲身を眺めてもこれと断言できない。ひょっとしたらお姫様と同じく、複数方式を切り替えて使うタイプかもしれない。

　足回りについてはエアクッション式という事だったが、具体的には球体状本体から後ろへ流すような格好で、二本のフロートがスキー板のように並べられている。直進時はピタリと揃《そろ》えているが、旋回や急停止など状況に合わせて、ハの字に広げてバランスを調整できる仕様らしい。

「速いぞ……。最高速度もそうだけど、小回りの面でもウチのお姫様より切り返しが鋭い！　今のままじゃ翻弄されるだけだ!!」

「道理であの爆乳が足を止めろって金切り声を上げていた訳だぜ。そもそもスペック的に勝てねえ相手なら勝負を挑むなよな！　そういうのは悲《ひ》愴《そう》感《かん》溢《あふ》れる辛《つら》い戦争にしかならねえんだよ!!」

　とにかく分かるのは、迂《う》闊《かつ》に地上に顔を出したらおしまいという事だ。『資本企業』の第二世代からロックオンされたらまず助からない。正体不明の主砲うんぬんどころか、縦横無尽にあちこち走り回る巨体と接触しただけで叩《たた》き潰《つぶ》されてしまう。

　その上で、

「こいつのアームを使えば、上で立ち往生している坑道掘削車を引きずり回せるよな……？」

「おいっ、上はヤバいって結論で落ち着いたんじゃねえのかよ!?」

「放っておけない！　しばらく待っているけど運転手が自力で降りてくる気配はない。『ポリスクイーン』に生存者がいるのを気づかせないのが第一だけど、偶然だろうが悪意的だろうが二回踏まれたら流石《さすが》にあいつも助からないだろ。俺達がここから自由に動くにしても、まずあいつを安全な『救助待ち』にしないと!!」

がしがしとヘイヴィアは塩まみれになった自分の頭を掻《か》いていた。

逡巡《しゅんじゅん》なんか、あって当然だ。

気づかれたらおしまい。動物園で、ライオンやゴリラの檻《おり》に落ちた子供を助けに行けるか。これはそういう話をしているのだ。理屈としては正しくても、心臓を締め上げる恐怖だって本物だ。教科書通りにできるかと言われれば誰だって厳しい。

そして盛大に舌打ちして、ヘイヴィアは投げやりに叫んだ。

「やれよちくしょう!!　ああっもう、やっぱりこうなった。疫病神《やくびょうがみ》が取《と》り憑《つ》くとろくな話にならねえッ!!」

「あのうー！　今の私が入り込む余地なんて一ミリもなくなかったですかあ!?」

なんか流れ弾に被弾して涙目になっている金髪巨乳のメガネおねいさんは放っておいて、だ。

クウェンサーは無線機に目をやって、

「お姫様、『ポリスクイーン』の位置は!?　携帯端末の光点は整備基地の地上レーダーベースだから、塩のピラミッドの裏に隠れられると分からない。C5周辺は安全か!?」

『D4しゅうへんでせんとうちゅう。わりとちかい。それが？』

「擱座《かくざ》した味方を塹壕迷路《ざんごうめいろ》に引っ張りたい」

『りょうかい、気づかれないようにD3までさそい込む。助けるなら早くして』

チャンスは一度だ。

まず塩の壁をプラスチック爆弾で大雑把に崩し、さらに戦闘工兵車のカニみたいなアームで斜めに均《なら》して上り坂を作る。ガラガラと音を立てて無限軌道が地上を目指すが、崩れて柔らかくなった塩の層が邪魔をする。派手なスリップ音に学生は身がすくんだ。不意打ちであの三〇トンの塊が滑り落ちてきたら、下から見守っているクウェンサー達にとって致命的な話になりかねない。

塩の坂から上がると、潰れて擱座《かくざ》したドリル搭載車はすぐそこにあるはずだ。

が、迷い箸のようにアームをあちこち泳がせた戦闘工兵車から、無線越しにこんな声が飛んできた。

『思ったよりダメージが酷《ひど》い……。ハサミで摑《つか》んで引っ張ると、そこから千切れそうですね。下手すると爆発させてしまうかも』

「ああもう!!」

クウェンサーは爆音の続く地上部分へ飛び出して、ミョンリの操る鋼の塊の後ろ側、ウィンチのリールから太いワイヤーを引っ張り出した。スクラップの方へ身を乗り上げ、松ぼっくりみたいなドリル砲塔の周りをぐるりと一周回してワイヤーを固定すると、無線に指示を出す。

「そのまま引っ張れ！　早く!!」

『ワイヤー千切れたら親指より太い鋼の塊でビンタされますよ。飛び降りて!!』

ぎぎぎがりがりがり、と白い大地を削り取るようにして、相当強引な綱引きが始まる。カメラを使って視界は確保しているだろうが、あのビジュアルでバックしていく重たい作業車を見るのはなかなかの迫力だ。

そして下り坂へと呑《の》み込《こ》まれた辺りで素っ頓狂な声が響き渡った。

『ぎゃあーっ!!』

「あっ!?　ミョンリ!!」

先に戦闘工兵車が坂を下りて、引きずられている坑道掘削車が後から続く。

言葉にすればそれだけだが、坑道掘削車の方はスクラップ状態なのでアクセルもブレーキも使えない。どうやら自分で引きずっていたガラクタが下り坂を滑り、先行するミョンリに追突したらしい。

普通の戦車や装甲車なら、ここで揉《も》みくちゃにされて反対側の塩の壁まで激突していたかもしれない。

だが戦闘工兵車にはカマキリみたいに折り畳んだ二本のアームがある。

『ぎぎぎぎぎぎっ、ええい!!』

カニのハサミに似た先端部分で迫りくるスクラップを押さえ込んだまま、少しずつ滑るようにしてミョンリの戦闘工兵車はギリギリと坂道をゆっくり滑っていく。力加減を誤れば、まだ無事な方の作業車まで失いかねない状況だ。

地上から溝を見下ろし、慌てて学生が叫ぶ。

「何か手伝える事は⁉」

『近づかないで！　三〇トン近い塊同士が噛《か》み合《あ》っているんです、下手に挟まれたら腕でも足でも持っていかれますよ‼』

クウェンサーは坂道を使わず、大地に空いた大きな溝の縁から直接下段へと飛び降りる。自分から提案したくせに、してやれる事が見つからない。

やきもきしている内に、たっぷり一分もかけてようやく二つの作業車がこちらの塹壕《ざんごう》にまで下りてきた。

どちらも無事だ。

「ミョンリ良くやった！　後で何か奢《おご》るからご馳走《ちそう》でも頭に浮かべておいてくれ‼」

『「この戦いが終わったら」はやめましょうよ、縁起でもない……。それより可能なら、坑道掘削車の運転手さんを引っ張り出してあげてください。こっちの車内に収めて一緒に行動した方がより安全でしょう？』

幸い、搭乗用のハッチは特に歪《ゆが》んでいなかった。ミョンリの提案通り車内から運転手を引きずり出すと、相手は小麦色の肌が眩《まぶ》しい一三歳の女の子であった。

「……見捨てないで良かった、マジで」

「この扱いの違い。世界のルール的にはやっぱり小さいのが普遍的に強いんですかねえ?」

頬の内側を切ったのか、口の端から多少は血が垂れていたが、どこかを折ったり派手な内出血は見られない。おそらく内臓損傷による吐血ではないだろう。ヘイヴィア達と協力して、ミヨンリの乗る戦闘工兵車の方へ怪我人《けがにん》を乗せ換える。

「う、ううう……」

幼げな唇から弱々しい呻《うめ》きがあった。

銀髪の褐色少女が言うには、

「今あたしを助けてくれたら一目《ひとめ》惚《ほ》れしてしまう率が高め……」

「付き合う基準が超ゲンキンだ、しかも結局雑菌を九九・九%殺す除菌スプレー的な逃げ道を作ってる」

じゃらーっ、という金属の擦れる音と共に『正統王国』クリスマス金貨が何枚も胸ポケットから転がり出てくる。こいつこの野郎、戦争の合間にもしっかり資産を純金に変換して安心を得てやがった。

「流石《さすが》は同じ三七の一員、元気そうで何よりだぜ。フォーチュンハンターだっけか、こんなもん歳《とし》の離れた大富豪と結婚して三日で離婚するタイプじゃねえか。慰謝料だけで長者ランキングに載る人と見た」

今すぐ死ぬ感じではなさそうなので手当てはセレブな『貴族』サマに任せておいて、クウェンサーは潰された作業車に残っていた資材を見繕う。

「ほらミョンリ、治療キットに車内装備のＰＤＷ。後はスコップ、消火器、発煙筒にレーションがいくつか。それからこいつコーヒー用品一式持ってやがったぞ、きちんとミルで挽《ひ》いてドリッパーで淹《い》れるヤツ。坑道掘削車の方に残しておいても意味ないからな、ついでに全部詰め込んでおいてくれ」

「俺らはこの中に乗ってちゃダメなのかよ？　生身で剝《む》き出《だ》しなんて怖《こ》えぇよ」

「はあ。別に構いませんけど、両サイドは脆《もろ》い塩の壁ですよ。崩れてハッチが埋まった状態で立ち往生になったら全員打つ手なしで酸素争奪戦になりますけど、それでも良ければ」

金玉が縮んだ馬鹿二人と金玉のついていない巨乳は丁重に辞退する運びとなった。

いざという時、外から掘り出す人間は確かに必要だ。

用済みのスクラップからウィンチのワイヤーを取り外して回収すると、ようやっと行動再開となる。

こうしている今も『ベイビーマグナム』と『ポリスクイーン』は激闘を繰り広げている。お姫様が負けてしまえばそれまでだ。どうもフローレイティアは最初から両者のスペック差について気づいていた節もあるようだが、ともあれ、彼女の思惑通り『ポリスクイーン』の足を止めないと勝ち目はなさそうだ。

『じじ、ザザザ！　クウェンサー、リクエストたのめる？　できるはんいで良いから』

「これがっ？」

携帯端末の方では、先ほどからウユニ塩湖を映したマップのあちこちが蛍光色に瞬《またた》いていた。

『「ポリスクイーン」をおい込むから、よていポイントでしおの大地をわってちょうだい』

「人の足で何とかなるレベルで言ってんだよね？　目まぐるし過ぎ!!　時速五〇〇キロオーバーで走り回ってるアンタ達の世界になんかついていけるかっ!?」

『だから、できるはんいで』

というより、本来だったら一定エリアへ等間隔に兵士を置いて、リクエストの座標に重なった人間が爆破や掘削などを行うはずなのだが、この分だとイレギュラーな状況に地べたのジャガイモ達は布陣を展開しきれていないようだ。

無線越しに、運転席のミョンリが尋ねてくる。

『どこから始めます？』

「そりゃあ、お姫様が負けたら全員まとめて生き残りの柱を失う訳ですから、『ポリスクイーン』の足元を崩さないといけないのでは？　全てのリクエストには応えられなくても、リクエストの一番多い座標を割り出してそこで待機、って手を使うのが無難だと思いますけどお」

「つか待てよ、この塹壕《ざんごう》がどこにどう延びてるか分かんねえんだぜ？　ただ道なりに進んだだけで狙った場所まで辿《たど》り着《つ》けんのか。まずは迷路がどう広がっているかを調べるのが先じゃね？」

どちらの意見も一理あるが、迷路の様子を調べながらでもコンピュータに作業させる事はできるだろう。ひとまず『お姫様のリクエストが多い場所』の割り出しは確定で良《い》い。

そうなると、

「ポイントF9、ひとまずここがゴール‼」

「……後はここまで塹壕《ざんごう》が続いているかどうかだぜ。最悪、また壁を掘って上に出なくちゃならねえかも」

ヘイヴィアが言いかけた時だった。

やはり遠近感や凹凸が摑《つか》めなかったのが災いした。

てっきり真《ま》っ直《す》ぐな一本道と思っていたのに、いきなり道の先からひょこっとカービン銃を手にした男女が顔を出したのだ。『資本企業』兵、いいやフローレイティアの話によると軍人ではなく警察系の『お巡りさん』か。どっちみち、白一色の塩湖には不釣り合いな濃紺の防弾ジャケットや合成繊維の衣類でがっちり身を固めているとあまり区別はつかないが。

違いと言えばお巡りさん特有の平べったい制帽と、星形に近いバッジを胸につけている事、後はおねいさんがタイトのミニスカだった事くらいか。

距離は一〇〇メートルくらい先。どうやら丁字路になっていたらしい。

どちらにとっても寝耳に水。

だけどこちらは直線のど真ん中。向こうは曲がり角を遮蔽に使える。『資本企業』側が冷静さを取り戻して銃撃戦を始めてしまったら、こちらに勝ち目はない。

だからクウェンサーは即座に叫んだ。

「轢《ひ》き殺《ころ》せ!!」

「やだよミニスカお姉さんはッッッ!?」

ぱんつで世界は救えなかった。

ぎゃりぎゃりがりがり!! と戦車と同じ無限軌道で塩の大地を削り取るようにして、ミョンリの操る鋼の塊が真《ま》っ直《す》ぐ突っ込んでいく。その途中、何度か塩の壁に車体をぶつけて白い塊を削り取った。観光バス程度の幅と深さとはいえ、割とギリギリだ。真正面から突撃された場合、生身の歩兵が横に跳んで避けるのは難しいだろう。

屋根の上にしがみついているジャガイモ達も割と命懸けだ。

虚仮威《こけおど》しに失敗すればこちらが蜂の巣にされてしまう。だからこそ畳みかけるように叫ぶしかないのだ、ここは!!

「はーはっはあ!! 恨むなら自分の不運と装備の不足を恨むが良《い》い! 勝者の戦争とはこういうものなのだよお!!!!!!」

調子に乗った瞬間、クウェンサーの視界がすっと下に落ちた。

先ほどから何度も言っているが、辺り一面が白一色だと遠近感が狂ってしまう。だからヘイヴィアは大地に空いた塹壕《ざんごう》の存在に気づけなかったし、今だって丁字路の脇道に気づかず敵兵の接近を許してしまった。

そして大地は塩の塊だ。どこまで、という区切りは特になく、掘り進めていこうと思えばいくらでも深く掘っていける。

つまり。

直線の道を川が遮るように、であった。

ミョンリの運転する戦闘工兵車が、塹壕迷路《ざんごうめいろ》の『二段目』へ落ちたのだ。

4

鉄の塊みたいな作業車が落ちると、クウェンサー達は窮地に追いやられる。

常に最悪を考えろ。

自分だったら間抜けな落とし穴にハマった相手に何をするか。

「降りろっ、早く!!」

クウェンサーはしつこく屋根にしがみついていた金髪巨乳を車体の後ろ側へ蹴り落とし、自分も跳んだ。抗議の声が飛んでくる前に、がつんっ、という硬い金属音が響き渡る。

上からピンを抜いた手榴弾《しゅりゅうだん》が投げ込まれ、戦闘工兵車の屋根で跳ねたのだ。

「ッッッ!!⁉⁇」

戦車と同じ無限軌道に挟まれた車体の下、わずかなスペースに体をねじ込むのと、激しい爆発音が炸裂《さくれつ》するのはほぼ同時だった。単純な爆発だけなく、細かい鉄球のおまけつき。生身をさらした状態ならまず助からなかった。

破片で傷をつける対人用の手榴弾《しゅりゅうだん》くらいなら、戦車ベースの作業車は破壊されない。

耳鳴りが激しくてろくに音を聞き取れないが、クウェンサーは同じように車体の下へ隠れたヘイヴィアの肩を叩《たた》いて上を指差した。

『資本企業』の連中はさぞかしご満悦だろう。

戦果を確かめるために崖の縁から下を覗《のぞ》き込《こ》もうとしたところで、逆にヘイヴィアからアサルトライフルの銃口を突き付けて短く連射した。特徴的な制帽ごと頭を吹っ飛ばしたが、まだ安心できない。

「敵が何人いるか分からん‼　どうにかして確かめろッ‼」

当然ながら向こうも同じ人間なので、不意打ちを食らったからと言ってずっと棒立ちとは限らない。泡を食ってひとまず後ろに下がり、塩の壁を遮蔽物にしようとするはずだ。

『んー……っ』

と。

そこで突然油圧の太い駆動音が響き渡った。

『あったまきたあッッッ!!』

一方的に罠《わな》にハマって手榴弾《しゅりゅうだん》まで投げ込まれたミョンリがブチキレになられあそばしたのか、カマキリみたいに畳んでいたアームを大きく広げて、塹壕《ざんごう》の一段上を真横へ薙《な》ぎ払《はら》ったのだ。

ちょいとした足払い、どころでは済まなかった。

いやに生々しい切断音と共に、警察（『資本企業』の場合はアレも民営化されているのか？）の皆々様の上半身と下半身がまとめてお別れを告げていた。

へイヴィアが慌てて車体の下へ頭を引っ込めると、そこらじゅうに血と臓物のシャワーが降り注ぐ。

「おねえっ、うぶえッ!!　ばっばば馬鹿じゃねえの!?　もうこんな戦争やだよ!!」

『人殺しが今さら何言ってんですか。テーブルマナーに気を配ったってお上品さなんか出ませんよ』

ミョンリはさらにカニのハサミみたいなアームで敵兵の死体から手榴弾《しゅりゅうだん》を掴《つか》み取《と》る。当然、ピンを抜く事はできないがお構いなしだった。『一段上』にアームを持ち上げ、その油圧の圧《あっ》搾力《さくりょく》で強引に握り潰して爆破する。そちらでは爆風に後押しされ、大量の鉄球が空間を隙間なく埋め尽くしていったはずだ。

向こうからの銃声や悲鳴が消えた。

『死んだふり作戦の可能性もありますから、念のため上の様子を確かめてください』

「誰がやるんだよっ、俺は嫌だよぐちゃぐちゃの死体だらけの『一段上』を覗《のぞ》き込《こ》むなんて絶対トラウマに」

ミョンリが駄々っ子の軍服、首の後ろ辺りをアームで摑《つか》んで持ち上げた。

「ぎゃあタイトスカートむちむち警官お姉さぁぁぁーんッッッ‼⁉⁇」

『あの』ヘイヴィアのイカれた感性をもってして、ここまでの悲鳴である。クウェンサーとエリーゼはベッドの下に隠れる子猫みたいに肩を寄せ合ってガチガチ歯を鳴らしていた。

口から半分魂をはみ出した人間潜望鏡のヘイヴィアが、ゆっくりとこちらへ下りてくる。

「……あい、かくにんひました。ぜんいんきっちりしんでまふ……」

「あ、あの人達、分類上は警察系だけど、殺しちゃって良かったんですかぁ？　他国の民間人を虐殺したーなんて難癖は勘弁願いたいんですけどお」

「オブジェクト抱えてんだろ。交戦権さえ持っていれば殺しても問題なし」

一体どういう掘り方をしたのか、『二段目』は『一段目』に対して直角に走っていた。直線の道を川が遮るようにというか、いわゆる十字の立体交差である。アームや手榴弾《しゅりゅうだん》でバラバラになった死体をさらに無限軌道で踏み潰してでも先に進むという覚悟がない限りは、『一段目』に上がるより『二段目』を進むべきだろう。……なんていうか、合理性というよりは精神衛生の関係で。

流石《さすが》に赤い血や内臓で汚れた屋根に腰を下ろす気は起きないのだろう。エリーゼはいくらでもある塩の粉末を車体の屋根にばら撒《ま》いて適当に搦《から》め捕《と》ると、作業車の車内にあった機材を引っ張り出してきた。ポリッシャーという、モーターの力で回転するディスク状の研磨部品を使って短時間で車の表面をピカピカに磨き上げる洗車用機材だ。

「いよいよ季節のイベントっぽくなってきたな、ロイヤルクリーナー」

「こ、この調子だと三段目や四段目が待っている可能性もありそうですねえ……」

『一応「二段目」を進みますけど、上を塞がれるので崩落時のリスクが増えます。皆さんお気をつけて』

「……具体的に何をどう気をつけたら生存率が上がるってんだクソが」

ミョンリの言った通り、これまでのお堀と違って『二段目』は頭の上が塩の塊で塞がってしまう完全な洞窟なので、太陽光の恩恵もない。戦闘工兵車のヘッドライトを点灯させるが、どうにも心許《こころもと》ない。等間隔でオレンジ色の照明が取り付けられた高速道路のトンネルとは事情が違うのだ。

ザリザリザリ、というノイズだらけの無線機にヘイヴィアは不気味そうな目を向けて、

「何だっ、塩でも入り込んで壊れやがったか？」

「やった、ドジなのは私だけじゃないですう！」

「いやあこのレベルのドジ野郎扱いされるだなんて絶対にいやよお!!」

そりゃあそうだろう、メガネでもなければ巨乳でもなくお姉さんでもないヘイヴィアにはとにかく情状酌量の余地がない。

しかしクウェンサーは楽観的に、

「トンネルに入ったから電波が遮断されたんじゃね？　ミョンリ、無線機チェック」

『人恋しいんですかクウェンサーさん？』

同じ空間内ならご覧の通り、無線は使えるようだ。

「携帯端末だけ見ると、Ｆ９には近づいているんだよな」

「ストレージに保存するタイプの地図で助かったぜ……。ただこれ、いざゴールまで辿《たど》り着《つ》いたとして、上が全部塩の天井で塞がれてたらどうすんだよ？」

幸い、潜り込んだ途端に前と後ろの出口が同時に爆破されて生き埋め、なんて罠《わな》は待っていなかった。そのまま二〇〇メートルほど進むと、再び天井が開けていく。大きな溝の『一段目』と連結しているのだ。

クウェンサーが壁を爆破し、ミョンリがアームを使って坂道を均《なら》して、戦闘工兵車が上の段へと上がっていく。

「いよいよだ」

鉄錆臭《てつさびくさ》い屋根には戻らず、戦闘工兵車の前を徒歩で進みながらクウェンサーはこう呟《つぶや》いていた。

「ポイントF9。見えてきたぞ、これでようやっとお姫様を助けてやれる」

5

重苦しい塩の天井がなくなれば、無線電波の恩恵を得られるはずだ。ひとまず携帯端末のデータを最新に更新するのが最優先だが、その間じっと待っている事もあるまい。

「ミョンリ、もうちょい上」

クウェンサーが指示出しすると、折り畳んでいた太いアームが上に伸びた。こんなのでもビルの鉄骨に匹敵する程度には太い。アームが止まるのを待ってから、クウェンサーは斜めに固定されたアームを伝ってカニに似た先端部分にまたがる。

『一段上』のさらに先。

最前線たる地上。

覗《のぞ》き込《こ》んでみれば、その先に待っているのはだだっ広い塩の大地に、円筒を無数に積み上げて作った白いピラミッドの数々。そしてそれらが突き崩されて四方八方へと転がっていく、大型観光バスに匹敵する巨大な塩の塊の数々。しかもクウェンサーの遠近感が狂わされて凹凸に気づけないだけで、実際には電子基板の裏側みたいにあちこち塹壕迷路《ざんごうめいろ》が掘り進められているという。相変わらずの地獄だった。『鏡のように真っ平ら』でも困るが、モノに溢《あふ》れていたら溢《あふ》れていたで『死のきっかけ』が多くておっかない。

ただ、クウェンサーが最初に気になったのはそこではなかった。

鼻についたのだ、匂いが。

（……何だ？　焦げ臭いな）

『正統王国』の軍用車両もちらほらと見えた。よくもまあこんなにおっかない塩の大地に乗り上げたものだ。比較的近くにいるのは補給車両。無限軌道をつけた四角い雪上車に似ているが、実際には坑道掘削車の松ぼっくりみたいなドリルの替え刃をしこたま搭載した後方支援専用だ。

補給車両だけ前に出ているという事は、本来ペアを組んでいる坑道掘削車はやられてしまったのか。整備基地ベースゾーンに逃げ帰る道もあっただろうに、これでも情報収集を続けるとはお利口さん過ぎる。

ズンッ、ズズン……!!　という低い震動が断続的に続いていた。

安全な戦争なんて矛盾した状況ではない。観客席から花火大会を眺めている訳ではないのだ。こうしている今も『ベイビーマグナム』と『ポリスクイーン』は激しくぶつかり合っている。敵は警察系のオブジェクトだから、ひょっとしたら戦闘経験からお姫様の個人的なクセに繋《つな》がるプロファイリングでも並行しているのかもしれない。

クウェンサーはぐるりと辺りを見回して、そして無線機に口を寄せた。

塩のトンネルに邪魔されない、久しぶりの通信だ。

「お姫様、Ｆ９に到達。これから塩の壁に爆薬を仕掛ける。タイミングについてはそっちで合わせるからリクエストくれ」

『クウェンサー？　今すぐにげて!!』

やたらと切迫した声が返ってきた直後だった。

ゴォ!!　と。

一キロくらい離れた場所で、五〇メートル強の巨体がクウェンサー達と同じ塹壕《ざんごう》を大きくまたいだ。今まで見失っていたのは、白い大地から舞い上がった細かい塩が束の間《つかま》、地吹雪のようにクウェンサーの視界を遮っていたからだ。

『ポリスクイーン』はスライド移動しただけ。

それだけだったのに、分かる。まるで風呂《ふろ》のパイプ掃除のＣＭのように、白い風が渦巻いて猛烈な速度でこちらへ駆け巡ってくるのが。

「やべっ⁉」

『そのまま動かないでくださいっ、りらーっくす!!』

ミョンリの左のアームで首根っこを摑《つか》まれた途端、恐るべき暴風がクウェンサーの全身を叩《たた》いた。粒の細かい塩がびちびちと頬に当たり、鋭い痛みを発してくる。目なんて開けていられる状況ではなかった。

「うえっ、げほ‼　ヘイヴィア、エリーゼ……。木の葉みたいに吹っ飛ばされてないだろうな……⁉」

「心配すんな、途中でこいつを蹴落とすか迷う程度には元気だぜ」

「なぁんかあ、電子のビジネス本とかでありませんかね？　大いにしくじった人間関係を改善していく一〇〇の方法とか」

それはあのお姫様が『逃げて』と叫ぶ訳だ。そもそも超大型兵器が殴り合っている真っ最中に、その足元を這《は》いずり回《まわ》るなんていう時点ですでに自殺行為に片足突っ込んでいる。やはり安全な場所などどこにもないのだ。

そういう話だと思っていた。

が、

『クウェンサー、おくに引っ込んで！　ヤツがねらってる‼』

「お姫様……？」

ヤツが来る、ではない。

狙っているとはどういう事だ？

核でも破壊できない超大型兵器を倒せるのは、通常、同じオブジェクトだけ。それは四大勢力で共通の認識のはずだ。なのに目の前のお姫様を放り出して、ヤツは地べたを這《は》い回《まわ》る歩兵どもにかまけている……？

考えるのはそこまでだった。

ビュイ‼ と。

サーチライトとはまた違う、特徴的な紫色の光がクウェンサー達を舐《な》めた。

「ALS⁉ まずい地形ごと走査されてる‼」

「何されたんだ今⁉」

「鑑識が使ってる特殊な波長の光だよ。紫なら波長三八五ナノメートル。指紋も足跡も血痕も、地べたに潜む追跡に必要な試料は全部浮かび上がるぞ。機械化された警察犬みたいなもんだ、逃げ切れるのかこれっ⁉」

いったん大きな溝をまたいだエアクッション式の第二世代が、切り返すように、再び逆サイドにまたぐ。スラロームでもするように、こちらへ近づいてきている。その球体状本体の前面に扇やひさしのように取り付けられた複数のアームが、そこに接続された形式不明の主砲が、じっとりとこちらに流し目を送ってくる。

「ミョンリまずいっ、バックだ！ トンネルまで下がれ‼」

叫ぶが、間に合わなかった。

照準用のレンズが軋《きし》んだ音を立てた直後、『資本企業』でも異形の警察系オブジェクト『ポリスクイーン』の主砲が、唸《うな》る‼

どっぷうううっっっ!!!!!!　と。

……なんか、全く予想もしなかった粘ついた音がクウェンサーの顔面を思い切り叩《たた》いた。

意味が。

とりあえず反射でクウェンサーの心臓は止まりそうになったけど、ちょっと冷静になってみると意味が分からなかった。

同じく顔一面にもらったヘイヴィアは危うく呼吸が詰まりかけたようで、

「うえっ、げほ!?　なぶっ、何だこれ、ねんえきっ。まさかのロー○ョン砲!!!???」

「あうあああう……!!　滑るっ、あちこちぬるぬるで屋根から落ちますう……!?」

おっぱいからメガネのレンズまでめろんめろん（？）になった金髪巨乳が慌てたようにたくましい突起物を探し求めて両腕を動かしていた。努力に反して感触は逃げていくばかり、ついでに白い軍服もはだけていく一方だ。

ただし、笑ってばかりもいられなかった。

ぎゅぎゅりっ!?　という激しいスリップ音があった。クウェンサーより一段上、白い大地へ直接顔を出していた『正統王国』軍の補給車両だ。戦車と同じ無限軌道のくせに、塩の地面を摑《つか》む事もできず、中途半端《ちゅうとはんぱ》な横滑りを繰り返している。これでは人も車両も動けない。

「非殺傷の無力化兵器……？　そうか、ヤツは警察系だからこういう方向に特化していたのか。

スタンガン、麻酔銃、催涙スプレー、後は警棒とか盾とか」

「おい、これでおしまいかよ？　げほっ、まさか特大のサスマタでお姫様の腰を押さえ付けて振り回すとかってんじゃやねえだろうな」

そんな風に言い合っていた時だった。

さらに一発、花火のような信号弾が見当違いの大地へ突き刺さった。

ボンッッッ!!!!!! と。

一気に、ぬるぬるの粘液が激しく燃え上がった。

「な……」

逃げて、と。

あのオブジェクトに乗っていたお姫様が切羽詰まって叫んでいた意味が、今度の今度こそようやく理解できた。

「ナパーム!!!?!?」

可燃物、だったのだ。

火種から全方位へ、舐《な》めるように。一点から全体へ炎でできた波紋を広げていく格好で、白い大地の上を紅蓮《ぐれん》の業火《ごうか》が一斉に広がっていく。為《な》す術《すべ》もなかった。塩の地面で立ち往生した補給車両はスリップを繰り返して動けないし、泡を食った兵士達が外に出ても末路は同じ。二本足で立つ事もできず、転がって粘液の中でもがき続けるだけだ。

何が非殺傷特化だ。ようは活かすも殺すも自由自在という訳か。

第一波が到達した。

人間らしい悲鳴は、炎が酸素を飲み込む壮絶な音色の中に消えていく。

やはりここは真面目なお利口さんから死んでいく世界なのか。

クウェンサー達には何もできない。というより、上から目線で救いなんぞ与えている余裕はない。彼らもまた頭の上から謎の粘液を浴びて、地べたに撒《ま》き散《ち》らされた可燃物とそのまま繋《つな》がっているのだ。

「ひい、ひいい、ひいいいいいいいーっ⁉」

「ダメだっ、エリーゼ降りるな‼」

「でも、だって、炎が、ほのっ、すぐそこに炎があ……⁉」

「三〇トンでも滑るんだぞ、戦車と同じ無限軌道でもダメなんだ。人間のブーツの底なんかでグリップを保てるか‼　それより乗れっ、中に入れぇ‼」

何度も何度も手を滑らせながら、ハッチを開けて、クウェンサー達は戦闘工兵車の中に飛び込んでいく。実際には二メートルくらいの高さがあるので結構本気で呼吸困難になった。ひ弱な学生はそれでも震える背筋を動かして無理に体を起こし、開きっ放しだったハッチを閉める。

直後。三六〇度爆音に包まれ、外の全てをオレンジ色の光が埋め尽くした。

ペリスコープなんか覗《のぞ》きたくもない。

焦げ臭い、と鼻についたあの匂いの正体が分かって、クウェンサーは顔をしかめていた。仲間の体を生きたまま焼いた煙が口や鼻から入って肺の奥まで潜り込んできていたのだと知ると、デリカシーのないジャガイモだって流石《さすが》に居心地が悪い。

戦地派遣留学生は壁に背中を預けて床に腰を下ろし、死の可燃物にまみれた額を手の甲で拭いながら、

「……こいつが工事車両で助かった。今の、塵肺対策《じんぱいたいさく》のために密閉をしっかりしてなかったら『導火線』を断ち切れなかったぞ」

「おい、ナパームってどの洗剤で洗い流すんだっ？　怖《こ》ええよ静電気一つで火だるまだぜ‼」

基本的にはナフサ……つまりガソリンのお仲間なので油を分解するものを使えば良い。換気扇のしつこい焦げ付きを落とすような代物なので頭はつるつるになるかもしれないが、とりあえず突発的に丸焼きにされる心配はなくなる。

ぐんっ、と慣性の力が働いたのはその時だった。

この車両が動いているのだ。

「ミョンリっ？」

「ええと、騙《だま》し騙《だま》しですけど……。例の粘液が燃えて消費されると足回りのグリップが元に戻

るみたいです。今なら後ろに下がれますよ」

その割には、エンジン音には不規則な波があるし、がくんがくんと車体はつんのめったように急停止を繰り返す。

粘液まみれから泡まみれにグレードアップした金髪巨乳が、鼻の頭に白くて小さな泡を乗っけたまま涙目で震えていた。

「ううぇ……。やっぱりダメージゼロとはいかないじゃないですか。こんな所でエンストしたら私達、でっかいオーブンでローストの道を避けられなくなりますよう……」

「炎の熱のせいでラジエーターの冷却が追い着かなくなってきているのかな。よいしょっと！」

ミョンリの謎の掛け声と共に、がりがりがり!!　と何か引《ひ》っ掻《か》くような重たい破砕音があった。ただし車体が傷ついている訳ではない。

クウェンサーは眉をひそめて、

「……塩の壁を崩して頭の上に被《かぶ》せたのか？」

「ぶほっ!?　へっ下手したら生き埋めじゃねえかッ!!」

「揚げ物火災に水を浴びせても仕方がないでしょう。よしっ、ひとまず頭の上に乗っていた炎は消えたみたいです、今の内に！」

無限軌道を動かして、ミョンリはそのままバックで下り坂を下り、一段下……つまり塩の屋根のある『二段目』まで戻っていく。簡単なようだが、何気に戦車のような無限軌道で素早いバックを切り返すのはカメラの補助があってもかなり難しい。それより砲塔を回してしまった方が楽なのだ。

ヘイヴィアはへたり込んだまま愛おしそうに鋼の壁にすり寄って、

「にしても、何が警察系だ。オブジェクト放《ほう》ったらかしで足元の人間にナパーム浴びせまくるとか、非人道が極まってんじゃねえか……」

「知らないのかヘイヴィア。戦争条約に縛られない警察官って普通にダムダム弾使って逃げる容疑者の背中パンパン撃ってるんだよ、民間人。兵隊だったら問答無用で独房行きだ」

「あいつら思いっきり戦争に参加してるじゃん!!」

「軽い出張気分なんだろ。多分あの連中戦争やってる自覚ないぞ」

「何だそのダブルスタンダード!? もうやだ俺絶対ここから出ねえッ!!」

「あのうー。今砲撃を一発もらったらトンネルごと崩落で全員生き埋めですし、緊急消火で大量の塩を被《かぶ》せたからラジエーターにも結構な量が入っちゃったと思いますよ? こんな手を繰り返していたらエンジンが焼ける事間違いなしです、塩の融点って八〇〇度くらいですから、おそらくトーストに乗っけたチーズみたいにドロドロに溶けて金属にへばりついているでしょうし」

最悪であった。

どういう訳か『ポリスクイーン』は優先的に人間を狙っている。

【ポリスクイーン】
POLICE QUEEN

全長…95メートル(可変推進装置最高速度優先時)

最高速度…時速650キロ(可変推進装置最高速度優先時)

装甲…4センチ×250層(溶接等不純物を含む)

用途…軍事方面拡張用実験兵器

分類…水陸両用第二世代

運用者…『資本企業』警察系

仕様…可変式エアクッション

主砲…高水圧ジェルカッター砲(ナパーム仕様)×3

副砲…測量ロッド投擲器、レールガン等。着火用信号弾含む

コードネーム…ポリスクイーン
(警察系かつピラミッドの頂点たるオブジェクトである事から)

メインカラーリング…ホワイト

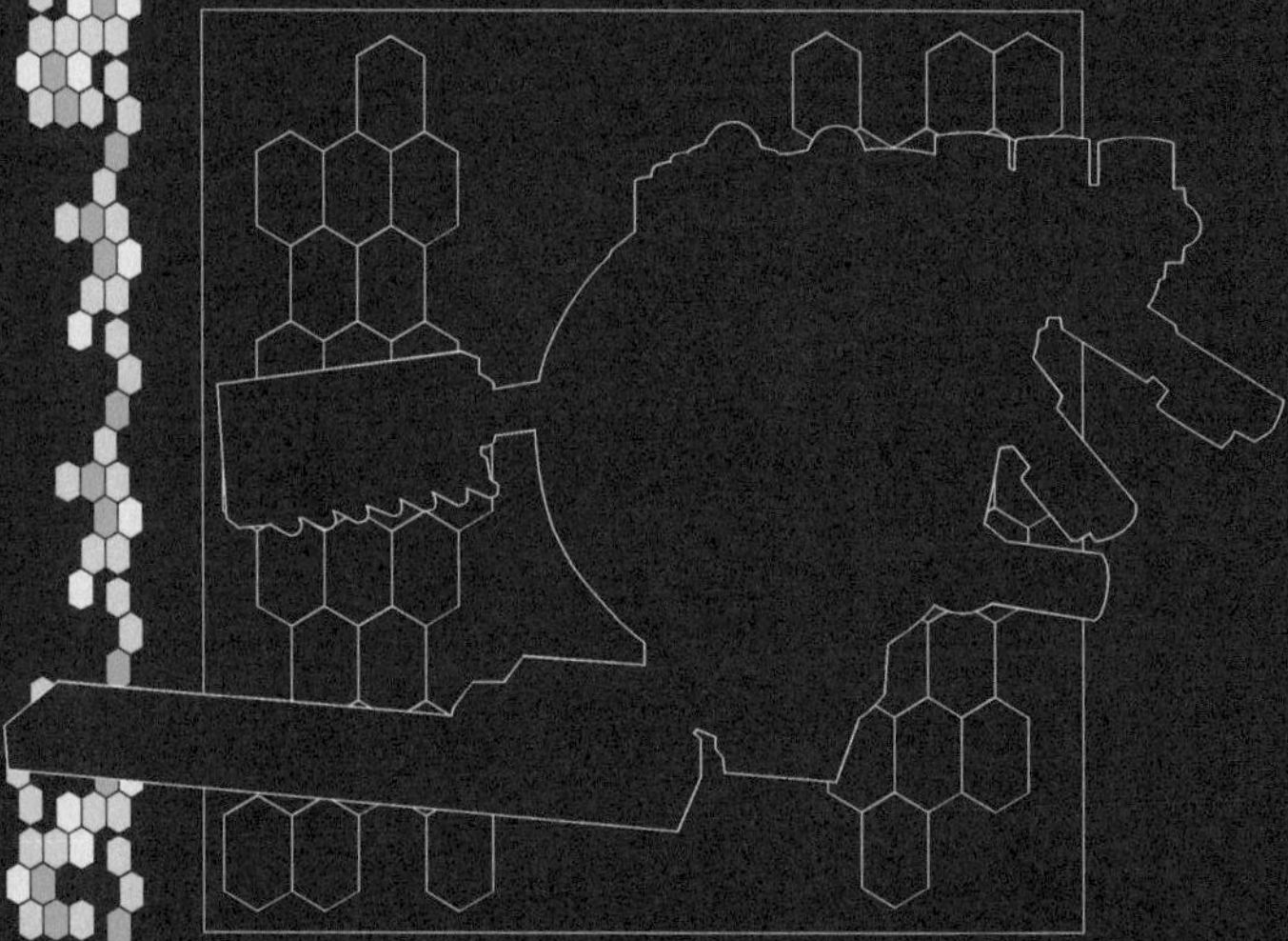

POLICE QUEEN

ＡＬＳにニンヒドリン、音声や画像の解析だってやっているだろう。ヤツは警察が人を追うシステムを全て使って獲物の足取りを辿《たど》っているのだ。ジャングルを歩く傭兵《ようへい》は経験や五感に頼って泥に残る足跡や折れた小枝から敵兵の動きをなぞっていくが、『ポリスクイーン』の場合はそこに科学的なアプローチがしこたま盛り込まれていく。もちろん物証だけではないだろう。大型コンピュータと組み合わせてお姫様のプロファイリングくらいはやっているはずだ。

今のままではクウェンサー達はお姫様を支援する事もできない。下手に顔を出した瞬間に即死だ。ジャガイモ達としても、流石《さすが》に核でも破壊できないオブジェクトの代わりに囮《おとり》の的になろうと思えるほどの愛国心はなかった。

「かと言って、放っておいたらお姫様がやられちまう。あそこまでモラルのぶっ壊れたオブジェクトなら、『白旗』の信号を聞き入れるとは限らねえぞ。やだよ、火炎放射器だのナパーム弾だので虱潰《しらみつぶ》しの残党狩りにさらされるなんて!!」

……『ポリスクイーン』もまた、こちらのスペックについては把握していたのだろうか。一対一ならひとまず負けない。だから不確定要素である木っ端《こっぱ》の歩兵を優先的に叩《たた》いて、万に一つの番狂わせが起きる可能性を排除して安全に勝ちを獲《と》りに行く、と。

「……なんか違うな……」

「クウェンサー？」

「そりゃ第一世代の『ベイビーマグナム』と第二世代の『ポリスクイーン』の間じゃ、スペックに差があるかもしれない。だけど、お姫様だってクリーンヒットを当てる資格持ちであるのは事実なんだ。番狂わせが怖い？　けどそれって、敵機の真正面でよそ見をしながら戦うほどの条件か？　歩きスマホしながらお姫様と戦ってみろ、勝てるはずの戦いでわざわざクリーンヒットもらって一発で沈められる可能性だってあるんだ。自分の命が天秤《てんびん》に乗っている状況で、死の銃口から目を逸《そ》らす事なんかできるもんか」

クウェンサーは自分がナパームまみれになっている事実すら忘れて、己の思考に没入していく。

「ヤツは、お姫様を一発でぶち抜けばその時点で『安全』を手に入れられるんだ。わざわざ時間を引き延ばしてまで、不確定要素をぷちぷち潰していく必要なんかない。それより最短時間でオブジェクトを破壊した方が被弾率は下がる。なのに何故《なぜ》？」

「言いたい事は分かりますけどお、でも具体的な話はすんごくふわっふわしていません？」

「もっと怖いものがあるんだ」

断言だった。

「目の前で銃を突き付けられたとしても、横から大型ダンプが猛スピードでこっちに突っ込んでくるとしたらどうだ？　人は、より怖い方から目を逸《そ》らせなくなる。『ポリスクイーン』は何かを恐れているんだ、お姫様の主砲よりも恐ろしい何かを。けどそれは何だ……？」

「おいっ、クウェンサーっ⁉」

ヘイヴィアの制止の声は聞かなかった。

戦地派遣留学生はタラップを上って頭の上のハッチを開けると、再び死と灼熱《しゃくねつ》の世界へ身を乗り出していく。

冷静に問題点を並べているのは、やはり運転席のミョンリだ。

『出ていくのは構わないですけど、ぬるぬる地獄を浴びたら自分じゃ逃げられなくなりますよ』

「だからこうする」

クウェンサーはウィンチから引っ張り出した太いワイヤーを自分の腰に巻きつけると、車両のカメラレンズに手を振った。

「ヤバい事になったらウィンチのリールを巻いてくれ。それでナパーム汚染エリアの外まで逃げられる」

『やりますけど、加減なんか知りませんよ。胴体千切れても文句はナシですからね？』

どこまで本気か分からないミョンリの声を耳にしながら、命綱をつけたクウェンサーは腰を低く落として塩のトンネルを進んでいく。自作の上り坂は、人の足で上るには傾斜がきつい。両手も使って緩めの崖をよじ登り、『一段目』に向かう。塩自体は木や紙と違ってそこまで燃えないからか、すでにナパームの炎は消えていた。

そこで気づく。

（しまった、戦闘工兵車がないから背伸びしても上の地べたを覗《のぞ》けない。爆弾使っても良いけど、『ポリスクイーン』に気づかれないかな……）

「クウェンサーさぁん」

なんか甘い声が追いかけてきた。

振り返ると、多分ナパームではなく洗剤の方だろう、未《いま》だにあちこちぬるぬるべとべとな金髪巨乳のメガネ美人エリーゼ＝モンタナが両手でスコップを摑《つか》んだまま、こちらへ走ってくるところだった。

「何しに来たんだ、戦闘工兵車の中でコーヒーでも飲んでいれば良かったのに」

「えっ、そんな素敵装備を搭載していたんですか⁉」

「？　潰れたドリルの方からコーヒー用品移してたろ。ちゃんとミルで豆を挽《ひ》いてドリッパーで淹《い》れるヤツ」

やはり『二段目』の塩のトンネル、通信が邪魔されるのは地味に障害だ。

こんなやり取りでも顔を合わせないとできなくなる。

「けっ、けど、何もできずに『待ち』っていうのが耐えられないんですよう。情報に餓《う》えているので何かさせてください、何でもやりますからあ」

「というかお前、命綱は？」

「あわあ⁉」

とはいえ、クウェンサーとしても今のままでは立ち往生だった。

『一段目』の塩の塹壕《ざんごう》は、大型観光バスくらいの幅と深さがある。爆弾を使って壁を崩してしまう事もできるが、『資本企業』の第二世代にバレたらおしまいだ。できれば静かに観察を進めていきたい。

そうなると、

「よっと……持ち上げるぞ、エリーゼ」

「良いですけどお。今足が滑って後ろにすってん、っていうのはナシにしてくださいよう⁉ バックドロップどころの騒ぎじゃなくなりますからあ‼」

肩車大作戦が決行された。

クウェンサーが下、エリーゼが上である。

ナパームを落とすための洗剤で全身ぐちゃぐちゃになっていると、エリーゼさんのお股の存在感がとんでもない事になっている。しかもバックドロップの恐怖に駆られているのか、左右から挟み込んでくる太股《ふともも》の圧が過剰であった。美女の湿ったお股で顔を挟まれて公務とか、クウェンサー＝バーボタージュ戦地派遣留学生、経験値の上昇が留まるところを知らない。

「(くそうー……。これさえなければとっくの昔に見捨てているのに)」

「ちゃんと協力してるのに、滅法不穏な事を呟《つぶや》きませんでしたか？」

しかし上の段へ頭上に手を伸ばしているエリーゼでも、まだ届かないようだ。仕方がないのでエリーゼが持ってきたスコップに携帯端末をくりつけ、即席の自撮り棒に形を整えてから潜望鏡っぽく伸ばしていく。

　録画モードで地獄の戦場を撮影してから、戻す。

　いったんエリーゼ＝モンタナを下ろし、右足と左足の間にあるでっかいトンネルから首を引っこ抜いて、だ。

　二人して小さな画面を覗《のぞ》き込《こ》んでみると、

「……いるじゃん普通に。まだお姫様と戦ってるぞ、あいつ」

「ひいいー……」

　ただし、長期戦に陥っているという事は、多少のスペック差はあっても『ベイビーマグナム』と『ポリスクイーン』の戦力は微々たる違いのはずだ。致命的な落差とまでは言えない。

……だとすれば『ポリスクイーン』が念のため、万が一を考えて周りの歩兵から殲滅《せんめつ》していくのはやはりおかしい。そんな余裕があるとは思えない。

「あれえ、やっぱりお姫様に向けてもぬるぬるを撃ち込んでいません？　丸焼きにして動力炉を暴走させるつもりなんでしょうか」

「核にも耐えるオブジェクト相手に熱暴走狙い？　ありえない、おそらく高圧放水だ」

「こうあつ？」

「ウォータージェット、工場で水を使って鉄板を切るアレだよ。ただの水より人工ダイヤの粉末なんかを混ぜた方が摩擦は強くなって切れ味が増すらしい。似て非なるプロセスだな。サラサラのミネラルウォーターより重たい粘液を撃ち出した方が、一発のパンチだって強くなるだろ」

もうちょっと動画を進めてみると、お姫様の七つの主砲の内、一つが派手に毟《むし》り取《と》られるところが映っていた。あれだけの破壊力なら、根元から電波塔を削り取れるかもしれない。

「何か、戦いながらハリネズミみたいなのを落としていません？　あのトゲトゲって何なんでしょうね、爆発とかしないと良《い》いですけど……」

遠目に見るだけなら機械でできたイガグリが西部劇の枯草みたいにコロコロ転がっているようだが、あんなものでも生身の人間が直撃したら串刺し間違いなしの死のローラー状態だ。

とはいえ、おそらく破壊力を狙った兵器ではないだろう。

クウェンサーは小さな画面の中にあるコンクリートの消波ブロックや出っ張りだらけの機雷みたいな機材を睨《にら》みながら、

「全方位に飛び出しているトゲはきっちり一本一メートルで、しかも一〇センチ間隔でシマシマに塗り分けてる。ようは三角測量に使う基準のモノサシだろ。防犯カメラの映像解析でも使っているヤツだ。ロックや画像収集の精度を上げてる」

「ひええ」

「イマドキの防犯カメラなら怪しいヤツの頬の筋肉の強張《こわば》りまで捉えて万引き予測に使うらしい。きっとお姫様のレンズや関節の動きを追いかけてる、わずかな軋《きし》みのパターンを網羅されたらおしまいだ。直撃の可能性が消える」

「ひえええええっ⁉　なんかとんでもない事になってませんかあ⁉」

「……俺達だって蚊帳《かや》の外じゃいられないぞ。テラヘルツ波をばら撒《ま》くエコーロッドでも地面に突き刺してきたら、分厚い塩の層を透過して人型のシルエットくらい探られる可能性もゼロじゃない。空港でカバンやコートを開けないまま中を透視するアレだ」

「えっ、何そのおっかない新技術。もしやそれって今着ている服もスケスケになったりしますう……⁉」

それにしても、だ。

クウェンサーは静かに考える。対人、対オブジェクトで出力を切り替えているのは何故《なぜ》だろう？　あまりにも威力が高過ぎて自分で足場の塩湖を破壊してしまうと困るから、とか。

スキー板に似たエアクッション機関で高速移動を繰り返してお姫様を翻弄する『ポリスクイーン』としては、やはり移動の自由を奪われるのを何より恐れているのだろうか。

「……、」

「？　クウェンサーさぁん？？？」

おかしい。

何か『正統王国』と『資本企業』で頭の中にある前提がズレているというか、ボタンを掛け違えている気がする。

二つの推進装置を真《ま》っ直《す》ぐ揃《そろ》えれば急激な加速、ハの字に開けば急ブレーキ、その角度を左右非対称にすれば鋭角な旋回を可能とする第二世代。現実に、そこらじゅうに迷路のように掘り進められた塹壕《ざんごう》の上でもすいすいまたいでいくあの『ポリスクイーン』が、地べたを爆破されたくらいでうろたえるのか……？

「待てよ」

そこで金髪の少年は、一時停止した動画のある箇所を拡大していた。

ただしそれはオブジェクトではない。

もっと背後にそびえている、塩の円筒を積み上げて作った白いピラミッドの方だ。

「……待て待て。何か取りこぼしている。違うんだ、出力を切り替えているかどうかが問題じゃないんだ」

「ええと、私もう置いてきぼりなんですけど黙った方が良《い》いですか？」

「ヤツは何で火を点《つ》けた？」

核心。

何か、抉《えぐ》り込《こ》むような感触をクウェンサーは手に入れた。

「単に地べたで作業をさせたくないだけなら、スリップ誘発のロ一〇ョン砲を撃ち出すだけで良《い》い。どっちみち、人も車もつるつる滑って立ち往生する危険な状況じゃ、重機で塩を掘ったり爆薬で崩したりなんかできない。事故の素でしかないからな」

「ひとまずロー○ョンロー○ョン言うのやめるところから議論を深めていきませんかクソ野郎さん？　けどっ、人の心なんて『確定』は取れないじゃないですか。どんな風に動くか結局は出たとこ勝負になるくらいなら、がっつり燃やして『確定』を決めた方が手っ取り早いってだけなんじゃあ」

「そうじゃない」

クウェンサーは同じ画面の、別の所を拡大した。

オブジェクトの機体をうっすらと覆う白いもやを。

「……最初はこいつのせいで見逃した、あれだけの巨体を」

「ええと、これって地吹雪みたいに舞い上がっている細かい塩なんじゃあ？」

「違う」

ドライアイス、液体窒素。

色々と候補は頭に浮かぶが、クウェンサーは一番強烈なものを口に出した。

「おそらく液体ヘリウム。使い終わった冷媒を気体の形で外へ逃がしている、だから白いもやの形になっていたんだ」

あっ！　とエリーゼが素っ頓狂な声を上げた。

クウェンサーはゆっくりと息を吐いて、

「主砲は液体を撃ち出すウォータージェットだ、こんなもの必要ない。足回りも空気の力を使うエアクッションだから以下略。なら、このマイナス二〇〇度以下の液体ヘリウムはどこに使われている？　何のために？　候補を一つ一つ絞っていけば、答えは見えてきそうなもんだ」

「だとするとお……」

「そう、燃やす事に意味があったんだ。人を殺すのなんかどうでも良かったんだ。だけど、私はこんな弱点を恐れていますって教える訳にはいかないから、『敵兵を攻撃している』体裁を整えていた。ヤツにはこの塩の大地を燃やす理由が、そうしないといけない理由があった。答えはシンプルだったんだよ。だから出力を切り替え、炎でトドメを刺していた」

　そこで言葉が途切れた。

　粘ついた砲撃音が頭上をまたいでいく。クウェンサー達を直接狙った訳ではないだろうが、巨大な液状のビームが大空を横切っていた。ホースの水や水鉄砲と同じく、飛沫《しぶき》くらいはこちらにも落ちてくるだろう。

　霧雨《きりさめ》のようであっても、ナパームはナパーム。

　最悪、細かい霧のような爆発物は燃料気化爆弾のように振る舞うかもしれない。

「引《ひ》き際《ぎわ》か。ミョンリ頼んだ‼」

「……あのう、トンネル内部まで無線は届かないと思いますけど」

「なんて意味のない命綱なんだ……。とにかく走れエリーゼ‼」

「あわわあわあわ置いていかないでくださいよう‼」

その時だった。

『一段目』から自前のスロープを下って屋根のある『二段目』のトンネルに引っ込もうとしたところで、視界の端で場違いに黄色い色がちらつくのを学生は捉えた。どこもかしこも白一色なので、太陽を見て瞬《まばた》きをしたように変な残像が目に焼きついたかと思ったが、違う。

『一段目』、屋根のない溝のような場所に。

確かにある。

あれは工事関係者のヘルメットの色だ。

「……いるじゃん」

クウェンサーは自分の心臓が止まるかと思った。

信じられない光景が目の前に広がっている。

「普通の民間人いるじゃん!!」

「クウェンサーさん危ないですよう!?」

エリーゼは引き止めようとしたらしいが、塩のトンネルから外に無線電波は飛ばせない。少年だっておっかないが、ナパームの粘液のとばっちりを浴びるのを覚悟で表に顔を出して無線機に叫ぶしかない。

「ふっ、フローレイティアさん、現地の作業員らしき人物を発見、おそらく民間人!!　救出の許可を!!」

『おそらく？　確証は⁉　「資本企業」側の工作員や現地協力者の可能性は⁉』

「後で見極めれば良い、でないとおっさんがナパームで丸焼けになるッ‼」

『それでは足りない‼』

突っぱねるような拒絶。

こうしている今も、銃もジャケットもないおっさんはどろどろの粘液を浴びて派手に転んでいた。間抜けなように見えるが、いったんああなってしまったらもう起き上がれない。自力で範囲の外まで逃げられなければ、『ポリスクイーン』の着火アクションと同時に焼死確定だ。

一秒が惜しい状況なのに、フローレイティア＝カピストラーノ少佐は実にケッペキなマジメトークで語ってくださった。

『今は軍事作戦の真っ最中で、そもそも軍用車両の内部は軍事機密の塊だ。何の理由もなく、素性の怪しい人物など乗せられない‼』

何か言おうとしたエリーゼを、クウェンサーは片手で制する。

……いざとなれば自分は正規軍人ではなく学生だ、と言い張って勝手に助けるか。美少女でもなければ美女でもないのが難点だが、おっさんだからと言って笑顔で見捨てられるはずもない。

そこまで考えた時、無線の向こうからこんな声が聞こえてきたのだ。

『だから重要な作戦行動に際し行動予測の難しい不確定要素は確実に排除し、かつ、重要な現地情報を持つのであれば確実に引き出せ。以上だ!!』

もう笑うしかなかった。

今のは現代語に訳すとこうなる。

理由がないなら作れば良い、つべこべ言わずにとっとと助けろ。

「……やっぱり俺は三七で良かった。イイ女が上官に就いているのは幸せだ」

「あ。あのうー!! 格好つけるのは構わないんですけど具体的にどうやってぬるぬるおじさんを助けるんですかあ!?」

「とりあえずその呼び方やめて覚悟が鈍るからっ!!」

叫び合っていると変化があった。

ろくに二本足で立てない状況でもおっさんなりにもがいた結果か、クウェンサー達が作った下りのスロープを滑って『一段目』から『二段目』に落ちてきたのだ。これでひとまず地獄のつるつる上り坂に挑戦する必要はなくなった。

トンネルの内側はナパーム剤に侵食されてはいないので、普通に立って走れる。

となれば、

「エリーゼ、回収は任せた」

「あの、えっと？」

「助走をつけてのヘッドスライディング!!」

宣言通りに実行した。

走り幅跳びくらいの感覚で助走距離を決めると、トンネルから抜けたタイミングで腹這《はらば》いに滑る。ペンギンみたいな気持ちで進み、もがくおっさんの体を掴《つか》んでからエリーゼに綱引きしてもらえば、安全なトンネルの中まで戻れる。

「とっ」

そのはずだった。

のだが、

「届かない……!!」

あと一メートルもないが、その一メートルがどうにもならない。下手に動くとくるくる回ってまったくよその方向へ体が進んでしまうのが試す前から分かる。

このままでは助けられない。

わずかな火種が投じられただけで、粘液に満たされたエリアはまとめて焼き尽くされるのだ。

「ええい!!」

と、そこで変な叫び声があった。

クウェンサーの真横を何かしらの影が追い抜いたと思ったら、べとべとになったエリーゼ＝

モンタナがおっさんの両足を束ねて抱えている。

「クウェンサーさんっ、私の体摑《つか》んでください！　早く!!」

「良《い》いけど、お前が引っ張らなかったら誰が俺の腰に巻いてるワイヤーを引っ張るんだっ。トンネルの中のミョンリにゃ無線は通じないんだぞ!!」

「あっ、あわーっ!?」

ドジ姉さんは今わの際までドジ姉さんであった。

ぼっ!!　という炎が酸素を吸い込む不気味な音がよそから響き渡る。それがどこだろうが、瞬《また》く間《ま》にナパームエリアは全て火の海となるだろう。

「っ!!」

クウェンサーは身をひねり、とっさにトンネルの方へ携帯端末を向けた。

「電波は届きませんよう!!」

「カメラのフラッシュだ！　トンネルは直線なんだ、点滅信号なら届くはずっ!!」

ぐんっ、という強い引きがクウェンサーの腰を襲った。

もうがむしゃらだった。

「っ!!　エリーゼとにかくそのおっさん離すなよ!!　足でも腰でも良《い》いからっ!!」

「ちょっ、両手で？　それじゃあ私はどうするんですかっ!?　命綱ないからクウェンサーさんと繋《つな》がらないといけないんですけど……」

「俺がしがみつくっ!!　エリーゼおっぱいばっかり目がいっていたけどお尻も素敵だよね？」

「おいってえーっ!?」

誰も彼も生き残りをかけて必死だった。ぬるぬる美女の柔らかい所に顔を突っ込んで必死に下半身へ抱き着きながら、クウェンサーはウィンチの力で塩のトンネルへと引き返していく。

直後に高波のような炎が表の世界を覆い尽くしていくが、

「覆えっ」

恐怖が先立っているのか、エリーゼの両足の太股《ふともも》でぎゅっと顔を挟まれたまま、もがもがとクウェンサーは叫んでいた。

「塩を崩してなめくじみたいな跡を覆え!!　導火線さえ断ち切れば生き残れる!!」

6

そして整備基地ベースゾーンでは銀髪爆乳のフローレイティアが自分の頭をがしがし掻《か》いていた。細長い煙管《キセル》を砕かんばかりの勢いで噛《か》み締《し》め、乱暴にノートパソコンを摑《つか》み取《と》る。

後方の基地にいれば安心？

いやまさか。

こちらはこちらで、過去の膨大な事例を片っ端から引っ張り出して、行動許可を出した正当性を証明しなくてはならない。

秘書のように立つ中尉の女性が苦笑する中、フローレイティアは絶叫していた。

「あーもー！　軍のネット会議で戦争だーっ!!」

7

ぼんっ!!　という太い爆音と共に、表の世界が再び紅蓮《ぐれん》の炎《ほのお》に呑《の》まれていく。あの一撃でどれだけ仲間の命が散った事か。ほんのわずかにタイミングが遅れていたら、クウェンサー達も黒焦げ確定の状況だった。

本来だったら必要ないのに。

ただのカムフラージュで。

「ぶはっ!?　あっぷあっぷ、お、おっかないからってカニバサミするんじゃないよ！　危うくドジ姉さんのお股で溺れるところだったぞ!?　洗剤のせいで隙間がぴっちり埋まるんだよ、濡《ぬ》れタオルで顔面塞ぐ的に!!」

「その分私がきちんと塩を被《かぶ》せたんだから借りは返したでしょう!?　だって万に一つもクウェンサーさんの手が離れたら私と見知らぬおじさまはぬるぬる地獄で身動き取れないままナパームで丸焼きコースだったんですよう!?」

「挟んでいたのは顔‼」

「生きるためなら仕方がないんですう‼」

「……反省の足りないこのはしたない万力ムスメにはお仕置きが必要だな？　オラ‼　お股でぎゅうぎゅう男の息を詰まらせるダメ姉さんめ‼　おっぱいもお股もいつも迷惑ばかりかけてこの暴れん坊ボディ……ッ！　ちょっと涙目の上目遣いでポーズ取れ‼　どこを強調すればよいかは分かるなッ、今は意外性などいらぬ‼」

「いやあ‼　顔はやめてくださいですう‼」

助けたおっさんそっちのけで始まってしまった携帯端末のレンズと必死の抵抗の攻防戦。もう一つの戦争が始まっていた、これだけでスピンオフが作れそうだ。サンタクロースを待ち続ける子供と違っておっさんでは感動を作りにくかったのがそもそもの間違いだったのかもしれない。ここからいきなり脱皮して美少女になられても困るが。

しかし、

（……見えてきた）

人を救ったという事実がテンションをハイに押し上げているのか。ギリギリぬるぬるとレンズの摑《つか》み合《あ》いになって金髪姉さん（メガネのレンズまでねとねと）と一緒にその辺転げ回りながらも、超シリアスにクウェンサーは考えていた。

（ようやくお前の弱点が見えてきたぞ、『ポリスクイーン』）

8

ひっきりなしに警報が鳴り響いていた。

顔をしかめるお姫様は、目線をレーザーで読み取るためのゴーグル越しに険しい視線を投げ放つ。

「あいつ……ッ!!」

『取り乱すなお姫様。「ベイビーマグナム」を失ったらその時点で残りの全員は皆殺しよ。あれが残党が逃げ帰るのを黙って見ているようなタマだと思う?』

「分かってる、けど!!」

『私は平和ボケしたお歴々と言葉で戦わなくちゃならん。これ以上頭のリソースを奪わないでくれ』

一番の矢面に立たされながら、同時にただ一人、お姫様は核にも耐える分厚いシェルターの中に押し込められてもいる。単純な強度だけで言えば、後方の整備基地ベースゾーンに詰めている指揮官のフローレイティアよりも温存されているのではあるまいか。

本来だったら感じる必要もないだろうに、この少女は疼《うず》いてしまうのだ。自分だけ、ということ。

罪悪感が。

しかしどれだけ意図して呼吸を整えても、最大効率で敵機を追い回しても、どうしても『ポリスクイーン』を捉えきれない。スキー板のように角度を変えて直進と旋回の特性を切り替えていくハの字の足回りに、時には主砲まで使ってヤツは真横にスライドする。

海水を噴射して空を飛ぶレジャースポーツがある。

反動を適切に使えば、ロケットのような推進力になるのだ。

『ポリスクイーン』最大の武器は、その鋭い切り返しだ。操縦士エリートも莫大《ばくだい》な慣性に内臓を絞られる羽目にはなるだろうが、内臓や血管の寿命と引き換えにヤツは瞬発力を味方につけて獲物を狩り出す。

警察系オブジェクト、なんて片腹痛い。

あんなもの、悪魔に魂を売って力に換える仕様でしかない。

(かたてま……。あいつ、わたしと本気でたたかうつもりがないの？　おもしろ半分になかまばっかりねらっていって!!)

新造機だからこそ、分かりやすい戦果、つまり撃破スコアでも稼ぎたいのか。だとすれば、『クリーンな戦争』の考え方と真っ向から反するような箔《はく》の付け方だ。

何か。

何かもう一手があれば。

奥歯が砕けかねないほど、強く強く歯噛《はが》みするお姫様だったが、

『ヘイお姫様!! F9は睨《にら》みが激しいからE7まで後退した。これから「ポリスクイーン」のアキレス腱《けん》に一発仕掛ける。繰り返す、E7まで後退。あのクソ野郎をここまで誘い込め!!』

だからこそ、だったのかもしれない。

当たり前にやっているからこそ、少女は気づいていない。オブジェクトが全てを決するこんな時代に、木《こ》っ端《ぱ》の歩兵どもを人並みに心配するエリートがどれだけ珍しいかを。そしてそんな少女だから、周りの皆も思うのかもしれない。

助けると。

そのためなら、命くらいは張れるのだと。

「クウェンサー? まって、何する気なの⁉」

『言ったろ』

脅《おび》えるような口振りだった。

自分自身が主砲を向けられる事よりも、なお強く。

そんな声を聞いて、無線の向こうの少年は小さく笑ったようだった。

だから。

こんな時代になってもまだ戦える。そう無言の宣告を放つように。

『アキレス腱《けん》を、叩《たた》く。そろそろ「ポリスクイーン」のいやらしい所はお姫様も気づいているんだろ。トドメは任せるよ、ヤツの無敵の足回りをぶっ壊してやる』

9

きっかけは無残に潰された坑道掘削車だった。

より厳密には、そっちから持ち込んだ備品の一つ。コーヒー豆をすり潰すための電動ミルだ。

いくつかの塹壕迷路《ざんごうめいろ》とトンネルを抜けて、ミョンリの操る戦闘工兵車がE7へ向かう。

「言われた通りに崩しますけど、ほんとにこんなので第二世代のオブジェクトを撃破できるんですか⁉」

真面目な器用貧乏のミョンリが確認を取るように言うが、

「んめーなコーヒー」

「やっぱりモチはモチ屋だよ。坑道掘削車の中から助けた銀髪少女も復活したし、持ち主の手で淹《い》れてもらうのが一番美味《うま》いに決まってる」

「私の分も用意してくれないと運転手さんが居眠り運転をしでかしますが皆さん未練はありませんか⁉」

いよいよ殺気立って叫ぶミョンリに、マグカップを両手で包みながら贅沢者《ぜいたくもの》のクウェンサーが答えた。

「とにかく目的地まで向かってくれ、頼む！　それから根拠については『ポリスクイーン』に聞けば良いさ。言葉じゃなくて、挙動から見えるヤツの脅《おび》えにな!!」

カマキリみたいに畳んでいたアームを引き出し、手近な塩の壁を突き崩す。クウェンサー達はクウェンサー達で車内に常備してあった防塵《ぼうじん》マスクを口元に装着しながら、

『塩は口や鼻からだけじゃない。目元でも耳の穴でも、粘膜関係はみんな体内まで入り込んでくるぞ。塩は必須物質だけど、摂《と》り過《す》ぎれば毒になるモノの代表例だ。頭から被《かぶ》っただけで小瓶を丸ごと飲み干すより摂取量は多くなる。全体的に要注意!!』

ハッチから表に出て、クウェンサー達はミョンリのアームが崩した塩の塊に向かう。一抱えほどの白い塊がゴロゴロあった。見た目は硬くても、ちょっとブーツのカカトで踏んづけただけで簡単に崩れていく。

そう、

『……最初からおかしかったんだ』

彼が言っているのは、『資本企業』の第二世代ではない。

『そこかしこに積んであった白いピラミッド！　塩湖から塩の塊をくり貫《ぬ》くのは構わないけど、塩は塩だろ。普通に考えたらあんな風にまとめておけるはずない。下から潰れて形が崩れてい

くだけだ！』

『つまりそこに仕掛けがあるってのか？　料理下手の若奥様の殺人料理じゃねえんだ、そんなのでオブジェクトを倒せるのかよ‼』

『焼き固めていたんだ』

核心を突く。

ここから一気に異形のオブジェクト『ポリスクイーン』の話に切り込んでいく。

『……ヤツがやたらとナパームをばら撒《ま》いて辺り一面を火の海に変えていくのも、塩の大地を焼き固めるため。理由は単純さ、崩れたら困るから固めていく。シンプルだろ？』

『今さら足場を崩した程度でうろたえるタマかよ？　現実に、あのでっぷり太った悪徳警官は塹壕迷路《ざんごうめいろ》の上をひょいひょい飛び越しているんだぜ！』

『怖いのは、足場が崩れる事じゃあないんだ』

『あん？』

『エリーゼ、アンタはもう分かっているだろ。液体ヘリウムの名前を出しただけで答えに気づいたような顔をしていたんだから』

作業自体は単純だ。

核でも破壊できないオブジェクトと戦うつもりだが、極大の爆弾を組み上げる訳ではない。

クウェンサーは目の前にある塩のブロックを手元に引き寄せる。

今日は年に一度のスペシャルイベント『ロイヤルクリーナー』なのだ。

『ポリッシャー、だよな……？』

彼らが持っているのは、ファミリーサイズの水筒よりも大きな金属塊。本来だったら車の表面を磨くための電動洗浄機材だ。モーターの力で円盤を回し、毛の短い絨毯《じゅうたん》に似た研磨部品で汚れを落としていく。

クウェンサーは大真面目な顔で、塩のブロックに回転するディスクを押し付けた。

途端にボロボロと崩れていくが、

『この程度じゃダメか……。粒が粗いし短時間じゃ量も確保できない』

『ふ、噴霧法だ』

変な声が混ざってきた。

見れば、助けたはずのおっさんが防塵《ぼうじん》マスクをつけて外に降りている。

『噴霧法を使えば良いんじゃないか？　工場の方じゃそういう方法で大量に確保している。塩湖から切り出したって塊のままじゃ塩は売れないし……』

しかし、そうだ。

その方法ならいける。

『おいミョンリ、塩は溶けるって話をしていたよな⁉』

学生の声に、無線を通して運転席の少女から返事が来る。

『はあ、ラジエーターの話ですか？　そりゃまああんな高温のトコに入り込んだら溶けたチーズみたいに……』

『つまり、塩は燃えない。包み焼きとかにも使うくらいだしな』

ふう、と彼は息を吐いて、

『熱を使って、いったん完全に塩を溶かそう。その上でスプレーみたいに噴きつければ、冷えて固まったタイミングで花粉よりも細かい超極小粒子に変じるはずだ。元々は金属粉末を作るための技術なんだけど』

彼らが過剰なまでにマスクや肌の粘膜を気にしていたのもこのためだ。極めて微細な粒になると、通常の物質とは違った振る舞いを見せる事もある。例えば腎臓は目の細かいフィルターだが、一定以下まで薬の粒子を小さくする事で素通りさせるような治療法もあるのだ。生活に不可欠な塩だが、脳も肝臓もあらゆるフィルターを潜《くぐ》り抜《ぬ》けて全身くまなく駆け巡ると考えるとゾッとするのが分かるだろう。

では、どうしてクウェンサー達はそこまで危険を冒して微細な塩が欲しいのかと言われれば、

『低温超伝導磁石だったんです』

『はあ？　何がだよ、ヤツの主砲がか？』

『いいえ、「ポリスクイーン」の足回り。より正確には、ハの字の角度を瞬時に変える、あの特殊な関節部分ですう』

『浮いているんだよ、ヘイヴィア』

悪戯《いたずら》を思いついた子供のような口振りだった。

クウェンサーは後を引き取った。

『リニアの実験とかで見かけないか？　思い切り冷やした金属の上にネオジム磁石を乗せようとすると、そのままふわふわ浮かぶアレ。「ポリスクイーン」の球体状本体とスキー板を結ぶ巨大な関節は、その内部が空洞になっている。浮かんでいるから摩擦がない。まあ、「島国」の茶筒と蓋みたいにぴったり合う凹凸を被せているんじゃないか。球体状本体と推進装置を繋《つな》ぐ支柱の円筒内部にはローラーやブレーキがあって、ハの字のスキー板の角度を調整する機構を設けてはいるんだろうけど。ともあれ、通常ではありえない切り返しの速さは、そこに秘密があったんだ』

『待てよ、だったら……』

『隙間を埋めてやれば良い』

目が。

ひ弱な少年の瞳が、ここに猛禽《もうきん》の輝きを得る。

『実際、「ポリスクイーン」は予期せぬエラー、目詰まりを恐れている。お姫様より先に俺達を狙っていたのも、地吹雪みたいに舞い上がる粒の細かい塩に脅《おび》えて、焼き固めていたからだ。ひょっとしたら俺達の作業車の無限軌道が砕いて撒《ま》き散《ち》らす分も嫌っていたかもしれないけど、おそらくデコイ。塩を焼き固めるためにナパーム使っていますってバレたら怖いから、同じ座標にいる兵士を適当に攻撃していただけ。それだけだったんだよ』

　つまり。

　つまり。

　つまり、だ。

『……茶筒と蓋《ふた》。ヤツの足回りの関節部分には、側面にわずかな隙間がある。少なくとも操縦士エリートはそう恐れている。だったらこっちは「ポリスクイーン」のアキレス腱《けん》を狙うまでだ。微細な塩の粒、それも考えられる中でも最も小さな一ミクロン以下。杉花粉より細かい塩の粉末をばら撒《ま》くだけばら撒《ま》いて、クソ野郎の足を止める』

『けどっ、「ポリスクイーン」自体が火の海を作っていたじゃねえか。塩を熱して液状にしてから冷やすだっけか？　それだけで目詰まりを起こすんだったらとっくの昔に自滅しているもんじゃねえのかよ⁉　焼き固めるって話はどこいったんだ⁉』

『スプレー状にして、だよ。普通に熱して冷やすだけなら、溶けたチーズが冷えて固まるのと同じだ。あらかじめ、細かい霧状にしてから固めるのが大事なんだ』

『それだけ聞くと難しそうですけどお……』

『どこが？　霧吹きに入った洗剤くらい百均でも手に入るだろ』

　塩の融点は八〇〇度くらいだが、こちらについては作業車のエンジンそのものを使えば簡単に達成できる。金属パイプの先にちょっとした細工を施してから車の後ろの排気口に取り付け、溶けた塩を流し込めるようにすれば後は自動で処理してもらえる。

ゴォッ!! と。

少し離れた場所で、何か大きな影がよぎった。『ポリスクイーン』が塹壕迷路《ざんごうめいろ》を大きくまたいだのだ。

『始まった!』

『おいっ、ヤツはエアクッション式だろ? 常に大量の空気をばら撒《ま》いてる。塩の粉末をいくら拵《こしら》えたって吹き散らされちまうよ!!』

『ほんとにそうかな?』

クウェンサーはプラスチック爆弾にボールペン状の電気信管を突き刺すと、自分達で作ったミクロン以下の塩の山へ放り投げた。今からいちいち配置についている暇はない。ミョンリの乗っている戦闘工兵車の裏に(ジャガイモ達とおっさん込みの)四人で回り込むと、エアクッションの突風が到達する前にさっさと無線機のスイッチを押す。

バム!! と。

耳をつんざくような爆発音と共に、大量の塩が爆風に押されて天高く舞い上がった。その粒は人の目に見えるようなものではなかったが、辺り一面が虹のような七色に輝いていく。太陽光を乱反射させているのだ。

直後に風呂《ふろ》のポンプ掃除のような凄《すさ》まじい烈風が突っ込んできた。

大の男が鋼の塊にしがみついていても、それでも吹き飛ばされかねないくらいの暴風だ。防《ぼう》塵《じん》マスクの奥で歯を食いしばって、ヘイヴィアが叫ぶ。

『やっぱりダメだったじゃねえか!!　なけなしの抵抗なんか消え去っちまう……!!』

『何もない所からエネルギーは生み出せないんだよヘイヴィア』

同じく必死に耐えながらも、クウェンサーは笑っていた。

『エアクッションはリフトファンを使って空気を「取り入れて」足元に溜《た》め込《こ》み、浮かぶ力を獲得する方式だ。つまり、暴風の分だけヤツは吸い込んでいるんだよ、辺り一面の空気を！　いったん流れに乗れば、後は勝手に運んでもらえる。ヤツは自分を滅ぼす毒素を自分でかき集める羽目になる!!』

太い響きがあった。

高層ビルの免震構造にも似た、巨大な金属同士が擦れ合う音色だ。

ヤツの足元。

関節に入り込んだ、杉花粉よりも微細な塩の粉末。

『島国』の茶筒とその蓋のような、本来なら側面でわずかに空いていた隙間を埋めていき、軋《きし》んだ音を立てる。滑らかな動きを食い止め、ハの字のスキー板の切り替えを阻《はば》んで、その軽快なフットワークを妨害していく。

つんのめるようであった。

真横にスライド移動したまま切り返す事ができず、そのまま浮かぶ。転がる。ごろごろと球体状本体が転がって、自分と塩の大地に挟まれた主砲やフロートなどが折れ曲がって砕けていく。

「お姫様。地べたの虫どもが願うのはただ一つだ」

そっと息を吐いて。

そして冷酷にクウェンサーは告げた。

「撃て」

10

一つの戦争が終わって。

『島国』の私物で溢《あふ》れ返《かえ》った士官用の私室で、フローレイティアは細長い煙管《キセル》を小さく揺らしていた。

「エリーゼ＝モンタナ軍曹」

「は、はいい」

「現場での声を聞いておきたい。『ポリスクイーン』が関わったこの戦争、感触としてはどうだった？」

「不自然、ですかねえ？」

おどおどと、シャープさが足りない方のメガネこと金髪巨乳のドジ姉さんは身を縮めて（無意識の内に、外側から両腕ででっかいおっぱいを絞りながら）求められるまま意見を述べていた。

「……微細な粉末を弱点とする第二世代。しかも、『資本企業』側は最初からその弱点を把握した上で、塩湖を焼き固めて応急処置しようとしていました。けど、何故《なぜ》？　そもそも塩湖に不向きだったのなら、彼らがこのウユニ方面で陣を張っていた合理的な理由が見られません」

「続けろ」

「つまり、彼らは好んでこの場所を独占していたのではなくてえ、そうしなければならない理由があったのでは？　一体どんな利害があったのかは知りませんけどお」

それが具体的な何か、までは摑《つか》み切れていないようだ。

フローレイティアは細長い煙管《キセル》を使って甘ったるい紫煙を楽しみながら、

「ちなみにエリーゼ、塩湖で採れるのは塩だけではないのは知っているかな」

「えと？」

「例えば硬石膏《こうせっこう》、塩化カリウム、硫酸マグネシウム、ホウ酸塩鉱物……。強い陽射しによって大地の乾燥が進むと、本来だったら水分として薄く広く浸透している物体が凝縮されていくという訳だな」

疑惑があった。

そしてその疑惑が本当なら、嚙《か》み合《あ》わせの悪いオブジェクトを無理に駐留させてでも、新参者の警察系オブジェクトが手っ取り早い『力』を確保したがっても不思議ではない。

そう、『資本企業』にとっての力とは、とりもなおさず金の力だ。

つまりは。

「レアアース・イモータノイド。南米に莫大《ばくだい》な鉱床が眠っているのでは、という仮説は前からあった」

それは、三七にとっても無関係な話ではない。

北極《ほっきょく》で閉じ込められたオーロラ観測船ジュリアスシーザーに乗せられていた運び屋の子供達。彼らの体内に埋め込まれていたのも、やはり純金の二〇〇倍まで値の吊り上がった特殊なレアアースであった。

いわく、特殊な放射線を発しており。

鉱泉などで適切に使えば、人間個人の寿命を三〇％も引き延ばせるという魅惑の石。

ただし、

「あ、あのう」

「何だ？」

「ええと、前に話をしていませんでしたっけえ？　イモータノイドの地中含有率は〇・〇〇％だって……」

「ああ。だからこの話自体がブラフなのよ。だって、どこかに埋まっていると宣言しておかないと売り物にならないだろ。純金にせよダイヤモンドにせよ、証明書がなければ市場で卸せないんだから」

こうした鉱物資源はゲリラやテロリストの活動資金にも化けるのが常だが、だからこそ出処《でどころ》に対する信頼が重要な話になってくるのだ。

つまり、だ。

「イモータノイドっていうのはな、九三番目より後の元素なの。平たく言えば自然界には存在しない、粒子加速器の中で生み出された人工元素」

「……、」

「健康に良《い》いとか寿命が延びるとかいうのは、完全に値を釣り上げるための情報工作ね。ほら、ミネラルウォーターに酸素だの窒素だのぶち込んで高値で売《う》り捌《さば》くのと一緒。健康ってつけておけば不自然に値が上がっても誰も不思議に思わないだろう」

そして健康グッズとして売《う》り捌《さば》くには絶対必須の条項がある。

『天然』という謳《うた》い文句《もんく》だ。

「そりゃそうよね、放射線バリバリ出してる加速器の中でケミカルに作られた、地球どころか宇宙のどこにも存在しない新種の放射性元素ですなんて言ったたって、不気味がって誰も手に取りたがらない。それよりは、得体のしれない秘境で大地のパワーを吸い取った稀少《きしょう》な石ですって言った方が絶対に客がつく」

「じゃっ、だばっ、おかしいじゃないですか⁉　『ポリスクイーン』はわざわざ相性の悪いウユニ塩湖に展開していたんですよ？　人工的に作ったレアアースを土に埋めてから素知らぬ顔で掘り返すだけなら、もっと便利な場所はいくらでも……‼」

「銀行なんだよ」

金の巨乳の狼狽《ろうばい》に、銀の爆乳は笑いながら答えた。

「ベーリング海の話はしただろ。稀少《きしょう》な金属を預かる秘密銀行。じゃあ彼らは顧客から預かった純金なりプラチナなりを具体的にどうやって保管していると思う？　まさか、店の裏の金庫に全部収まるなんて思ってはいないよね」

「えと」

「石油に限らず、あらゆる鉱物資源は試掘の前にコンピュータ上でシミュレーションしている。何しろ試し掘りをする前に土地の採掘権を買わないといけないからね、誰も不毛の地のために札束なんか積みたくない。ああ、お前ももうちょっと権限が上がれば、人類の本当の寿命が分かるぞ、あっさりとね」

「し、知りたくもありません……。けど、そのデータがどうしたんですかあ？」

「だから、無駄な所は掘らない、だ。これが業界ルール。それなら秘密の貴金属を隠しておきたい人間にとっては、逆に穴場でしょ。秘密銀行の連中は試掘シミュレーションのデータを基に、絶対掘り返されない不毛の地をピックアップしては、ああいうインゴットを好きなだけ埋めていくのよ。『ポリスクイーン』がウユニ塩湖を選んだのは、ノーマークで自分達が手を伸ばせる、複数条件に合致する唯一の土地だったから、じゃないのか？」

「……、」

「私達は、その一つ……イモータノイドの大金庫を知らずに見つけて、大扉をこじ開けてしまった」

ウユニ塩湖はあちこち迷路のように掘り返されていたが、あれはあくまでも塩を採掘するためだ。彼らすら思いも寄らない塩湖の端の端に、問題の秘密銀行が『埋蔵金』を埋めていたのだろう。

『資本企業』警察派のオブジェクトは『ポリスクイーン』一機だけ。

彼らはこれでＰＭＣ軍隊派を本気でひっくり返すつもりだったようだが、そうなると先立つものが必要になる。特に『資本企業』なら算盤勘定《そろばんかんじょう》を忘れて思想の戦争に突っ走るとは思えない。

そして銀行とは自分では稼がず、多くの顧客からお金を預かって資金繰りのサイクルを回す事業だ。もしかしたら警察派オブジェクト増産のための資金として流用するために秘密銀行を守っていたのかもしれないが、『正統王国』がガードマンを追い払ってしまった。

「ええと……それはそのう、相当ヤバい事態になったりはしませんかあ⁉」

「だよ。事はもう『正統王国』対『資本企業』なんて簡単な構図じゃない。四大勢力のセレブ様をまとめて敵に回す構図だ。そう、同じ『正統王国』のお金持ちからもな」

呆《あき》れたように甘ったるい紫煙を吐いて。

フローレイティア＝カピストラーノは額に手をやる。

「ちなみにエリーゼ、秘密銀行については過去にこんな事例があった。地方のローカル番組が埋蔵金発掘番組を撮影しようと言い出してね。結果、試掘シミュレーションデータを無視した大規模な穴掘り作業がかなり続いた。……結果、彼らはどうなったと思う？」

「よ、よけいなものを見つけてしまって、番組が打ち切りになった、とか？」

それでも相当イレギュラーな伝説となるだろう。

だが真実はこうだ。

「採掘用の爆薬が誤爆したとかで、出演者とスタッフが全員現場で死亡したのよ。録画ではなく、生中継だったというのにな」

「……、」

「同じ事が起きるかもしれない。それも、もっと大きな規模で」

どこかの誰かは、必要と思う事をしたまでだ。

秘密を守り、自らの財産を守るために。

テレビクルーを殺す程度の事しかできないのではない。それが最適だったから、そのように対処した。軍を始末しなくてはならないなら、そのまま規模を吊り上げてくる可能性は否定できない。

そういう懸念《けねん》が出てくるくらいには、見つかった秘密が大き過ぎる。

戦争の火種としては十分過ぎるほどに。

「……正直、何も言わずに埋め戻したいところよ。『上』へ報告するかどうかも相当迷っている。危険な金と分かっていても、知ってしまえば摑《つか》み取《と》りたいと思う馬鹿はいくらでもいるだろうからな」

軍のルールとして、報告しなくてはならない。

だが報告する事で、彼女の名は歴史の教科書に名前が載るほどの大間抜けと歴史家に書き立てられるかもしれない。

困ったように表情を曇らせる金の巨乳に、銀の爆乳はこう囁《ささや》いたのだ。

「だからエリーゼ軍曹、お前も大きな戦争に備えておけ。これが『クリーンな戦争』の枠を超えた事態に発展すれば……お前の『力』に頼る場面がやってくるはずだ。必ずな」

行間二

「ほいほーい」

ロイヤルクリーナーとなれば『情報同盟』も黙っていない。

整備基地ベースゾーンが比較的安定した『戦争国』で展開してあったせいもあるだろう。例の豪快縦ロール、アイドルエリートのおほほは素《す》っ裸《ぱだか》にぶかぶかのオーバーオールだけ着込んで大きなモップを摑《つか》んでいた。あちこちに乾いたペンキが張り付いているので、どこか芸術家仕様になっている。もちろん首回りや左右の脇は（本人が考えている以上に）超危うい。

基地の敷地内《しきちない》はほとんど仮装大会の様相を呈している。

おほほの他にも、ビキニにレインコート、白衣の女医さんと看護師さんペア、謎のメイド課《ちよう》報員《ほういん》グループなどなど、汚れてもすぐ洗い流せる格好をした男女で溢《あふ》れ返《かえ》っている。おほほ自体に『秘密』があるので一般開放できるほどオープンではないが、軍にはイメージ戦略が付き物だ。特に『情報同盟』であれば。なので、こういうイベント事に全力で取り組むのも定番ではある。

（……ま、私のしらないところでレアアースしじょうがかいめつてきなこんらんにみまわれているようでもありますしね。おほほ、『ぐん』が全力のえがおで大丈夫大丈夫と言っているときこそせかいはとんでもないことになっているものなのです）

とはいえ、『情報同盟』の操縦士エリートとしては、半導体に使われる材料でない限り地下資源にはさほど興味を持てない。金に変換するのは『資本企業』の領分だ。

「ギャー可愛《かわい》い!!」

「ほほほ。どうがサイトには上げるなよ、ぐんじきみつですわ!!」

出会い頭にズビシとその辺の女性兵士達（ぴちぴちライダースーツ及びぶかぶかジャージの上とブルマ）を指差して警告しながらも、縦ロールの少女はレンズを向けられるとばっちりポーズを決めてしまう。

今は、敵味方に分かれて対戦相手を泡まみれにできるか否《いな》かを競い合うチーム戦の真っ最中だ。水鉄砲組と泡立てモップ組の連携が鍵である。

おほほがあちこち走って建物の裏まで回ってみると、壁に背を預けた指揮官のレンディ＝フアロリートがスマホに目をやりながらニヤニヤしていた。

今日はせっかくの大掃除、ロイヤルクリーナーなのだ、

「ふっふっふー、資金せんじょーう☆」

「……、」

豪快縦ロールの口が小さな三角になっていた。

銀髪褐色の指揮官は気にしていない。

「ドル壊滅シナリオってたまーに顔を出しますけど、まあ、信憑性《しんぴょうせい》はさておき銀行預金を貴金属に変換したいという流れができれば万々歳。じゃんじゃん両替して手数料で儲《もう》けちゃうぞーがおー‼」

「……せいぎのヒーローらしからぬセリフがまんさいですわ。おほほ、またれいのイモータノイドですの？」

「もうすぐ年をまたいでしまいますからね、ここで一区切り、と。いやあ来年は気持ち良く始まりそうだなあ。具体的にはカリブ海のリゾート演習では寝床が全員ラグジュアリーホテルのロイヤルスイートになりそうでっ☆」

「何かこう、せいだいなおとし穴がまってそうな気がしますけれど」

「そんな訳があるかー！　ちなみに私は赤組です」

「げっ⁉　てきチーム‼」

「覚悟は済みましたか、オラこのナマイキエリートめ全身泡だらけにしてあげまーす‼」

第三章　ニューイヤーを求めて　〉〉モンブラン国境線掃討戦

1

年末も年末である。

一二月三一日。場所はアルプス山脈最高峰、モンブラン。

「ええー。そんな訳でこれから年またぎ雪山夜戦行動訓練を始めたいと思いまーす」

「「「とことん本気で殺す気かよッッッ!!⁉??」」」

夕暮れ。

ケーキの名前にもなっている有名な山の麓、『空白地帯』シャモニの街でぶーぶーと文句が止まらないジャガイモ達。しかしこれから危険な夜の山に挑戦する以上、彼らはもう少し観察眼を養わないといけない。壇上のフローレイティア＝カピストラーノ少佐もまた、魚が死んだような目をしている事に。

ただ今、気温は氷点下〇度。

なぁーんだアルプス最高峰って言っても根っこの方はそんなものか、などと侮《あなど》ってはならない。人間なんてケツの中の温度が一度下がっただけで低体温症になって死ぬ生き物なのだ。

居並ぶジャガイモ達の内、白い息を吐いて震えながらヘイヴィアがぼそっと呟《つぶや》いた。

「せっかく『島国』びいきの上官サマなんだから、年末くらいコタツで丸まってソバでも食ってりゃ良《い》いんだよクソが」

「知らないのかヘイヴィア……。あのイカれた国って世界中どこでも拝める太陽をわざわざ真冬の山を登って眺め、凍った海にフンドシ一丁で飛び込んでいくお国柄らしいぞ。ある意味でセオリー通りだよ、かぶれてる」

「ならあの爆乳は今すぐアジアンTバックに着替えてその辺の湖にでも飛び込みなさいよ!!　俺が温めてやるから!!」

「俺に言っても仕方ないだろ圧が怖いよ!!」

黙っていても殴り合うジャガイモ達である。立ち止まったら寒くて樹氷になると本能で察知しているのかもしれない。

無視してフローレイティアはこう続けた。

お偉い将校サマは分厚い防弾コートがあるので一人ぬくぬくが止まらないようだ。

「今回の想定はこのモンブランを貫いてアルプス山脈全体をショートカットし、『安全国』と『安全国』を繋《つな》いでいる、モンブラントンネルを占拠する武装勢力の一掃だ。アグレッサーはトンネルに爆弾を設置しており、要求を呑《の》まない場合は爆破して埋めると脅している。たった一一キロのトンネルだが、ここが使えなくなるとアルプス山脈通過に二〇〇キロ迂回《うかい》させられる羽目になるよ。年末年始の経済的損失はおよそ一五億ユーロ、この場に集まった我々全員の命よりも高いぞ。総員、心して奪還作戦へ挑むように」

のっけから最低のご挨拶であった。経済効果とか知らねえーのだ。そんな事より例のトンネルで涙目の幼女か持て余し気味の若奥様が人質になっててくれた方が一〇〇倍モチベが出る。

「具体的にはヘリを飛ばして武装勢力の注目を集めつつ、本命が下から山肌を登ってにじり寄る。演習の目的は、あくまでもトンネルの奪取よ。敵だけ殺しても意味はないぞ。武装勢力へ攻撃を始める前に、十分な情報収集を行う事。最低でも爆弾の種類、数、起爆方式を割り出して秘密裡《ひみつり》に無力化してから戦闘を始めなければドカンを避けられない」

「オブジェクトは？」

「この手の精密作業にお姫様は向かないよ。威嚇にしてもデカ過ぎる。よってレーダー、センサー系での情報収集と、通信ラインの繋《つな》ぎに集中してもらう。これから入るのは欧州最大レベルの深い山だぞ。いつも通り気軽に無線が使えるなんて思うなよ？」

ぷくうーと無言で頬を膨らませているお姫様は何だか不満そうだ。蚊帳《かや》の外に追いやられているとでも思っているんだろうか。

しかしどれだけ嘆いたところで軍は縦社会である。彼らはフローレイティアの決定には逆らえないし、ひょっとしたらフローレイティアだってもっと『上』の誰かの命令を突っぱねられなかったのかもしれない。第三七機動整備大隊、あっちこっちから恨まれ過ぎているせいで嫌がらせの心当たりが多過ぎる。

そんなこんなで行動開始。

シャモニの街はモンブランの玄関口と目されてきたが、この時点ですでに標高一〇〇〇メートル近くある。でもって目指す白き山は四八〇〇メートル以上もある訳だが、流石《さすが》にクウェンサー達はそこまで用はない。言ってもモンブラントンネルは高速道路の一部分なので、あまり高い所に作っても交通の便が悪くなってしまう。

「アイガーだのユングフラウだの死の山が勢揃《せいぞろ》いって割に、アルプス山脈って意外とあちこち整備されてるものなんだな。なに、山の向こうまでロープウェイがまたいでるじゃん」

「アルプスなんてスキーとミネラルウォーターの聖地じゃねえか。貴族の遊びを学びたまえよクウェンサー君。ここじゃ板を履いて三五〇〇メートル辺りから大滑走するくらい珍しくもねえぞ」

「トンネルで待ってるアグレッサー誰だと思う？」

「今顔の見えねえヤツ。ミョンリとかだったら地味におっかねえぜ。あいつちっとも目立たねえのにオブジェクトの操縦以外は何でもこなすからな、次の手が読めん」

馬鹿二人の頭上をずんぐりした輸送ヘリが飛び越していった。スライドドアの横には投光器と重機関銃の組み合わせ。ゆっくり見上げてクウェンサーは白い息を吐いた。

「演習だっていうのにやる気出しちゃってさ。あんな重装備があるなら勝手に解決してくれれば良いのにな」

「ほんとの戦争になったら対空レーザーが怖くてあんなの飛ばせねえだろ。そもそも敵を殺すだけで終わらせて良いなら俺がトンネルを埋めてやるよ、ほら行くぞ」

見上げれば馬鹿デカい氷河が斜面にへばりついているのが分かるが、クウェンサー達の仕事場はその下、柔らかい雪で覆われている辺りだ。幌《ほろ》のついた軍用トラックの荷台に飛び乗ると、同じ境遇の『正統王国』兵と共に現場を目指す。

「学校の連中はこうしている今も冬休みなんだよなあ……」

「言うなよ。ウチの家族なんか月面の別荘でくつろいでんじゃねえのか？」

目的地はモンブラントンネルなので、当然ながら道路は整備されている。が、武装勢力に占拠されているという想定なのでそのまんま出入口の料金所まで向かう事はできない。助手席のガイドが双眼鏡で何かを見つけた辺りで停車して、ジャガイモ達は道端に降りていく。

「……早《は》ええな。もうカメラが置いてあんのかよ」

「一本道だからね、罠《わな》も張りやすい」

彼らが観察しているのは、路肩に置いてあった三脚とカメラだった。速度違反の取り締まりみたいな機材だが、人はいない。長い長い有線ケーブルと粘土がセットで取り付けられていた。技術に罪はないのだ、この場合は悪い意味で。犯罪組織も裏切り者を見つけるために鑑識技術を使い、写真系SNSや動画サイトと顔認識を駆使して夜逃げした多重債務者を捜し出すという。

「さてクエスチョン、ヤツらがもっと便利なドローンを使わねえ理由は？」

「山だと電波が乱反射してあてにならないから。しかもこの横風と寒さだろ。オモチャのローターなんか簡単にバランス崩すし、軸から凍り付いたらすぐ墜落するよ」

適当に言い合いながらガードレールを乗り越えて、アスファルトの道路からは外れていく。山はパノラマに広がっていても、実際に歩いて通れるルートは葉っぱの筋みたいに限られている。どこまで罠《わな》を張っているかは知らないが、クウェンサー達は地雷に気をつけながら斜面を登っていく。ありふれた雪でも、罠《わな》を覆い隠す材料と考えると肝《きも》が冷える。

道路自体は斜面を駆け上がるため、蛇腹に折れた峠道になっている。ほんの数メートル登ればショートカットに成功し、一つ上の段のアスファルトに合流できる。

通れる所は素直にアスファルトの道路を進み、トラップなどに邪魔された場合は斜面を登ってショートカット。

これを何回か繰り返していくと、ようやっと見えてきた。

「モンブラントンネル、西側料金所を確認、と。見て分かる位置に見張りなし」

ちょっとしたレストランと土産物屋が合体した、ログハウス風の休憩施設の駐車場でヘイヴィアがそんな風に呟《つぶや》いていた。

だから誰もいない、とは言わない。料金所の奥でライフルを構えているかもしれないし、カメラと首振り重機でも組み合わせて遠隔操作で乱射できる銃座ユニットを組んでいる可能性もある。そもそも要求を出す、威嚇する、人質を処刑するなどの意思表示を行う時以外、犯人側が表に顔を出すメリットは特にない。それではどうぞ狙撃してくださいと言わんばかりだ。

一方のクウェンサーは早くもへばってレストラン入口にあった三段くらいの段差から掌《てのひら》で雪を払うと腰を下ろして、

「もう十分訓練したよ、ひい、はあ、力はついたし良《い》い経験を積んだ、だから帰ろうよ。うっぷ気持ち悪い……」

「無線機に手を掛けろよ、コタツに入ってぬくぬくしながら採点してやがるフローレイティアに聞こえるように言ってみろモヤシ野郎」

「ヘイヴィアは高貴な血筋の『貴族』なんでしょ、疲れ果てた『平民』に生きるお手本を見せてよ。てかちょっとおんぶー」

「ノーブレスオブリージュを押し付けるんじゃねえよッ‼」

この時点で日没。

プロのクライマーでも遭難対策として夜間の登攀《とうはん》は控えるものだが、ジャガイモ達のような軍関係者の場合は例外となる。

モンブラントンネル奪還に関しては、爆弾の解除も達成条件に含まれているため、クウェンサーは抜けられない。別に爆薬を扱えるのは彼一人という訳ではないが、使える人間はできるだけ多く現場入りさせておいた方が不測の事態でバトンタッチしやすいのも事実だ。

何しろ全長一一キロの長大なトンネルなので、一人二人で爆弾をくまなく捜索できるものではない。かと言って、大勢でぞろぞろ進んだらすぐに見つかってしまう。

そうなると、

「このレストランを拠点にして、いくつか班を分けて時間差で潜入していくしかねえな」

「俺行かなきゃダメ？　チーズフォンデュが美味《おい》しいって書いてあるよ？？？」

必死の訴えはグーで却下された。

先頭グループのクウェンサーやヘイヴィアはいきなり料金所には向かわない。高速道路クラスのトンネルなら非常口や排煙装置くらい揃《そろ》っている。わざわざ危険な玄関のドアを叩《たた》かなくても、潜り込めるルートはいくらでもある。

「お腹《なか》を開く手術だって光ファイバー越しにリモートでやる時代なんだよ。俺が指示を出してヘイヴィアが手を動かすで良くない？　なんかこう、メカっぽいグローブはめてさ」

「そんなもん導入されたら俺はテロリスト側に回るぞ、全部ぶっ壊すために……」

アスファルトの道路を外れて再び雪の斜面へ。

縦長の四角に切り取られた非常口はすぐ見つかったが、ヘイヴィアはいったんその場でしゃがみ込んだ。石鹸《せっけん》みたいなレーションの端を軽く千切ると、出入口に向けて放り投げる。きいきいという小さな鳴き声と共に、雪の上をスリッパ大の塊が追いかけていった。

「ネズミに反応なし。……ひとまず人はいねえな。ワイヤーや赤外線もなし、これについちゃ膝上以上の高さにラインを引いてねえ限りはだけど」

「というかデカっ！　ここで死んだらあんなのに全身くまなく齧《かじ》り取《と》られるのか？」

派手な音を立てて輸送ヘリが真上を通り抜けた。味方が気を引いている内に地べたのクウェンサー達は今度こそ非常口を目指す。

入ると、頼りない、それでいて白々しい蛍光灯の明かりが待っていた。

「ううっ、冷える……」

「こりゃ待つ方が大変だぜ。アグレッサー側に選ばれなくて良かった」

まるで冷凍庫だ。

打ちっ放しのコンクリートは熱を蓄えてくれないのか、雪の夜よりも冷える気がした。

非常口自体はトンネル内部で等間隔に設置されているだろうが、トンネルが走っているのはアルプス最高峰のモンブランだ。ただドアをつけただけでは外まで出られない。そうなると、結局『メインのトンネルの脇に、一回り小さい歩行者用のトンネル』を別枠で作るくらいしかやれる事がなくなる。
「狭くて直線……。撃ち合いになったら逃げ場がねえぞ」
「爆弾はなさそうだ」
気軽に断言したクウェンサーに、悪友は怪訝《けげん》な顔で振り返る。
「おい、訓練だからってナメてんのか？　まだ入って三〇秒だぜ。実は僕ちゃんエスパーです
なんて言わねえだろうな？」
「こんな分厚いトンネルの中で無線電波なんか使う訳ないだろ。武装勢力は時間無制限で立て
こもっているんだから、黙っていたら勝手に起爆する時限爆弾でもない。そうなると残るは有
線式くらいじゃないか？　太いラインがのたくってない限りは安全だよ、爆弾はない」
そうなると処理しなくてはならないのはモンブラントンネルの『本線』という事になる。
「後続を待つ？」
「いつどこの扉が開いて覆面野郎が飛び出すか分かんねえのにか？」
ゆっくりと鉄の扉に近づき、罠《わな》の有無を確かめてからうっすらと開く。
片側三車線のトンネル本線は、オレンジの光で満たされていた。携帯端末だけ隙間から通し、
レンズを使って様子を確認。ひとまず分かりやすい人影はなかった。扉を開けてトンネル本線
に踏み込んでいく。
ヘイヴィアはひとまず近い方の出口、料金所の方にアサルトライフルを向けるが、

「？　いねえな。アグレッサーの連中どこで待ち構えてやがるんだ？？？」

クウェンサーはトンネルの奥ではなく、足元に目をやっていた。

故障車用の路肩の端、ほとんど壁と接する位置に、何か長い長いケーブルがある。トンネルの料金所から奥まで、延々とだ。

「……爆弾を発見」

壁の低い位置に、固定の非常電話よりは短い間隔で粘土が取り付けられていた。

ちなみに映画に出てくるような、パズルみたいな仕掛け爆弾は戦場ではあまりお目にかからない。設置や解除に手間がかかるし、ちょっとした衝撃で爆発するようでは砲火の振動で誤作動してしまうからだ。ああいうのは（感情面を無視して合理的な側面だけ引き合いに出せば）時限爆弾を仕掛けて安全に想定検問エリアの外まで逃げるため余裕をもってタイマー設定したものの、早い段階で爆弾が見つかってしまった場合を想定して警察側に解除を許さないためだ。設置から起爆までの時間差を考えず、いつでも自由にリモート起爆できる仕掛け方であれば、実はそれほど意味はない。

今回の場合は、一一キロのトンネルだ。処理班が近づいたタイミングでスイッチを押せば良い。

第一に、とにかく数がいる。

有線の起爆方式で、一度に多数の爆弾をリンクさせて爆発させないといけない。

そうなると、

「光ファイバー……。起爆方式に電子チップを使っているのか」

「つまり？」

「これ、一つ一つナイフやニッパーで解除していく必要はない。電子基板を破壊する方法を探そう。例えば強烈な磁力線とかをトンネルの端から端まで通せば、縦一直線に並んでいる爆弾の群れをまとめて沈黙させられるぞ」

「電子レンジみてえな？」

「高出力のマイクロ波だと敏感な信管が誤作動で破裂してドカンだ、それ以外で」

言いかけた時だった。

クウェンサーの動きがふと止まった。

不良貴族は眉をひそめて、

「どしたよモヤシ野郎？」

「なあ、ヘイヴィア……。これって抜き打ちの実戦訓練、だったよな？」

「それが？」

「プラスチック爆弾は比較的安定しているとは言っても、まさか模擬戦で本物の爆弾なんか使ったりはしない、よな。でもこれ」

バガン!!　と重たい金属音が鳴り響いたのはその時だった。

溜《た》まった水を流すための側溝の蓋が跳ね上げられたと思ったら、覆面とヘルメットで人相を隠した兵士がいきなりこちらへサブマシンガンを向けてきたのだ。

ヘイヴィアは至近距離からアサルトライフルを短く連射したが、模擬のゴム弾を胴体に浴びてもそいつは止まらない。頭にきたヘイヴィアは額の一点にゴム弾を叩《たた》き込《こ》み、

「やろっ、ルールは守れよ、なっ!!」

ぐわんと頭蓋骨を揺さぶられた覆面野郎の側頭部へライフルのストックを叩《たた》き込《こ》み、今度こそ薙《な》ぎ倒《たお》す。

ヘイヴィアは不届き者の顔を確かめるべく、倒れた兵士のヘルメットと覆面を剝ぎ取ったが、

「……おい、こいつ誰だ？　見覚えねえぞこんなヤツ」

三七だけで一〇〇〇人弱もいるので、全部が全部顔を覚えている訳ではない。だがその男の顔にはタトゥーがあった。部隊によっては団結を高めるために共通のモノを入れるところもあるようだが、フローレイティアはそういうやり方を認めていないのだ。

クウェンサーは爆弾と、それから倒れた男を携帯端末のカメラで撮影しながら、

「ヘイヴィア、そいつの銃調べろ。特に使っている弾」

「？」

「爆弾も信管もやっぱり本物だ！　こいつは普通に爆発するぞ、これは訓練なんかじゃない!!」

パパパパン!!　タタン!!　という派手な銃声が炸裂《さくれつ》した。

奥の方からだ。

『正統王国』で支給されている五・五六ミリ……のはずだ。ただ密閉されたトンネルなので、遠方からでもかなり耳に刺さる。

だが、誰と誰が撃ち合っている？

攻める側はまだ馬鹿二人しか踏み込んでいないはずなのに。

慌てて振り返るクウェンサーの肩をヘイヴィアが摑《つか》み、壁際《かべぎわ》に飛び込んだ、非常口の鉄扉《てっぴ》を開けて盾とする。

トンネルの向こうから、誰かがひたひた歩いてきた。

頭から返り血を浴びて真っ赤になっているのは、

「エリーゼ……？」

「おい、あいつが持ってるの何だ？　支給されてるアサルトライフルじゃねえぞっ」

馬鹿二人の見ている前で、エリーゼ＝モンタナは片手でぶら下げていたカービン銃を真上に振り上げた。

派手な連射と共に、天井の排煙ダクトの点検口と一緒に血まみれの覆面が落ちてくる。

「……早く、逃げてください」

掠《かす》れた声があった。

弾切れなのか、これまでの激戦で銃身でも曲がったのか。手にしたカービン銃を躊躇《ちゅうちょ》なく

放り捨てたメガネの金髪巨乳は不思議と、その唇で笑みのような形を作って、

「この訓練は乗っ取られている……。『ヤツら』はほんとに起爆する気ですぅ!!」

2

トンネルの奥から手前にかけて、だ。

大観衆がウェーブでも作るように、複数の爆弾が端から順に炸裂《さくれつ》していった。

3

とっさの判断、だったと思う。

「ッ!!」

ヘイヴィアが腰に差していた大振りのナイフを投げつけて地面を這《は》い回《まわ》っていた光ファイバーを切断し、クウェンサーは月に一度でもないのに血まみれな金髪巨乳の細い手を摑《つか》んで手前に引っ張る。

直列の配線が切断されたため、爆弾はある一点から不発に終わる。

それでもトンネルは全体的に密閉されている。爆発に押されて大量の暴風が風呂《ふろ》のパイプ掃

除のような勢いで一斉に押し寄せてくる。

全員で非常口へ飛び込んだ。

こちらから見て、扉が外側に開く仕様だったのは助かった。でなければ暴風で扉は毟《むし》り取《と》られ、莫大《ばくだい》な圧で叩《たた》きのめされていただろう。

「他の連中は、どうなった……？」

「……、」

「何があったんだ、訓練は⁉」

抱き寄せたままへたり込むクウェンサーはそう呟《つぶや》いたが、エリーゼは答えなかった。トンネル内部は謎の勢力に占拠され、模擬ではなく本物の爆弾が隅々まで設置し直されていた。向こうは本物の銃を持っていた。元々訓練のためにトンネルで待ち構えていたアグレッサーが全部で何人だったのかは分からないが、エリーゼが生き残っていただけでも奇跡的な状況だ。

ぐっと。

金髪メガネは血まみれの手で、何かを押し付けてきた。

見れば、クウェンサー達が持っているのと同じ携帯端末だった。エリーゼのものではないだろう。

「……倒した敵から奪ってきたものです。パスコードが分からないので触れてはいません。間違いを連発してデータが消去されたら困りますから」

「敵、か。『正統王国』の軍服だったけど、顔に変なタトゥーがあったよな」

クウェンサーはクウェンサーで、自分の携帯端末を開く。爆発の前に何枚か撮っていた写真だ。爆弾の種類や基板も重要なヒントだろうが、今はやはり覆面男の素顔だ。

あっ、とエリーゼが声を上げた。

「木に巻きつく蛇……この模様、第二一機動整備大隊のものですよ、確か」

「ちょっと待った」

クウェンサーは何か思いついて、

「パスコードは一週間ごとに変更されるけど、確か法則性あったよな。『基本の数』はランダムだけど、カレンダーの日付と三七なり二一なりの部隊ナンバーで乱数を決めて、最終的なパスコードを自動作成していく。指揮官とか技師とかはさらに別の数を割り振って複雑化するみたいだけど」

杜撰《ずさん》と言えば杜撰《ずさん》だが、例えば三七だけでも一〇〇〇人弱の兵隊がいるのだ。中央で大量のパスコードを一つ一つ唸《うな》りながら考えて配布していては間に合わない、という側面もある。ようは、警察が使っている手錠の鍵と一緒だ。部外者の手で開錠させないのが第一で、同じ部隊、同じ部署、同じ階層の者同士の間では信頼があるものとみなす。ある程度の自動割り振りも受け入れるしかない側面もあった。

どうせ最初に一回ミスした程度で全データが消去される訳ではない。

ものは試しでクウェンサーが再計算したパスコードを打ち込んでみると……出てきた。

「開いちまった、ぞ？」

「けど、大分データが壊れていますね……」

中にはいくつかファイルがあったが、開かないものが多い。携帯端末全体のパスコードの他に、ファイルごとに個別のパスワードが設定されているのだ。こちらについては人の手で設定されたらしく、取っ掛かりが見つからない。

ただし、

「ボディファイル……？」

クウェンサーは開く事のできないファイル名の中から、頻出するワードを口に出して拾っていた。

「何だろう。結構出てくるって事は、重要そうな単語ではあるけど」

ボディファイルの秘匿性について。

ボディファイル抹消に関する事項。

ROE、ボディファイル接触者への対応。

……言葉だけならお堅いが、どれもこれも現代語に訳すと物騒なイメージが付きまとう。言ってみれば、死人に口なしを徹底せよ、といったような。

「それ以上は整備基地に戻ってからにしようぜ。パスワードもそうだし、壊れたファイルだって復元できるかもしれねえ」

ヘイヴィアはまだ弾の残っているペイントのマガジンを捨て、実弾の方に差し替えながら、

「何かが起きてやがるが、無線が使えねえ事には爆乳どもとも連絡がつかねえっ。とにかくトンネルにいても意味ねえし、いったん外に出ようぜ。不発弾とか残ってたら怖《こ》ええし」

モンブラントンネルは使い物にならない。非常用通路から表に繋《つな》がる出口の方へ向かうしかない。

「ったく、この部隊に居座ってると年末だろうが夏のバカンスだろうが何でも最悪に置き換わっちまう……」

「ヘイヴィア、まだ終わっていないかもしれない。誰がどれだけ展開されているか分からないぞ」

縦に細長い四角。切り取られた穴のような出口を抜けて、外に出る。

そこで。

彼らの見ている前で。

お姫様が戦っていた。

オブジェクトとオブジェクト、あまりにも大きな巨体がアルプス最高峰の白い斜面に張り付いたまま、激しい砲撃を繰り返していたのだ。

4

その少し前だった。

「始まったぞ、お姫様」

『……ぶすうー』

「確かに味方を危険にさらしたが、これも必要な軍事行動だ。そんなに拗《す》ねないでくれよ」

フローレイティア＝カピストラーノはそっと白い息を吐いた。

今回のレアアース……というか、そう偽装した投機用人工元素・イモータノイドを巡る騒動には、彼女達も知らない『裏の思惑』がありそうだ。ただし、それが何であるか、具体的に誰の仕掛けたゲームなのかははっきりとしていない。このまま放っておくと延々と闇討ちの危険に脅《おび》えながら年を越さなくてはならなくなってしまう。

だから、

「こちらから、炙《あぶ》り出《だ》す」

『そのためのモンブラン？』

「大きな『安全国』からほど近く、それでいて国境線にある『空白地帯』。交通の便が整っている割に人目が少ないから、大部隊を展開しつつ目撃者を気にせず思う存分私達の口を封じる事ができる。おあつらえ向きだろ、釣りをするにはさ」

『しんどうをけんちしているよ。モンブラントンネルの中でばくはつがあったみたい』

「経済効果は年末年始だけで一五億ユーロ？　ほんとにそうなら訓練名目で封鎖なんかできる訳ないだろ」

まずはここからだ。

本当の敵は炙《あぶ》り出《だ》した。後はこいつらを叩《たた》きのめして『裏の事情』を聴き出してやれば良い。

「お姫様、そっちも準備を。衛星が敵機の反応を捉えている」

『こっちのレーダーには何もないけど？』

「地べたからではな。相手はモンブランの裏側に張り付いているのさ。おそらく山岳専用の第二世代だ、その気になればスキージャンプみたいにこっち側へ乗り込んでくるぞ」

『ひょうこう４８００メートル以上だよね？』

「そこまでの荒業をできる機体は限られている。映像分析を急いでいるが、ガワを偽装していない限りはほとんど確定だな」

レアアースに関する陰謀。

となると一番怪しいのはやっぱり金にうるさい『資本企業』。

フローレイティア＝カピストラーノもそうあたりをつけてはいたのだが、

「敵は『正統王国』の第二世代、『クリスタルスクライング』。断片的だけど交戦記録が軍のサーバーの浅い層にも残っていた。東インド会社が撤退時に埋めていった『埋蔵金』を巡って大暴れした例のアレね」

つまりは身内。

フローレイティアは細長い煙管《キセル》を咥《くわ》えた。

そのまま言う。

「より正確には第二一機動整備大隊。札束をイモータノイドに変えて財産を隠している金持ち連中は、四大勢力全部にいるって話をしたでしょ。つまり、同じ『正統王国』から背中を刺されたって何も不思議じゃない状況なのよ」

5

大体の事情を無線で共有したヘイヴィア＝ウィンチェルは呻《うめ》くように呟《つぶや》いた。

「……絶対に生きて帰る。あの爆乳、今回ばかりは素《す》っ裸《ぱだか》にして粘着テープでぐるぐる巻きにして公園の便所に置いてきてやる……」

『相手は一応モンブラントンネルを埋める程度には爆弾を使える。「安全国」だろうが「戦争国」だろうが、三六五日爆弾テロの可能性に脅《おび》えながら生きていくのとどっちが良《い》い？　しかも敵は身内だから、整備基地の中に籠っていても平気な顔して潜り込んでくるよ』

フローレイティアがやったのはワニのいる川からそのワニを引きずり上げる行為だ。水面下から表に出さないと倒せないのは分かるのだが、実際に手を出して噛《か》みつかれたのはこっちだ。頑張って生き残ろうと馬鹿二人は誓う。言い訳ならアンモニア臭い公衆便所で聞いてやる。

「フローレイティアさん、ボディファイルという言葉に聞き覚えは⁉」

『どこで仕入れた言葉だ？』

「エリーゼが連中の一人が持っていた携帯端末を奪っていて、そこから。ただしファイル自体は個別にパスワードがかかっていて開けません」

『そいつはここまで持ってこい。電子シミュレート部門の手を使って突破させる』

「今送信してしまう手は⁉」

『まだやっていないよな？　セキュリティ方式によっては、パスワード入力なしで送信しようとするとデータを破壊されるモノもあるの。二一が何を使っているか分からない以上は直接持ってきてほしい』

そこまで慎重を期すという事は、やはりフローレイティアも重要性は認識している。

『必要なのは情報だ、裏で進行している絵図を知りたい。オブジェクトについてはお姫様に任せろ！　だが彼女の高火力だと操縦士エリートを生け捕りにできるかどうかはかなり怪しい。その携帯端末も重要だが、他に地べたを這《は》い回《まわ》ってる二一の兵隊を何人か見繕え‼』

「そんな余裕の態度でいられる状況かよ、あれが⁉」

ヘイヴィアが白い斜面を見上げて悲鳴のような声を上げていた。

光の洪水と化した大都市ではない。光源らしい光源は何もない大自然。だけどあまりの巨体のせいで、そのシルエットだけはまざまざと見せつけられていた。

敵は同じ『正統王国』。

第二一機動整備大隊の第二世代、『クリスタルスクライング』。

おそらくエアクッションではなく、お姫様と同じ静電気式推進装置。大きな分類では多脚なのだろうが、均一ではない。前脚が異常に肥大化、枝分かれしているのに対し、後ろ脚はその巨体を支えられさえすれば良いのだろう。前脚についてはくわがたを想起させるような格好で、球体状本体の正面から大きく左右に開き、再び中心に向かって収束していく。菱形《ひしがた》のハサミ、といった感じだった。

主砲は……球体状本体の左右にある四角いコンテナだろうか。四本ワンセットで砲身を束ねた代物が一つずつ取り付けられている。

「何だあれ……？　束ねて威力の上昇、命中率の底上げ、あるいは順繰りに撃つ事で装塡や冷却のラグを潰すため……？？？」

答えはすぐに出た。

左右のコンテナ状主砲が大雑把に斜め上へ構えられた直後。

キュガッッッ!!!!!!　と。

何かが、起きた。

もちろん音速の五倍だの一〇倍だので飛んでいく金属砲弾を彼らの目で追い切れるものでもないけれど。それでもモンブランの切り裂くような空気に残された、細長い飛行機雲が正しいとするならば、

「まがっ……？」

ずずんっ!!　という山全体を揺さぶるような大震動と共に、斜面にあった白い化粧が剝がれていく。そこかしこで雪崩《なだれ》が起きているのだ。

「何だあれっ……。飛行機雲ができているって事はレーザーじゃなくてレールガンとかコイルガンとかだろうけど、あの主砲、途中で曲がった⁉」

都合八連。

巨大な顎で嚙《か》み砕《くだ》くような、左右から同時に襲いかかる極超音速の砲弾達。

初見でお姫様が吹き飛ばされなかったのは、僥倖《ぎょうこう》以外の何物でもない。基本的にレンズや砲身のわずかな軋《きし》みを検知して『事前に回避運動を始める』オブジェクトの高速戦闘は、直線で飛んでくる砲弾限定だ。あんな風に、空中を自由自在に飛び回る砲撃では対処しきれない。

プロボクサーだって、目の前の対戦相手の目線や拳に意識を集中している隙に、いきなり横か

ら敵のセコンドがこめかみにビール瓶を投げたら対処しきれないだろう。それと同じだ。

『ベイビーマグナム』は、無傷ではいられない。

七つある主砲の一つが毟《むし》り取《と》られ、球体状本体の端が花のように大きく開く。

「……逃げるぞ」

「ヘイヴィア」

「どう考えたって今回ばかりは爆乳の采配ミスだッ‼　味方まで騙《だま》して自信満々で敵を釣り上げて、蓋を開けたらあっさり噛《か》み千切《ちぎ》られているじゃあねえか⁉　イモータノイドの秘密？　ボディファイル？　俺らは釣り上げちゃいけねえもんを水面から引っ張り出しちまったんだよ‼」

ぐあばっ‼　と、再び左右から四発ずつ金属砲弾がお姫様の『ベイビーマグナム』を噛《か》み千《ち》切《ぎ》ろうと迫る。

間一髪だ。

間一髪だけど……お姫様は何故《なぜ》生きている？　二回目ならまぐれとも思えない。

『糸がついてる』

無線越しに、可憐《かれん》な少女の声があった。

『おそらく光ファイバー。ヤツはゆうせんでつながったレールガンをはっしゃした上で、マニュアルで「ぴよく」をうごかしてくうちゅうでだんどうをかえているみたい。けど、これだけだとよわい。どうにかしてじゃくてんを見つけないと』

狂っている。レールガンの砲弾にカメラレンズと尾翼をつけて手動で曲げるくらいはできる……と言葉だけ聞けばそんな風に人は思うかもしれない。だけど実際の速度はマッハ五か、一〇か？　そんな速度の中ではほとんど流線形しか映らないだろうし、光ファイバーを使っているとはいえ発射から着弾まで、思考時間はコンマ何秒なのだ。それを、二一の操縦士エリートは実際にやっている。警察がスパコンとＡＩフル稼働《かどう》で行うドライブレコーダー解析よりもはるかに優れた画像復元を、ものの一瞬で。

オブジェクトだけではない。

それを操っているエリートもまた、怪物なのだ。

ヘイヴィアは首を横に振っていた。無理だとジャッジし、さらによそを指差している。砲撃の震動で雪崩《なだれ》が起きている辺りだった。

いいや違う。

厳密には、おそらく三七の連中が溜《た》まっている辺りだ。『クリスタルスクライング』は、そこまで計算して弾道を決めている。右手でお姫様と、余った左手で地べたの人間を。それくらいにしか考えていない。

『ヤツは光をじゅうししてる』

きっぱりとした声だった。

『この山の中じゃレーダーはあまりしんようできない。マイクにしたって自分自身のほうげきでかきけされちゃうからダメ。そうなると、目で見てねらうのが1ばんらくちんなはず』

「根拠は⁉」

『わたしみたいな大きなターゲットじゃないのにクウェンサーたちがねらわれているのは、あわててむせんきやけいたいたんまつをとり出しているから。パイロットランプやバックライトが光っているのよ、ヤツにはそれで十分』

心臓が凍りついた。

こんな機材今すぐ投げ捨てたいが、そういう訳にもいかない。

『小さなあかりでも死の引きがねになる。月の光やまちのあかりもゆだんならない。ナイトビジョンをつかわないのは、あらいがぞうだとエリート自身のけいさんがおいつかなくなるからでしょうね。クウェンサー、今からふもとのまち、シャモニに1ぱつうち込む。外れにあるむじんのへんあつきをこわして、ていでんさせる。それで何とかくらやみにまぎれて』

「わ、分かった」

『……本当にむりなら死んだふりでもかまわない。そのばあいはぜったい光の下に出ないで、分かった？』

「きっちり助けてやるから待ってろ」

死を招く無線機の向こうから、小さな吐息があった。

【クリスタルスクライング】
CRYSTAL SCRYING

全長…140メートル

最高速度…時速600キロ

装甲…不明

用途…山岳地帯用防衛兵器

分類…陸戦専用第二世代

運用者…『正統王国』軍第二一機動整備大隊

仕様…静電気式推進装置

主砲…有線尾翼可動式誘導コイルガン×8

副砲…レーザービームなど

コードネーム…クリスタルスクライング
（球体状本体を占いの水晶玉に見立てて？）

メインカラーリング…ホワイト

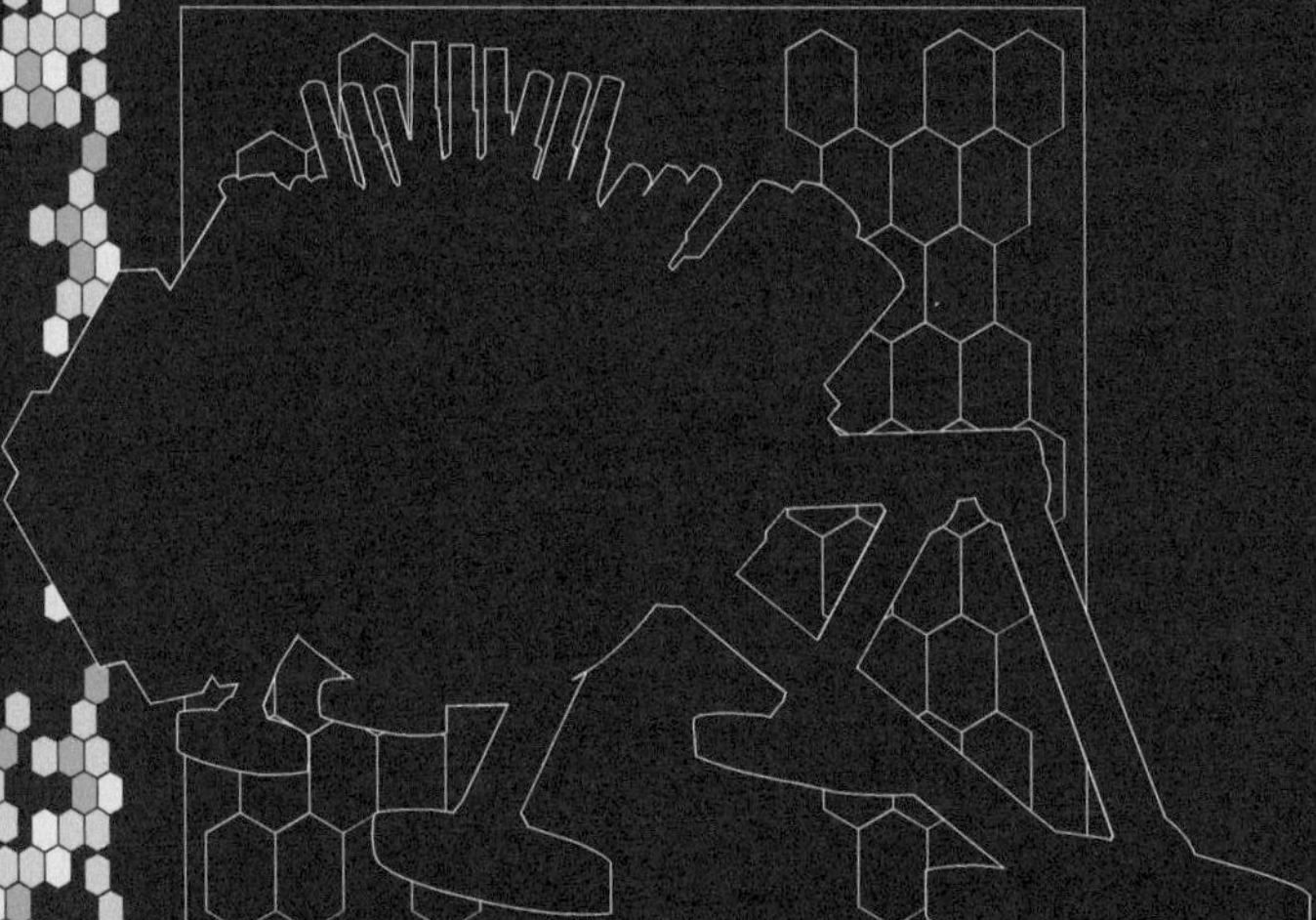

CRYSTAL SCRYING

少女の笑みを彷彿《ほうふつ》とさせるような。

直後に見当違いの方向へ放たれた一発のコイルガンが、民間の変圧器を吹き飛ばした。

正真正銘、人工物の介在を許さぬ大自然の暗闇が全てを包み込んでいく。

6

第三七機動整備大隊の整備基地ベースゾーンでは、フローレイティア＝カピストラーノを始めとした将校達が会議室に集まっていた。

電子シミュレート部門や諜報部門《ちょうほうぶもん》を巻き込んでの話を進めているのには訳がある。

「状況を確認するぞ」

銀髪爆乳の指揮官は細長い煙管《キセル》を軽く振って、

「敵は同じ『正統王国』軍、『クリスタルスクライング』を抱える第二一機動整備大隊よ。同じ『正統王国』同士の衝突になっているのは上も理解しているでしょうけど、停戦の命令はおそらくやってこない」

あ、あのう、と傍《かたわ》らにいた秘書のような女性士官が発言したそうにまごまごしていた。無駄でも良《い》いから上に進言するべきと考えているのだろうが、

「『本国』の連中からすれば三七と二一が勝手に衝突しているのは分かるが、どっちが命令違反して暴走しているか掴《つか》み切《き》れていない。だから、両軍のどちらに銃口を突き付けて止まれと叫べば良いのか分からない、という状態なのよ。督戦専門の『黒軍服』だの第三者委員会の調査団だのがえっちらおっちらここまでやってきて満足いくまで調べ物を終えるのを待ってから、なんて話に付き合っていたら雪解けを過ぎてる。生き残りたければ、今ここで動くしかないって事」

もちろんフローレイティアとて、現場の『ベイビーマグナム』や兵士達にばかり頼り切りになるつもりはない。元々彼女がかなり強引な手を使って釣り上げた敵だ。

武力の他に、権力の面でも叩《たた》き潰《つぶ》す必要がある。

フローレイティアは甘ったるい紫煙をゆっくり吐いて、

「……二一の指揮官はこいつだったな。ブルランク＝ハッピーユース、見て分かる通り青白いモヤシ野郎だ。筋肉の付き方から推測する限り、机から離れないタイプの軍人みたいね」

会議室の壁一面に、プロジェクターで問題の人物の顔写真が表示される。

この辺りは同じ『正統王国』の強みであり、弱みでもあった。味方の情報については照会を求めれば拒まれる理由は特にない。……ただし当然、二一も同じ手順を踏んで三七やフローレイティアの情報は散々探っているだろうが。

一枚の顔写真を中心として、ここから無数の枝葉を付け足していかなくてはならない。

銀髪爆乳は電子シミュレート部門の方へ目をやって、

「こいつの個人情報は？　銀行口座でも奥さん以外の多重化した人間関係でも、何だったら一風変わった趣味でも構わない」

もしもブルランクが上と掛け合って自分達の横暴を見過ごすよう仕向けていたり、停戦命令を出すまでの時間を延ばしているのであれば、ブルランクの個人的な弱みを突いて黙らせるという手も使える。

しかし戦争には不向きなギーク達は一様に首を横に振って、

「無理ですね」

「……まさか何も出てこないほどの聖人君子だと？」

「いいえ、逆です。確かにSNSの繋《つな》がり、不自然にホテル街で切られた駐禁の違反切符、整備工場でこっそり頼んだ車のトランクの二重底などの記録を見る限り、隣近所に言いふらされたら困る事くらいなら二、三は転がっていますが……普通過ぎるんです。普通の性癖、普通の疑い、そして普通に勘違いだったで奥さんと仲直りできる程度の黒さをキープしている。明らかに、後付けで作られたモノとしか思えません」

何でも暴《あば》く情報化社会も、ウワサやデータの広がり方が分かっているなら逆手に取れる。アナログにせよデジタルにせよ、あらかじめ『設計』しておいた望む人物像を周囲に描かせる事はできるのだ。しかしこれはスキャンダル除《よ》けを望む評議員などが使う手だった。将校とはいえ、軍人に施される情報プロテクトではない。

「思ったよりも深いですよ。個人の行動だけではどこかでボロが出ます、役所にも味方がいないとできない対応です」

「なら民間は？」

パパラッチが張り付いているのは芸能関係者だけではない。軍関係も、一定以上の階級になればカメラマンが追い回していてもおかしくはないはずだ。

これについては諜報部門《ちようほうぶもん》の黒服が肩をすくめ、

「ここ三年で、ブルランク＝ハッピーユースの周りを嗅ぎ回っていたフリーライターが三人ほど自然な形で死亡していますね。あの分では限りなく怪しいですが、一〇〇年掘っても何も出てこないよう適切に処理されているでしょう」

「……、」

逆に言えば、殺さなければならないほどの何かはある訳だ。

半年なり一年なりかけてじっくり調べていけばその何かは見つかるかもしれないが、今はとにかく時間がない。搦め手《からて》でもこの戦いが終わる前にチェックメイトを宣言しないと部隊は全滅してしまう。

「情報プロテクトがかかっているのは、ブルランク＝ハッピーユースだけだ。こいつが何をして上に取り入ったかは知らないが、今からこの壁を破るのは難しい」

「ではどうすると？」

「だがブルランクに分厚いプロテクトを掛けている協力者は？　役人に紛れた味方というのも、一人二人ではないだろう。その全員が高度なプロテクトでしっかり守られているとは限らない。……ＳＮＳの繋がりにも触っていると言ったな、だったら馬鹿正直に真正面から警告を送ってやれ、お宅のサーバーはサイバー攻撃の被害を受けていますってな。事が露見したら困る連中が、慌てて自社調査を止めようとするはずだぞ」

7

まずは無線機のパイロットランプに被《かぶ》せるような格好で、ビニールテープを巻いていった。こちらはこれで済むが、問題なのは携帯端末なのだ。液晶画面を全部塞いでしまったら意味がない。

「……もう使えないぞ、こいつは」

クウェンサーの方もそうだが、エリーゼが二一の歩兵から奪ってきた方も開けば自殺行為に直結する。ボディファイルとやらについても、いったん保留にするしかないだろう。手の中に答えがあっても目にする事ができないというのはもどかしい。特に、こうしている今も追われ続けていて、選択一つで自分の命が紙くずのように吹っ飛ぶ状況では。

「じゃあどうやって地図を確かめるんだよっ。暗闇の雪中登山なんてプロのクライマーでも避けて通る、ましてここはアルプス最高峰のモンブランだぞっ！　登山コースも決めねえで場当たり的にぐるぐる歩き回るとか、どう考えても自殺までまっしぐらだ‼」

「か、紙の地図だって明かりがないと読めませんよねえ……」

「冗談じゃねえっ、帰る！　すぐそこにゃアスファルトの道路がまだあって、曲がりくねった峠道を下ればシャモニの街まで辿《たど》り着《つ》けるんだ。俺はもう帰るッ‼」

ババシュッ‼　という打ち上げ花火にも似た音が響いたのはその時だった。

原理的には同じだろう。いわゆるパラシュート花火。

ただし錘《おもり》の代わりに、溶接じみた真っ白な閃光《せんこう》を撒《ま》き散《ち》らすマグネシウムがくくりつけられていなければの話だが。

「照明弾っ⁉」

「伏せろ、ヘイヴィア。見られたら死ぬ‼」

ここだけ野球のナイター中継みたいな光が降り注ぐ。クウェンサーとエリーゼは針葉樹の裏、ヘイヴィアは大きな岩が作る黒々とした影の中へと飛び込んだ。おっかないが、光源の位置だけ注意すれば不自然な影を味方につける事はできる。

足元からキィキィと甲高い鳴き声が聞こえるのは、冬眠していたマーモット辺りが驚いて目を覚ましてしまったからか。

アサルトライフルのスコープも電子化が進んでいるので赤外線や暗視に対応しているはずだが、下手にアシスト機能を点《つ》けるとわずかな光洩《ひかりも》れから逆にこちらの位置を辿《たど》られる恐れがある。暗視機能が光を洩《も》らすとか本末転倒の極みだが、実は目元のゴムキャップの不良などによりゴーグル系で割と良くあるイージーミスだ。

メガネのおっぱいと抱き合うようにして一つの木の影を共有しながらも、クウェンサーは舌打ちした。

ボディファイル。

その正体は不明だが、二一はクウェンサー達がそれに触れたと判断したから軍規を無視して襲いかかってきた。つまり、エリーゼが敵から携帯端末を奪う以前の話として。こちらに心当たりはないが、向こうが見逃すとは思えない。

勘違いなのか、知らずに地雷を踏んだのか。

とにかく捕捉されたら命はない。武器を捨てて両手を上げてもそのまま粉々に吹き飛ばされるだけだ。

マグネシウムその他諸々《もろもろ》が生み出すあの眩《まばゆ》い光がある限り、木々の裏から顔を出す事もできない。パラシュートがゆっくりと地べたに落ちるのを待っている暇もなさそうだ。

「ヘイヴィア、あのパラシュート撃ち落とせるか⁉」

『ふざけんなっ！　撃つのは構わねえが銃声とマズルフラッシュで居場所がバレちまうよ‼』

「地べたにも照明弾を撃った歩兵がいる。今のままじゃ接近されておしまいだ！」

（ヘイヴィアはチキンなトコが出てるからダメかっ）

キィキィという甲高い鳴き声が足元を潜《くぐ》り抜《ぬ》けた。

スリッパ大の大きなネズミだが、心臓が痛むこちらと違って、小動物がおかしなタイミングで警告の鳴き声を放っても、遠方の巨体が反応を示す様子はない。

クウェンサーは腕の中でエリーゼを抱き締めたまま、自分が身を隠している太い針葉樹に背中を預けて、

（……『クリスタルスクライング』は光を重視している。音の探査はやっていない）

「悪いエリーゼ」

「はい？」

「今からこの木を薙《な》ぎ倒《たお》して頭の上の照明弾を巻き込む。それでヤツらの視界を奪える‼」

「はいい⁉　あのっ、それじゃ私達の盾はっ」

泣き言を聞いている暇はない。クウェンサーはプラスチック爆弾の『ハンドアックス』に電気信管を突き刺すと、自分が身を預けていた太い幹に張り付ける。

危険域は二メートル。

背伸びして粘土を高い所にくっつけ、エリーゼを抱いたまま地面に伏せれば何とかなる。

バム‼　という爆音と共に、束《つか》の間《ま》、彼らの鼓膜が機能を忘れた。

みしみしと音を立てて背の高い針葉樹が奥に向かって倒れていき、いつまでも漂っていた頭上の照明弾を小さなパラシュートごと巻き込んでいく。押し潰してしまえば、眩《まばゆ》い光も隠れてしまう。

しかしその時には、すでに見知らぬ人影が二つこちらに向けて疾走していた。片方は透明な盾と片手で扱える機関拳銃、やや後ろから迫るもう片方はアサルトライフルを切り詰めたカービン銃。このままでは下手に撃っても盾に阻《はば》まれ、肩越しの銃撃で一方的に蜂の巣にされる構図だ。

クウェンサーは粘土を摑《つか》んで、

「ヘイヴィア出ろっ、戦えよ馬鹿‼」

と、

「ふっ‼」

押し倒していたはずのエリーゼが、鋭く息を吐いた。

膝で押すような蹴りの一発で少年を跳ね上げると、上体を起こす勢いを利用して大振りのナイフを投げつける。狙いは、盾では見落としがちになるスネの辺り。同じ『正統王国』でも容赦なし。クリーンヒットをもらって地面に倒れ込む二一所属の歩兵の下へ走るエリーゼが、敵のホルスターから抜き取った得物を後続のカービン銃に突き付ける。

機関拳銃とは違う。

ショットガンほどの太さの銃身を無理矢理拳銃サイズにまとめたその武器の正体は、

「照明弾ッ⁉」

ババシュッ‼　と。

本来なら真上に向けて放つべき閃光《せんこう》が、水平に飛んだ。第二一機動整備大隊の二人目、その胸の真ん中に直撃する。

『が、あっ⁉』

もちろん市販のパラシュート花火と同程度なので殺傷力はない。その男は胸の防弾プレートに光源を突き刺したまま、カービン銃をエリーゼに向ける。

『まだだ……。あれは表に出てはならない、ボディファイルだけはッ‼』

が、忘れてはならない。

山岳専門の第二世代、『クリスタルスクライング』は何を基準に獲物を選んでいるかを。

『ッ⁉　やめろ待て俺じゃｎ

ドガッッッ‼‼‼　と。

悲痛な声がかき消された。

複雑な軌道を描いて最終的には落雷のように真上から降り注いできた金属砲弾が、人間一人分の質量を粉々に飛び散らせる。着弾と同時に激しい衝撃波が全方位へ撒《ま》き散《ち》らされ、クウェンサー達もまた真後ろへ吹っ飛ばされた。

頭痛がひどい。どうして生き残っているのか計算できない。

クウェンサーはぶっ倒れたまま違和感を覚えて手の甲で頰を拭ってみると、白くて硬いものが刺さっていた。敵兵の前歯のようだ。その気味の悪さに危うく嘔吐《おうと》しかける。

ともあれ。

それでも。

「……光源の消失を確認」

煙草《タバコ》の吸い殻を靴底で踏みつけるようなものか。マナー違反の度合いではははるかにえげつないが。

耳鳴りの酷《ひど》いクウェンサーの鼓膜が、何かを捉えた。

キィキィ鳴いて逃げ回る小動物とは別に。

背筋が凍るほどに冷徹な、ある女性の声だった。

「さあ、今の内にここを離れましょう。せっかく摑《つか》んだチャンスは活《い》かさないと」

「エリーゼ……？」

モンブラントンネルでは、第二一機動整備大隊側からの奇襲を受けて壊滅的な被害を被った

アグレッサー側だが、言われてみれば、エリーゼは『どうして』助かったのだ？

盾に囮《おとり》に、これまでだって結構過酷な扱いを受けてきた。それでも彼女は何故《なぜ》かことごとく生還してきた。表面上は泣き言を言いながらも、実際には当たり前のような顔で。

何故《なぜ》だ？

そもそも黙っていれば結構なメガネ美人。こんな金髪巨乳が共同生活の場である同じ整備基地ベースゾーンで寝泊まりしていたらチェックしないはずがない。なのにクウェンサーがその存在を知ったのは、例の北極《ほっきょく》からだった。

「何だ、今の動き。アンタは一体……？」

「……あはは。本来はオブジェクト頼みでアドリブに弱い隊員達の平均寿命を上げる意味合いで、フローレイティア＝カピストラーノ少佐からの要請に応じたんですけどねえ」

敵から奪った機関拳銃を手に。

軽く敬礼をして、彼女は告げた。

「エリーゼ＝モンタナ軍曹。専攻は音楽隊……と、ついでに射撃と近接格闘、その他陸軍特殊部隊に必要な技術の全て。『正統王国』本国より派遣された、第七特別教導隊の教官です☆」

8

実際のところ、『クリーンな戦争』というお題目のせいで軍人になるためのハードルはかなり下がっている。半年程度銃の取り扱いについてお遊戯みたいに学んだら、そのまま整備基地送りにされる兵士も少なくない。それを言ったらクウェンサーなどそもそも軍人ですらない、ただの学生だ。

そんな時代の中で。

特別教導隊と言えば、だ。

軍内部で見込みのある人間をスカウトした上で、まさに『映画に出てくるような』特殊部隊の隊員として追加教育を施すエリート中のエリートである。こちらについては、時給で働くバイトのように時間さえ潰せば一律で結果をもらえる訳ではない。その過酷な訓練の内容は時折ドキュメント番組などで語られるが、『人を外から叩《たた》いて改造する』といった表現が最も相応《ふさわ》しい。『安全国』のリアクション芸人が『俺は得体のしれない獣にまたがったし、裸で逆バンジーもやった。騙《だま》されて宇宙旅行に連れていかれた事もある。でもあそこの体験入隊だけはダメだ』とシリアス顔でギブアップ宣言したのは有名なお話。夜、いつまで経《た》っても寝ない子に言う事を聞かせるには『夜更《よふ》かししていると特別教導隊のお姉さんがやってくる』と告げるのが一番だという謎のアンケート結果まであるほどだった。

よそから合流してきたヘイヴィアはげっそりした顔で、

「……あの爆乳、俺らに殺したいほどの恨みでもあんのか……？　特別教導隊に可愛《かわい》がられた連中って、北欧禁猟区を裸足《はだし》で歩いて縦断できるような怪物ばかりだって話だぜ。こんな馬鹿デカいトラブルなんかなくたって、やっぱり最初っから年末年始の年またぎで過労死させる気まんまんだったんじゃあねえか……」

「いやええと、カピストラーノ少佐は部下思いだと思いますよ！　以前から部下の損耗率を気にされていたようで、技能訓練のために色々な外交のカードを切ってまで私のいる第七まで話をつけたんですからあ」

「てかじゃああのサンタ撃墜作戦の時からすでに仕込みが始まってやがったのか⁉　わざと上から睨《にら》まれるような事やって俺らを地獄のツアーに叩《たた》き落《お》として鍛え上げるとかで……‼」

「(いやあの、あれは純粋に私のミスというかアレがあったせいでなかなか言えずじまいだったんですけどダメだやっぱり黙っておこう……)」

「エリーゼ今何か重要な事をさらっと言おうとしてないか？？？」

いつもならキッコー縛りにして雪の斜面から蹴落とすくらいの事はやりかねない馬鹿二人だったが、なんか立ち位置が定まらないとボケとツッコミの関係もふわふわしてしまう。

というか、もっと気になる事がいくらでもある。

「あのう、エリーゼ？　もし、仮に、これはもしもの話なんだけど、へへえへへ、その技能訓練とやらを俺達がやりたくないって言ったら……」

「そもそも自分に拒否権があるなんて寝ぼけた事を言っているようですので、可愛《かわい》い教え子のために特製のお目覚ましを用意したいと思いますう。具体的には氷風呂《こおりぶろ》に肩まで三〇分ほど浸《つ》け込《こ》んでおけば、大抵の甘ったれた煩悩《ぼんのう》は消え去りますよ☆」

クウェンサーの金玉が本年最小まで縮んだ。

メガネが何かにっこりしている。

「(……アンタらからこれまで散々な仕打ちを受けてきた事実を私はゼッタイ忘れませんしねえ？)」

「先生、愛のない鞭《むち》は良くないと思いますッ!!　ちゃんとご褒美《ほうび》に整えて!!」

人死にが出るタイプの洗脳方法であった。エリーゼに従っていればおそらく兵士としては完成されるが、人間の自由意志など吹っ飛んでしまう。瞳孔の開き切った純粋過ぎる瞳でイエスマムとだけ叫んでおっぱいにすがりつく人生なんて真っ平だ。頼むから抱き合わせではなくおっぱいだけばら売りしていただきたい。

ともあれ、

「じゃあエリーゼ、ボディファイルについては？　俺達三七以外の目線から何か知っていたりは……」

「分かりませんよ。そもそも第七特別教導隊はその特性上、軍の権力から離れた位置にある部署ですう。普通なら現場には出てこない訓練用の部隊ですからね。思いっきり陰謀が絡《から》んでいるっぽい、そのボディファイルとやらについては何とも」

嘘《うそ》かどうかを正確に判断する技術はクウェンサーにはないが、エリーゼがボディファイルの秘密を隠している線は薄い、と判断する。そもそも彼女が二一から奪った携帯端末がなければ、クウェンサー達はボディファイルという単語を目にする機会もなかった。『地雷』そのものは知らぬ間に踏んでいたとはいえ、隠して得をする側ならエリーゼは二一の携帯端末など渡さなかったはずだ。

「敵は容赦なく光源を使って山狩りを進め、第二世代の協力を取り付けて俺達を殺しに来てる……。今のままじゃ死んだふり作戦なんかやったって袋のネズミだ。むしろ包囲の輪が狭まる前に、こっちから打って出て『クリスタルスクライング』の弱点を見つけないと」

「本気で言ってんのかよッ？」

ばたばたばたばたっ!!　と空気を叩《たた》く派手な音が頭上を追い抜き、ヘイヴィアは慌てて雪の上に伏せた。

あちこちにサーチライトを向けているのは、軍用のティルトローター機だ。おそらくモンブランの反対側……東の方から、大量の兵士や雪上車でも乗せてやってきたのだろう。ずんぐりした大容量の胴体には、ふてぶてしさすら感じる。対空レーザー満載のお姫様がまだ戦っているというのに、ヤツらは呑気《のんき》にお腹《なか》を見せているのだ。

　何とかやり過ごしつつも、

「オブジェクトは軍事機密の塊なんだ。この雪山を端から端まで歩き回ったって、ヤツのマニュアル本が転がってる訳じゃあねえ!!　怪しさ爆発のボディファイルとやらだって、原本はどっかの大金庫か機密サーバーの中にしまってある。ミネラルウォーターみてえにアルプスの土を掘ったら湧いてくる訳じゃねえだろっ!!」

「エリーゼ」

「あ、はい。生まれ持っての根性が足りない方には先生が外から優しく底上げしますねえ？　ひとまずケツの穴に爆竹くらいでよろしいでしょうか」

「やめてえ分かったよやるよ!!　オトコノコの構造に疎《うと》いドジ女教師め、そいつのいじり方にだってお作法があるってキホンも知らねえのか……ッ!?」

　ちょいと高度に専門的な会話も交えつつだ。第二一機動整備大隊側の情報に餓《う》えているクウェンサー達がまず第一に確保したいものと言えば、自然とイメージは固まってくる。

　魅惑の女教師（おっとりドジ先生タイプ）エリーゼ＝モンタナは簡単に情報をまとめて全体の指針を示した。

「二一兵が欲しい。今さっきのは粉々にしちゃいましたけど、次は情報を聞ける形でダウンを獲《と》りましょう」

「話なんて聞けるかな」

「全部が全部は難しいかもしれませんけどお、携帯端末のファイル。個別に設定したパスワードを何とかしてもらえるかもしれないですよ？」

「……何で年末年始に同じ『正統王国』で殺し合ってむさ苦しいおっさんなんかハントしなくちゃならねえんだ。せっかくヨーロッパの大自然までやってきてんだぜ、この世界にゃ耳長スレンダーなエルフとかいねえのかよ……？」

とはいえ、これがシンプルな回答だった。二一の話が知りたければ、二一の人間に聞くのが一番だ。まして向こうから嬉々として襲ってきているのだから、返り討ちにして文句を言われる筋合いはない。

そして黙っていても獲物はやってこない。

というか、相手に主導権を与えては一帯を包囲され、座して死を待つばかりだ。

こちらから動くしかない。

明かり一つない真っ暗闇での夜間雪中登山。しかも登山ルートを策定して山小屋や頂上を目指す一本道ではなく、獲物が見つかるまでアドリブで延々歩き回るときた。転倒、滑落、道迷い、低体温、冬眠から揺り起こされた猛獣まで、もはやリスクは何でもアリ。登山ガイドが聞いたら正気を疑うような話かもしれない。

「では、始めますかあ」

そんな言葉と共に、地獄の歩みが始まる。

安全な場所なんかどこにもない。例えば少し離れた場所では、斜面で綿菓子みたいな地吹雪が舞い上がっていた。直線状に、不自然に。

厳密には第二一機動整備大隊のティルトローター機が地面すれすれを飛び回り、わざと雪を吹き散らしているのだ。……細かい雪の粒は夏場のミストシャワーと同じく気化熱を誘い、ただでさえ氷点下の雪山でさらに周囲の体感温度を下げていく。第三七機動整備大隊のジャガイモ達が我慢できずに火を使ったところで、『クリスタルスクライング』が砲撃してくるのだ。

黙っていれば凍死、我慢できずに暖を取れば砲撃。

ヤツらは山狩りにマニュアル外のアイデアを持ち出している。軍人が作戦行動を手順通りにやるのはミスした時に責任を追及されるのが怖いからだ。二一はもう自分が負ける展開を想像もしていない。

事実としてお姫様には地べたの仲間を助ける余裕はなさそうだし、よしんば対空レーザーで撃ち落としたとして、爆炎まみれの墜落機は巨大な光源となってしまう。どう進んだって三七兵が苦しめられる構図だ。

ボディファイル。

そこまでのものなのか。

こっちはその正体も分からず、本当に地雷を踏んだのか二一の誤解なのかも判断のしようがないという状況なのに。

目に見える場所で苦しめられる友軍を見ても手を差し伸べてもやれず、歯嚙《はが》みしながらも、エリーゼ＝モンタナの歩みは止まらない。

「二一の連中は調子に乗ってる……」

先頭を歩くエリーゼはそんな風に呟《つぶや》いていた。

「奇襲を仕掛けるのは自分達で、実際、絵に描いた通りスケジュールが進んでいるから。そして狩人《かりゅうど》は真の意味では身を隠したりしません。逃げ回る敵を獲物として見た時点で彼らの一番の脅威は小さな牙や爪ではなく、味方からの誤射に置き換わる。だから示すんですう、身を隠していても。自分はここにいるから間違いで撃たないでくれって」

メガネ美人のお尻を追いかけているクウェンサーやヘイヴィアからは、見えなかったかもしれない。

敵から機関拳銃を奪ったエリーゼ＝モンタナが、己の唇をそっと舌で舐《な》め取《と》ったのを。

「よって、そこに付け入る隙が生まれる。見つけるのは容易《たやす》い」

うっ……!? という小さな呻《うめ》きがあった。

カバー付きとはいえ、迂闊《うかつ》にも夜光塗料を使った腕時計で時間を確かめた二一の歩兵の背後に地獄の特別教導隊が迫ったのだ。下手にマズルフラッシュを光らせれば即座に『クリスタルスクライング』からの砲撃を誘い込むので、エリーゼは背後から生贄《いけにえ》の口を塞いだ上で、睡眠薬を詰めたボールペン型のガス圧注射器をその首の横に思い切り突き立てたのである。

敵兵が相手なので、消毒や殺菌などは特に気にしてやらないようだ。あるいは、外敵よりも身内の恥の方が強く敵愾心《てきがいしん》を抱く人物なのかもしれない。

「両手と両足、二人で担当を決めてこいつをどこかに運び込みましょう。その辺不規則にティルトローター機が飛んでいますからねえ、うーん、ボディファイルか。そっち方向だと長話前提ですし、携帯端末の液晶も光らせてしまうでしょうから、氷河か何かの洞窟があると良《い》いんですけど……」

「なに、やっぱり教官って優遇されてんの？　汚《きた》ねえっ、睡眠薬なんか持ってる⁉」

「これは慣れない寒さで眠れない子に支給するための非常用ですよう。私は自分で体内時計の調整くらいできます、山を舐《な》めるな」

平時であれば観光名所だったかもしれない。壁も床も天井も全部氷でできた洞窟の中へ、えっちらおっちらクウェンサー達は気絶した二一の敵兵を運び込む。

「まずは基本の持ち物チェーックっと」

無線機に携帯端末はひとまずマスト。アナログな紙の地図だって重要な情報源だ、あれこれ書き込まれている印は絶対に覚えておきたい。

ボディファイルそのものが紙の書類で転がっている事はなかった。

二一は『消去する側』なのだから、当然と言えば当然か。

と、哀れな犠牲者がつけていた腕時計の針が上を向いた。

短針、長針、それから秒針までぴったり真上で重なっているという事は、

「……じゃじゃーん、はっぴーにゅーいやー」

「マジか圧迫感しかねえぞ……」

小声で言ったクウェンサーに、傍《そば》で聞いていたヘイヴィアがうんざりした声を出した。何かが切り替わった感じは全くしない、夜明けが遠い。彼らにとっては重く分厚い暗闇が継続中だ。

エリーゼがこちらに振り返って、

「あっ、ちょっと奥に行っていてもらえますう？」

「何で？　やだよ下手に動き回ってクレバスとかに落ちたら怖いじゃん」

「そろそろこの子起こしますので。現場での尋問って結構危険を伴うんですよう。一応ボディチェックはしましたけど、ほら、いきなり隠し持っていた手榴弾《しゅりゅうだん》のピンとか抜かれたら困るでしょう？」

先生は悪い子の金玉を縮める方法を熟知しているのか。

そう言われちゃうとすごすごご従うしかない馬鹿二人である。メガネ美人の金髪巨乳は少年達が見えなくなるのを確認してから、

「……さて」

後ろ手で敵兵の両手を縛っていたエリーゼが、その背中を軽く叩《たた》いた。呻《うめ》き声《ごえ》と共に第二一機動整備大隊の歩兵が目を覚ます。

正面に回って身を屈《かが》めて、至近距離から彼女は告げた。

そう、パーソナルスペースをわざと侵害するほどの接近戦で。

「おはようございます」

「っ⁉」

「私達がどこに属する兵士かなんていうのは、まあ、分からないはずはないですよねえ？　そっちは襲ってきた側なんですから。ただ情報を一人で全部独占っていうのはいただけません、今の時代はみんなで何でもシェアしないと。感じ悪いぞう？」

「お、おれは何もしゃべらない」

「ボディファイル」

「ひいいっ‼」

露骨過ぎる拒絶があった。

こいつらがやっている事は間違いなく悪行だが、この反応を見るに、利害の算盤勘定《そろばんかんじょう》とは思えない。これではまるで『信心組織』だ。二一にとって、その名前を他人の口から耳にする事それ自体が忌避すべき事態らしい。

「話してくれませんかね。私達だって、自分が殺される理由くらいは知っておく権利があると思うんですけどお？」

「冗談じゃ、冗談じゃない!!　いいかっ、外では我らが第二世代『クリスタルスクライング』が全てを見ている。今すぐ拘束を解け、貴様らの行いは必ず相応の報いでもって……!!」

「はあ。見ている、見ているねえ」

何か、嬲《なぶ》るような目線だった。

最強女教師がここにドSの顔を見せつける。

「……ちなみにここは氷河の中にある洞窟の奥深くなので、多少の事では光は外に漏れません。言っている意味、分かりますよねえ？　わざわざ照明弾なんて持ってきているんですもの、光の有無の重要性くらいは」

「待っ

パンパン!!　と。

二発、銃声が鳴り響いた。後ろ手に縛った無抵抗の人間もお構いなし。両足のスネを奇麗に撃ち抜いている。拳銃とはいえ四五口径、粉砕骨折間違いなしだ。

銃声よりも大きな絶叫があった。

「スネなら繋《つな》がりますよ、構造が単純なので。膝をやらなかったのは善意と友好の証《あかし》と受け取ってもらえれば」

「かっ、かはあ……!?　あごはあ!!」

「とはいえこの状態から自力で山を降りるのは無理ですよねえ？　残る道はただ一つ、救助を待つしかないんですけど、こんな洞窟で置き去りにされて誰か気づいてくれると思います？」

荒い呼吸があった。

ぎょろぎょろとその目玉が動く。

「おでがっ、おれは、しゃべらない。それでも、何があっても……!!　これは、忠誠だ。形にして献上できる栄誉を賜ったと考えれば悪くない！　そう、誉れ高き王たる皆様のために!!」

「形、カタチねえ。ここまで具体的に『死』を意識しておいて、今さら形のない美談じゃありませんよね？　大丈夫、それは醜い事じゃありません。秘密を抱えている間は生かしてもらえるから。でしょう？」

にっこりと笑って。

エリーゼは氷河の洞窟の奥を指差し、そして言った。

残酷に。

「ちなみに、同じ条件の兵隊さんをもう一人、もっと奥のスペースに転がしてあります。月並みですが、こう提案しましょう。……先に話した方だけ助ける。冬のアルプスは険しいですよ。

残された方はおそらく腐る事もできずに氷の柱となるでしょうねえ」

もちろんただのブラフだったが、情報を制限されているこの兵士には分からない。目も眩《くら》むほどの激痛、間近に迫る死の恐怖、味方の誰にも気づいてもらえない圧倒的孤独感、そして眼前で切り取られた世界の全てを支配する理解不能なサディスト。そうした諸々《もろもろ》の条件が、ありもしない幻影に存在感を厚塗りしていく。

「王たる皆様だかボディファイルだか知りませんが、私は全てを知りたい。そのためなら何でもしますう。同じ『正統王国』軍だから、が通じないのは平気な顔して私達にオブジェクトを差し向けてきた、二一の皆さんなら嫌というほどご理解いただいているはずですよね？」

この女なら、ありえると。

そう、彼は気絶していたから知りようがないのだ。

クウェンサーとヘイヴィアに、ちょっと奥で待機してくれと頼んでいた事など。分かるのは、不穏な銃声や絶叫を耳にしてたじろぐ人の気配だけだ。そして恐怖に駆られた人は、条件さえ整えればたとえ枯れ尾花であっても幽霊と見間違える。

存在しない疑念が花開く。目に見えないほどの微細な塵《ちり》が、雪の結晶の核となるように。

「さあ」

ゆっくりと、優しくであった。

第七特別教導隊のエリーゼ＝モンタナは、催眠術師の合図のように語りかける。

あらゆる逃げ道を封じ。

人の心を外から意のままに操る、魔性の声で。


「さあ」


パンパン!!　という派手な銃声がさらに二回炸裂《さくれつ》した。

ややあって、

「もう良《い》いですよう」

言われておっかなびっくり顔を出した馬鹿二人。

「お、おい。何があったんだ、硝煙臭いぞ……。というかさっきの敵兵は？」

「ボディファイル。大体の事は聞き出しましたので、おうちに帰してあげました」

「……ほんとに？」

「人質って抱えたら抱えたで大変じゃないですか。知りたい情報は手に入りましたし、素直に手放すのが一番なんじゃないかって。それより『クリスタルスクライング』について分かった事があります。共有しましょう」

まあ、そういう事なら……とクウェンサーとヘイヴィアはおずおずと合流していく。

と、にっこり笑ってエリーゼはこう言った。

「あとそこ、分かりにくいですけど結構深いクレバスが開いているから、うっかり落ちないよう気をつけてくださいねえ☆」

9

真正面から三七と二一の衝突を止めてくれと上に掛け合っても、『本国』がのんびり調査している間にこちらは全滅してしまう。

よって、フローレイティアは第三一機動整備大隊の指揮官・ブルランク＝ハッピーユースに的を絞った。

上がどうなっているかは知らないが、こいつの個人的な弱みを見つけられれば戦闘を止められる。

ブルランクの個人情報は、アナログとデジタルの双方で『平均的な人の暮らし』に見えるよう細工されている。ただし逆に言えば、SNSの繋がりまで書き換えられている事に、当の一般企業は気づいていない。サイバー攻撃の被害に遭っているからデータ破壊・改ざんの実態を調査せよと助言を送れば、彼らはブルランク＝ハッピーユースの履歴が不自然に上書きされている事実に気づいてしまうだろう。

それを止めようとする者も現れるはず。

役所には大勢の友達がいるかもしれない。だがその全員がブルランクと同じプロテクトで守られているとは限らない。

協力者が多ければ、それだけ尻尾を出すチャンスも増えてくる。

しかし、

「駄目です、三七のサーバーが沈黙しました。データリンクを全て切断され、孤立状態に陥っています！」

「早いな……」

電子シミュレート部門のギークが放つ悲鳴のような声に、フローレイティアは舌打ちした。

ＳＮＳ企業へ警告のメールを投げ込んでから数分と経《た》っていない。もちろん一般企業の連中も公的機関からのメール一通で全てを信じる事はない。今日び、非常に良く似た標的型攻撃をする輩《やから》は珍しくないので、必ず確認作業を挟むはずだ。その時に沈黙が返ってくれば、まず間違いなく偽装だったと判断するだろう。

そもそも外からの指示でサーバー管理体制を見直す……という行為自体がネットセキュリティ的に相当の危険性を伴うのだ。『ＡＴＭ操作で還付金』と同じく、回線越しの真摯《しんし》な声に従って設定を一つ一つ変更していく内に、気がついたら分厚いファイアウォールに自分から穴を空けていた、なんて事態になっていないとも限らないのだし。

ただし。

この時点でフローレイティア＝カピストラーノはある程度のあたりをつけていた。

（なるほど……）

ネットに繋《つな》がらなくなったからか、急にギークが不安げになっていた。

「次はどっどどどうします？　クウェンサー達が敵から奪った携帯端末が最後の鍵でしょうか。ボディファイルに対する取り扱いがいくつか並んでいたという話ですが」

「それは問題のデータをどうするかという付随資料であって、ボディファイルそのものではないのだろう？　なら決め手に欠ける。……そもそも形として存在するのかな。ひょっとしたらブルランクの頭の中に刻まれているだけかもしれないぞ」

「ならお手上げです」

「本当に？」

電子シミュレート部門の言葉に対しフローレイティアはニヤリと笑って、

「ヤツらは完璧なふりを装《よそお》っているが、すでに一つ大きなミスを犯しているんだ。分からないかな」

「？」

「いいか、私はお前の個人的評価はともかくとして、その仕事バカなところは信じている。お前は自分の仕事を裏切らない。その上で一つ、指示を出したい。他の人間には知られるなよ？」

10

『正統王国』軍所属。

第二一機動整備大隊の第二世代、『クリスタルスクライング』。

氷河でできた洞窟の中、石鹸《せっけん》みたいな味のないレーションを食べながらクウェンサー達は作戦会議を進めていく。

口火を切ったのはエリーゼだ。

「『クリスタルスクライング』は水晶占いって意味らしいですねぇ」

「なあ、名前の由来とかって意味があるのか？　もっとこう、テクノロジー的な……」

「あらあら。敵の主義や嗜好《しこう》を押さえておく事は行動の先読みに使える立派な材料ですよ？　話を続けますけど、彼ら二一はイモータノイド絡《がら》みで同じ『正統王国』である三七に噛《か》みついていますう。例のウユニ塩湖でうっかり発見してしまった大規模な『鉱床』ですね」

洞窟の中なのでライトを使っているのだが、たったこれだけで心臓への圧迫が止まらない。光は外に漏れないと分かっていても、自分達が『死の条件』に重なっているという錯覚を拭いきれない。

ヘイヴィアは味のない食事にうんざりしながらも、

「爆乳は情報伏せてたんだっけか……。この話が洩《も》れてる事自体、ほとんど公然の秘密みてぇなもんだが」

「正確な情報じゃない分、宝の地図に対する期待度も上がるんだろ。じゃあ連中は自然界には存在しないイモータノイドを掘り返したいのか？　あるいは自分達で預けたイモータノイドを隠しておきたい側？」

「いいえ」

エリーゼは首を横に振った。

そのまま言う。

「……彼ら二一は、どちらでもなかったんですう」

「ああん？　それじゃ筋が通らねえだろ！　ここはイエスかノーかの二択だろ、目の前にお高いレアアースの山が眠っているんだ。まさか宝の地図とは関係なしに戦争が起きているなんて話じゃねえだろうな⁉」

「より正確には、彼らが軸を置いているのは『正統王国』特有の事情なんですよう。つまり土地」

金髪メガネは巨乳のおかげでイロイロと凝ってそうな肩をすくめて、

「だって『正統王国』の『王族』や『貴族』って、そういうものでしょ。広い土地を持つ王様が部下の貴族に命じて各地を管理させる。その王様が何人も集まってできた巨大な勢力が『正統王国』。表向きは血筋だの歴史だのを重視していますけど、それと同じくらい重要な項目として『領土』があるのは間違いないはずですぅ」

「そりゃ、まあ……ウチのウィンチェル家も、どこぞのぶどう農園だの月面の別荘だの、土地だけならそこらじゅうに持ってるけどよ。けどそんなもん、『貴族』だの『王族』だのってレベルの高い血筋にくっついているサービス特典みてえなもんだろ」

「いいえ？」

エリーゼ＝モンタナはくすくすと笑って否定した。

「むしろ、逆だったんですぅ」

「逆？」

『平民』のクウェンサーが眉をひそめて質問する。

金髪メガネのエリーゼはそっと息を吐いて、何故《なぜ》かへイヴィアの方へ目をやった。まるで、老人の背中を蹴るのを拒むのにも似た、ほんのわずかに残った良心が反応を示したように。

「『正統王国』は、まず第一に土地が欲しかったんです」

エリーゼは確かに言った。

「何故《なぜ》なら、そこにチャンスがあるから」

「チャンス？」

「単純にお金の話もそうですよ。街を作りやすい土地とか、交易ルートとか、地下資源なんかもそうですねえ。だけどそれらはおまけに過ぎなかった。『王族』がまず欲しかったのは、チャンスです。あるいは薬草とか、あるいは鉱物とか」

「……やくそう？」

これまでとは毛色の違う言葉だった。

純金やイモータノイドといったような、お金そのものと変換できる物質ではない。

薬になる何か、という意味だ。

「だってそうでしょう？」

金髪メガネはおっとりと笑って、

「『正統王国』の栄えある『王族』や『貴族』の皆様。歴史的な出自はいったん脇に置くとして、そこらの『平民』よりは特別で珍しい血を引いている、という認識は合っていますよねえ？」

「ま、まあ。それが何だっつーんだよ？」

どこかバツが悪そうに、ヘイヴィアが言った。隣にいる『平民』のクウェンサーのためか。

あるいはこれから何か、根底が崩れるという嫌な予感を覚えているからか。

エリーゼの口は止まらなかった。

「……けどそれって、遺伝的にはどうなんです？　ポピュラーで汎用性の高い遺伝情報を持つのが『平民』だとして、イレギュラーで尖《とが》った個性を持つ遺伝情報を持つのが『貴族』や『王族』の皆様。だとしたら、本当に強いのって？」

「あ」

「病気にかかりやすい、にくい。環境変化に耐えやすい、にくい。実はこれ、ポピュラーで色々混ざり合う機会の多い『平民』の方が、耐性が高いんじゃないですかあ？」

「まっ待てよ。ちょっと待て!! だったら、一方向に尖《とが》った『貴族』だってそうだろ。強烈な伝染病で普通の人間がバタバタ倒れる事態になったとしても、その尖《とが》った部分があれば『貴族』は生き残るかもしれねえって話なんだから!!」

「ええ、あくまでも『貴族』全体では」

「ぜんたい、っていうのは？」

「だって多分、実際に生き残るのはAからZまでの尖《とが》った個性を持つ『貴族』の内、目の前の脅威に対応した遺伝情報Xを持つ一人きりですよ？　『貴族』全体は、やっぱりほとんど全滅します。とてもじゃないですが、グループとして効率的な生き方とは思えませんねえ」

　そこに全てが帰結する。

『貴族』や『王族』が広い土地を欲しがっているのも。何だったら歴史も文化も違うよその大陸の国であっても『同じ王様の階級だから』と受け入れるのも。

「……じゃあ、『正統王国』のてっぺんはそういった、血の弱さ、脆《もろ》さを克服するために手を取り合っているって言うのか？　そのための、薬草とか鉱物とかって」

「強い、弱いという考え方は間違っていて、いかに汎用的で多くの危機に対処できるかどうかという話でしかないのかもしれませんが。そしてボディファイルとは、高貴な血筋の皆様が生まれ持って備えてしまった、脆弱性《ぜいじゃくせい》を並べた報告リストのようですねえ」

当然、面白い話ではないだろう。

まず第一に、『貴族』や『王族』は『平民』と比べて少数派だ。そして少数の優れた人間が大衆を導くというのが『正統王国』の統治方法だとすると、彼らは見せられない。自分の弱い所を。

大勢の人間が弱者を助ける、という図式など認められないのだ。

王様やナイト様には。

そしてもしもそんな弱さを見せれば、『平民』も沸騰する。何故《なぜ》、彼らのために自分達が戦争に参加して、血まみれになってまで土地を守らなくては、いいや時には奪わなければならないのか。薬草とか鉱物とか知らない、新しい薬ができたって苦労した自分達に還元されるものではないじゃないか、と。

「これは、表に出せない」

はっきりと。

エリーゼ＝モンタナは、自分達に迫る死の原因を浮き彫りにした。

「だから『正統王国』は、別の餌を使って真実を覆い隠した。つまり、多くの土地を治めれば純金やレアアースなど多くの地下資源が手に入る、という理屈ですねえ」

「じゃあ、人工元素のイモータノイドは完全にとばっちり、だったのか？」

「分かりません。お金がたくさんあればそれだけ医療技術を伸ばせる訳ですから、『正統王国』も儲《もう》かれば儲《もう》かるだけありがたかったでしょう。そういう意味では地下資源、例えば純金の埋蔵量だけで世界経済を回せるシンプルな形の方が助かったかもしれませんよう？」

「ケーザイとかはもうちょい嚙《か》み砕《くだ》いてもらえると……」

「はいはい。例えば、今の経済はドルやユーロといった貨幣で動いているでしょう？　仮想通貨とか宝石とか、まあ取引できる品は他にも色々ありますけど」

「そりゃ、まあ」

「ところがこの貨幣っていうのは、元々は金貨や銀貨を使っていた訳じゃないですか。札束の紙幣だって、金貨のままでは重すぎるから『これは決められた量の純金と交換できるチケットだ』という形で始まったものですう。この、全てを純金に置き換えて考える仕組みを金本位っていうんですけど」

「『正統王国』は、ドルに支配される世界にユーロで喰《く》らいついていくくらいなら、自分達が広い土地ごと牛耳っている純金メインの金本位制度を取り戻した方が楽だと考えた……？」

　昔ながらの仕組みの復活、という考え方自体は『正統王国』向けとも言える。『自分の権利を取り戻す』事に躍起な王侯貴族からすれば、旗印としては悪くない。

「……そういえばクリスマス記念金貨とかニューイヤー金貨とか、何かあるとすぐに新しいお金を作りたがっていたっけ？」

「あれが理想の状態なんでしょうねえ。今のところ、『正統王国』の外までは侵食できていないようですけど」

クウェンサーとエリーゼはほのぼのしているが、そこへヘイヴィアが慌てて横から口を挟んできた。

「けっけどよ、それがイモータノイドとどう関係してんだ？　何が困るの？？？」

「困りますよう。ドルもユーロも『純金と交換できるチケット』という事にしてしまえたら、結局は純金ビジネスっていうでっかい枠組みの下《した》っ端《ぱ》に収めておけるでしょう。つまり、土地にこだわって多くの地下資源を有する『正統王国』の独壇場です。……ですが、これがイモータノイドに置き換えられたら？　加速器で作られる人工元素には埋蔵量なんてありません。『ドルはイモータノイドと交換できるチケットだ』になってしまった場合、世界中を循環するドルがまとめてよその勢力に持っていかれてしまうんですう」

「んー、おっぱいは正義……？？？」

「つまり苦労して金本位制度を復活させても意味ナシ！　地下資源に強い『正統王国』から加速器の人工元素研究に強い『資本企業』に世界経済の主役が丸ごとスライドするから何とかしたいって事ですう‼　説明終わりッ‼」

……こういう話はやっぱり金の亡者《もうじゃ》『資本企業』向けだった。（『貴族』を出し抜いて金持ちになりたいくせに）クウェンサーにはちんぷんかんぷんな所もあるが、とにかく利益の面で『正統王国』は困った事になるのだろう。

ともあれ、

「『正統王国』の『貴族』や『王族』の皆様は、自分の血筋に優越感を持つと同時に、裏返しの劣等感も持っていた。『普通の人なら耐えられる病気や災害』でも、あっさり倒れてしまう遺伝的リスクがあったから。いいえ、正しくは『あると信じてしまったから』でしょうかねえ。だから秘密裡《ひみつり》に自分達の遺伝情報を研究させて、様々な薬を作るのに必要な薬草や鉱物を効率良く採取するために世界中の土地を所有していこうとした」

実際に、どんな遺伝子が役に立つかなんて誰にも分からない。

みんながみんな最適な遺伝子を持つようになったら、それこそ単一の病気で全滅しかねない。

少数派である事。

これは、考え方次第でポジティブにもネガティブにも受け取れるだろう。

……そういう意味では、『王族』や『貴族』は最後の最後まで自分達が稀少《きしょう》な特権階級だと信じ抜くべきだったのだ。自分達がそうやって喧伝《けんでん》してきた通りに。数が少ないところにデメリットがあるのでは、という疑いを持ってしまった辺りから、彼らの心は少しずつ濁っていった。

強い少数派から。

弱い少数派へと、ぐらついた。

「これがボディファイルにまつわる陰謀の正体ですぅ。カピストラーノ少佐はベーリング海やウユニ塩湖など、土地にまつわる地下銀行と連続的に接触していった事でこういった秘密に触れる機会があると……少なくとも、第二一機動整備大隊やその『上』に判断された。不自然な土地には、不自然な購入経緯がある。そこを調べていったら、土地の取得にまつわる秘密が露見すると」

だから、消す事にした。

同じ『正統王国』の仲間を殺しても構わないと、お偉い方々は考えた。

高貴な血統が民を正しく導いていく、だから『正統王国』。

蓋を開けてみればなんて事はない。あるかどうかも分からない遺伝的脆弱性《いでんてきぜいじゃくせい》という幻に脅《おび》えて未知の薬効成分や治療法にすがり続ける、泥臭い地主の集まりだけだったのだ。

長寿鉱石・イモータノイド。

微弱な放射線が細胞を活性化させ、元来染色体の両端に設定された寿命を三〇%も引き延ばすという奇跡の石。

荒唐無稽なウワサだと『平民』のクウェンサーは思うし、人工元素の価格を意図的に高騰させるための情報工作だった線が濃厚だ。だけど現実にそんなウワサに踊らされたセレブ達の間では大人気だという話があったか。

騙《だま》されるからには、騙《だま》されるだけの願望くらいはあった訳だ。

健康という言葉に餓《う》えるだけの何かが。

「……、」

ヘイヴィア＝ウィンチェルはしばし無言だった。

いいや、言葉がなかったのかもしれない。

金回りの戦争を散々やってくれれば、四大勢力の掲げる建前なんてのがいかに胡散臭《うさんくさ》いかは分かるだろう。だけど、それでも彼が『貴族』として育ってきた時間が無駄だったと切り捨てられるものでもないはずだ。

実際、その『力』が効力を発揮する瞬間だって見てきた。

例えば、オーロラ観測船で出会った子供達を助けてきたように。

それが全部嘘《うそ》だと言われたら？

「この主張が正しいかどうかは、今は置いておきましょう」

エリーゼ＝モンタナは冷静だった。

二一も三七も『正統王国』である以上、第七特別教導隊の彼女はどちらにつく事もできただろう。その上で、エリーゼはクウェンサー達と行動を共にすると言っている。

「問題なのは、二一は完全にそれを信じていて、ウユニ塩湖のイモータノイドを隠そうとした三七を『正統王国』全体の敵とみなしている件ですう。彼らは言葉では止まらないでしょう。殺して全滅に追い込まない限り、私達に明日はありません」

クウェンサーやヘイヴィアよりも早く。

彼女が場の主導権を握ってしまう。

「……第二一機動整備大隊が使っているオブジェクトは、『クリスタルスクライング』」

しかしだ。

だからこそ、でもある。

「さっきも言いましたけど、水晶占い、ですねえ。オブジェクトをでっかいガラス球に見立てて、占い師のオブジェクトだと揶揄《やゆ》している感じです。ただ、そう呼ばれた理由は？　あのオブジェクト、実は主な材料はガラスなんです」

「がっ……？」

ガラスのオブジェクト。

異形のインスピレーションに餓《う》えている戦地派遣留学生のクウェンサーであっても、そのアイデアにはついていけない。

「高耐火反応剤を混ぜ込んだ板バネみたいな鋼の装甲板を幾重にも折り重ねていく通常のオブジェクトと違い、強化ガラスと保護フィルムの層をバウムクーヘンのように折り重ねて巨大な塊を作っているのは、事前の情報収集でもぼんやりとは分かっていました。軍のサーバーにもデータがありますよ。ただ今回の交戦で、武装の方にも一部継承されているのが分かってきたようですねえ。ほら、光ファイバーを使って有線命令を送る、あの屈折レールガン。光ファイバーはガラスから作られるものでしょう？」

主義や嗜好《しこう》によって、敵の行動を先読みする。

なるほど、人工元素嫌いの二一からしてみれば、だ。

「一部の特殊な酸を除きほとんど全ての薬品……つまり彼らが蛇蝎《だかつ》のように嫌う元素とその化合物に対して極めて強く、それでいて同じく変化に強い純金とは違って稀少価値《きしょうかち》の面から人の欲望を刺激する事もない。まさに貧者の目線から清く正しく世界を変える、毒抜きのオブジェクト。何でまたガラスなんてと思っていましたけどお、設計思想はそんな所ですか」

世界の毒。

だとすれば、ボディファイルの中身を知ってしまったクウェンサー達もまた、ヤツらにとっては除染すべき汚染物質にしか見えていないのか。

そこまで徹底しているのなら、装甲や主砲の弾道操作の他にも、様々な部分でガラスが多用されている可能性は高い。例えば主砲のコンテナレールガンの大電力を支えるコンデンサにライデン瓶でも使っているかもしれないし、画像処理にイメージインテンシファイアを使っているかもしれない。

だが一方で、流石《さすが》に『クリスタルスクライング』がガラス以外の物質……言ってみればレアアースを全く使っていないとも思えなかった。いかにガラスを使った薄膜集積回路を採用しても、それだけで情報処理ができるとは思えない。半導体の材料はシリコン、つまりガラスだが、他に何の金属も使わずに作れる訳ではないのだから。

加速器の中で作られた人工元素でなければ、何を使ってもひとまずセーフなのだろうか。

どうせ高慢な『貴族』の連中が考える正義感だ。この辺りは、自分達だけは例外みたいな事を考えていてもおかしくはない。

ただし、

「……敵の装甲には高耐反応剤は使っていない。強化ガラスとフィルムを使った防弾ガラスをタマネギみたいにひたすら折り重ねていった、特殊なガラス装甲だ。だとすれば」

「おいっ、生身の火力でどうこうできるなんて思っちゃいねえよな？　表にゃもうまともに走れる戦車や装甲車なんか残っちゃいねえぞ。お姫様だってジリ貧なんだ、正面に立ってもろくな話にゃならねえ!!」

「誰もそこまでやるとは言ってないさ。『クリスタルスクライング』を丸ごとぶち抜くなんかない。表面をうっすらとでも焼く事ができれば」

「ですう？」

エリーゼがおかしな言い回しで先を促した。

クウェンサーはそっと息を吐いて、

「確かにヤツの装甲は堅牢《けんろう》だ。オブジェクトの装甲として整えられている以上、元の素材がガラスだろうが何だろうが俺達の拳で叩《たた》いて割れるような代物じゃない。あれは、すでに、そういうモノになっているはずだ」

わざわざ口に出すだけで、医学的に体力を削られていくようだった。

それでもクウェンサーは続ける。

思考を止めたら、その時こそ逃げ道を失う。

「けど、その性質自体を別物に作り替えられるとしたら？」

一息に言った。

ここから巻き返す。

「実際、ガラスは色んな形に加工できる。ガラス繊維、泡ガラス、碍子《がいし》……。熱で溶かす事ができるなら、再び固まる前に不純物を織り交ぜる事でその質を変えられるんじゃないか？」

「脆《もろ》くなる、ってのか？」

「とも限らないけど、ちょっと面白い事はできるかもしれない」

クウェンサーの考えはこうだ。

「板状だかブロックだか知らないけど、あれは設計通りに隙間なくガラスを組み合わせてオブジェクトの形を作っているんだろ？　その形を崩してしまったら、想定通りの可動域を保てなくなると俺は思う。……例えば、関節。ここを歪《ゆが》めてしまえばヤツの身動きは封殺できる」

「けど、不純物というのは？　今から麓の整備基地まで戻って化学物質をしこたま持ってくるというのは現実的じゃありませんけどお」

「泡ガラスなら他に材料はいらない。さんざんあちこち地吹雪が舞い上がってるだろ、ガラスの表面さえ溶かせば後は勝手に雪の粒が入り込む、大量にな。雪は溶けて水滴だって蒸発するだろうけど、その『穴』は残るんだ。つまり、氷点下の空気に冷やされて固まる過程で、あのガラスはもこもこのスポンジみたいに変質する。見た目の体積が変わって大きく膨らんだら、関節は動かなくなる」

当然ながら、それだけで第二一機動整備大隊の第二世代を撃破できる訳ではない。

あくまでも足止め。

「ヘイヴィア、ミサイルあるか？」

「っ」

「ヘイヴィア。大丈夫だ、俺達の手でオブジェクトを倒すなんて言わないよ。お姫様にバトンさえ渡せれば、俺達は助かるんだ。それでも怖いか？」

「……仕方がねえか、くそっ」

「日の出までには終わらせよう。こんな問題、いつまでも残しておくべきじゃない」

方針は決まった。

クウェンサー、ヘイヴィア、エリーゼの三人は最後の晩餐《ばんさん》を終えると、各々《おのおの》の荷物を持って氷河の洞窟の外を目指す。

こうしている今も、ずん、ずずん……という低い震動が洞窟を揺さぶっていた。今まで考えなかったが、これだけ堅牢《けんろう》な洞窟だって実際にはいつ崩れるか誰にも分からないのだ。当然だが、この戦場に安全地帯などない。

出口が近づいてくると、クウェンサーはライトのスイッチを切った。

違和感に気づかれれば、わずかでも明かりを見られれば、その瞬間に規格外の砲弾が飛んでくる。死神の背中に張り付いて変顔をさらし、いつまで気づかれないかを命懸けで試し続ける度胸試しの時間がやってきた。

「俺が倒す訳じゃねえ……」

肩からミサイルの発射筒を下ろしたヘイヴィアが、得体のしれない魔除《まよ》けのおまじないのように口の中でぶつぶつと繰り返した。

「お姫様に任せるだけだ、お姫様を勝たせるだけ。オブジェクトとオブジェクトで勝負するのはセオリー通りなんだ、俺はどこからも脱線してない。だから大丈夫、俺は生き残る。お姫様にさえ決着を預ければ……」

そうだ。

お姫様にバトンを渡せたら。

お姫様さえ生きているなら。

そして、氷河の洞窟の外へ出た瞬間だった。

『ベイビーマグナム』が巨大なレールガンで貫かれる瞬間を、彼らは見た。

ドンッッッ!!!!!!という爆音と衝撃波が後から遅れて炸裂《さくれつ》し、辺り一面にあった雪の斜面がばさばさと雪崩《なだれ》を巻き起こす。

球体状本体を貫かれた『ベイビーマグナム』から斜め後ろに向けて、何かが射出される。暗闇なので分かりにくいが、この寒空の中でパラシュートを開いたのは、照明弾ではない。おそらく人。お姫様だ。

夜空を黒煙で汚す『ベイビーマグナム』はモンブランの高い位置にいたようだった。一見すれば何の変哲もないかもしれないが、違う。山岳地帯専門の『クリスタルスクライング』と違ってアルプス最高峰を丸ごと越えるほどの登攀能力《とうはんのうりょく》は持っていないため、一定以上にきつい斜面は登れない。尖《とが》った山頂側は、お姫様にとっては行き止まりだったのだ。

対して、大きく広がる麓側へ回り込んだ『クリスタルスクライング』は自由度の塊だ。前後左右どこでも高速移動して立ち位置を調整し、最適な角度から八連のレールガンを射出した。それは光ファイバーで尾翼を操って、様々な角度から一斉に『ベイビーマグナム』へ群がった。

その結果、だった。

盤の上で追い詰められたお姫様は、逃げ場を失った。

「冗談だろ、おい……」

ヘイヴィアは今から構えようとしていた携行式ミサイルの発射筒を、ごとりと落とした。

もう頼れない。

オブジェクトはない。ここから先は、木っ端《こっぱ》の歩兵達だけだ。

そして戦争は、終わってくれない。

震える声で不良貴族は叫ぶ。

「こんなもんどうすんだっ、ちくしょう!!!???」

11

『ベイビーマグナム』は破壊された。

動力炉が大爆発を起こさなかったという事は中破くらいかもしれないが、お姫様が脱出を選んだ以上はもう動かないだろう。今からあそこに向かって現場でオブジェクトを修理するというのも現実的ではない。

「だから嫌だっつったんだ……」

涙が凍っていた。

ヘイヴィアはその場でうずくまって両手で頭を押さえていた。

「ふざけんなっ!!　何が遺伝の脆弱性《ぜいじやくせい》だ、何がボディファイルだ!?　俺はもう頑張った。十分に頑張っただろ⁉　引き返して洞窟の中でうずくまってやり過ごしたって誰にも文句は言わせねぇッ‼」

「ヘイヴィア」

「っ」

ぐらぐらと揺れる瞳孔で、悪友がクウェンサーの方を見た。

そのまま叫ぶ。

「大体そもそもこんなの、勝ったから何になるってんだ？　ボディファイルが表に出たら『貴族』って枠組み自体が消えちまうかもしれねぇんだぞ‼　僕達私達は健康で頑丈ですって信じてる『平民』の連中だって絶対認めない、引きずり下ろす‼　命を懸けてまで戦うような話なのかよ⁉」

「じゃあ二一が正しいって話になるのか？　それで良《い》いのかよ、ヘイヴィア」

「テメェは『平民』だから分かんねぇんだよ‼　俺ら『貴族』の苦しみが‼」

「お前が俺達『平民』に尊敬されるかどうかは、お前の行動にかかっているはずだろ！　遺伝子の並びが美しいだなんて、『情報同盟』っぽい理屈じゃない‼　少なくとも、自分の立場が危ういからって真実に蓋をして誰彼構わず噛《か》みついて回るようなヤツには誰もついてこないだろうが‼」

「～～～‼」

「歴史がどうした、伝統なんか知った事か!!　そいつに不安があるなら、ヘイヴィア、お前が自分で積み重ねていくしかないんだ!!　みんなに尊敬されるような誰かにッ!!」

「うるっせえよ!!　そんな簡単にできたら誰も苦労はしねえんだよッッッ!!!!!!」

「まあ構いませんけど」

　素っ気なく。

　いいや、鬼教官モードでエリーゼが口を挟んできた。

「訓練メニューを見る限り支給された食糧は三日分でしたよね。彼らがいつまでモンブランに駐留を続けるかは全くの未知数ですから、おそらく高確率で餓《う》えとの戦いになると思いますけどお」

「エリーゼ、何か手が？」

「特に何も。ただし『クリスタルスクライング』は敵機を撃破してホッとしているはずです。唯一、致命傷を与えてくる脅威を排除できた事で、どうしても緊張の糸が緩んでいる。彼らが冷静さを取り戻したら、包囲の輪は完全に閉じます。揺さぶるなら今ここしかありません。これが最後のチャンスなんです」

「何がチャンスだよ……」

　悪夢を見るような声があった。

　うずくまるヘイヴィアは全ての意見を突っぱねたいようだ。

「ハナから勝ち目のねえ戦いだった!! 俺らは爆乳にハメられて承認もしてねえ戦争へ勝手に叩《たた》き込《こ》まれて地獄を見てきた! いいや、違う。勝ったから何なんだ。俺らは地雷を踏んだんだよ。……最初の道がすでに間違っていたんだ。ここからどう進んだって目的地になんか着かねえよ!! 前に進んだって遭難して死ぬだけだッ!!」

「置いていきましょう」

エリーゼ=モンタナは一秒で言った。

ぎょっとするヘイヴィアに、金髪巨乳は首を傾《かし》げて、

「あれえ? あなたが駄々をこねて脱走兵になるのは構いませんけど、私達までついていくなんて誰が言いました。チャンスがあるなら戦うべきですしい、逃げるにしても包囲の外まで全力で走るべきです。少なくとも、こんな洞窟にこもっても活路なんか何もない。石鹸《せっけん》みたいなレーションを食べ尽くして、氷河の壁を舌で舐《な》めて、それでも進退窮《きわ》まってガリガリに痩せていくのが関の山でしょうね。私はそういう自分の小便をろ過するか否《いな》かで悩み抜くような末路は御免被《ごめんこうむ》りますので」

「エリーゼっ」

「それから、万一私達が『クリスタルスクライング』を撃破したとして、あなたの居場所はありませんのであしからず。その場合、あなたはきっちり軍法裁判に掛けられて有罪判決を受け、軍の重刑務所にでもぶち込まれるでしょうねえ」

クウェンサーが思わず止めようとしてもお構いなしだった。

エリーゼ＝モンタナは軍の鬼教官としてはパーフェクトだが、保健室のカウンセラーとしては〇点のようだ。

「お疲れ様ですう、へイヴィアさん。あなたの人生はここまで。『クリスタルスクライング』に勝っても負けても、道は途絶えます。……道は右と左で二つに分かれていたのに、わざわざ自分から意味不明な藪《やぶ》に突っ込んでいくだなんて。ま、あなたの人生ですから止めません。私達は私達で人生を謳歌《おうか》しましょう、クウェンサーさん」

「ちょっと待てエリ……っで⁉　痛ででででででっ⁉」

実際にはエリーゼがクウェンサーの手を摑《つか》んで軽くひねり上げているだけなのだが、さて、洞窟の出口に残されたへイヴィアからすればどう見えていたか。

二人で寄り添いながら雪の向こうへと消えていく、最後の仲間達は。

「……、てよ」

ぼそりと。

洩《も》れ出《で》た声は、やがて大きな叫びに変わっていく。

「待てよ‼　分かった、分かったから！　こんな所に置いていかないでくれえっ‼」

へイヴィアからは見えない位置で、メガネ美人は舌を出していた。

とはいえ、発破をかけたのは構わないが、実際の苦境が和らいだ訳ではない。次の手がなければどん詰まり、第二一機動整備大隊からの嬲《なぶ》り殺《ごろ》しが待っている。

「やっぱりあの装甲って強化ガラスベースなんでしょうか。成形時の圧力を調整する事によって性質に変化をもたらすっていう」

「連中の考え方を見るに、あんまり混ぜ物して強度を高めるってイメージじゃないな」

「ですねえ。ホウケイ酸ガラスとかじゃないと信じたいですけどお」

「エリーゼもう一回」

「はい？　ですからホウケイ酸ガラスとかじゃ……」

（光源一つで死ぬ危険な時間の中）携帯端末でこっそり録音したクウェンサーは小さくガッツポーズを決めていた。だから何なのかという話だが、辞書でピンクな単語を見つけたら蛍光マーカーを掴《つか》むのは彼ら馬鹿野郎の生態みたいなものだ。そこに理由なんかない。ただコレクター魂が満たされるだけだ。

気づいていないエリーゼは首を傾《かし》げたまま、

「どうしますう？　兵器で良ければ、戦車でも装甲車でも雪を掘ればいくらでも見つかりそうですよ」

「砲は使えるか、エリーゼ」

「一人で扱えるものであれば。複数人が必要な場合は、そっちのお坊ちゃまの尻を叩《たた》く必要がありそうですけど」

「……、」

クウェンサーは少し考えて、

「……敵の装甲はガラスでできている。ガラスは絶縁体だ。それならヤツはどうやって中心の動力炉から主砲のレールガンに電力を送っているんだ……？」

「？」

それから即決した。

「エリーゼ、九〇ミリ以上の砲台を探してくれっ。機動戦闘車でも迫撃砲でも構わない!!」

「だったらあそこに可愛《かわい》らしいフォルムの子がいますよう」

エリーゼが指差した方に、妙な車体が半分雪に埋もれていた。

見た目はずんぐりした装甲板に覆われた無限軌道の雪上車……に似ているのだが、後ろに回ると大きなくぼみになっていて、屋根がない。代わりに後ろから夜空に向けて、斜めに太い砲身が伸びていた。

「オープントップの自走迫撃砲ですねっ。パワフルな一二〇ミリ迫を搭載していながら余計な外装をとことん毟《むし》り取《と》ってスリム化を促した極薄装甲ですから重量は一〇トン以下、ヘリでも船でも何でも載せていつでもどこでも部隊についてくる、子犬系な庶民の味方ですう」

「子犬じゃ困るよっ。普通の機関銃でそのまま貫通しちまうアルミ缶状態じゃねえか。押し付けられる側としちゃ貧乏くじ以外の何物でもねえぞ!!」

というかこのオープンカー、今まで人を剝《む》き出しにしたまま夜のモンブランを走り回っていたのだろうか。乗員が気化熱で氷の柱になっていない事を祈るばかりだ。

そしてそもそもオブジェクト相手では戦艦だろうが核シェルターだろうが一発でぽっきり、即死確定だ。こちらは一発撃てれば構わないので、装甲の厚さについては無視して構わない。

邪魔な雪を払って砲身部分だけ露出すると、エリーゼが後ろに向けて釣竿《つりざお》みたいに伸びた巨大な迫撃砲をあちこち点検して、

「弾は入ったままみたいですね、おっかない……。それでクウェンサーさん、どこを狙うんです？」

「てかちょっと待った、撃ったらこれどうなるんだ？　ド派手なマズルフラッシュと砲声で全員の注目がこっち向くんじゃねえのかよ⁉」

「チキン野郎は羽を毟《むし》って氷風呂《こおりぶろ》に浸《つ》け込《こ》むとして、具体的な指示を」

「……へイヴィアの言葉じゃないけど、コケたらおしまいだ。協力してくれるのはありがたいけど、撃ち方さえ教えてくれたら逃げても構わないんだぞ」

「一朝一夕じゃ無理ですよ、この子のサイズになると」

エリーゼは苦笑して、

「それに、他にアイデアがないのは私も同じです。少しでも可能性があるならそちらに賭けます。こいつは私の意思ですのでご心配なくう」

そこまで聞いて、クウェンサーの方は準備が終わった。

後は、もう一人だ。

「なあ、ヘイヴィア」

「何だよ……」

「『貴族』だの『王族』だのって枠組みがどれだけ脆《もろ》く危ういものかなんて、『平民』の俺には分からない。生まれてきた時から土台にあったんだから、お前は今自分の魂を丸ごと揺さぶられているのかもしれない」

それ自体が不敬と取れる言葉だったかもしれない。

だけどそんなピラミッド構造自体、いつまで保つか分かったものでもない。

しかし、だ。

「けどさ、無意味だなんて思ってないんだよ、俺は」

「？」

「だって、オーロラ観測船ではお前が助けたんだろ、あの子達を。サンタクロースが連れてきたナイト様だなんて言ってさ。絵本みたいな話だったかもしれない、現実味なんかなかったかもしれない。だけどあの時、あそこに立っていたのは『貴族』のヘイヴィアだった。『平民』の俺じゃ助けられなかったんだよ、あの子達の魂までは」

「奇麗ごとだぜ……。真実は何も変わらねえ」

「それでもだ。たとえボディファイルの中身がどうだろうが、そんな夢みたいな話にすがって救われている人は、確かにいるんだ。……だったら、その力はこんな所で奪っちゃダメだ。『貴族』は尊いものだろ、『王様』はみんなに尊敬される存在だろ。けどそれは、AGCTの並びなんて話じゃないッ‼　どんな時でも揺るがなくて、困っている人や泣いている人のために立ち上がる、そんな絵本みたいな人がいるんだって話を追いかけているんだよ、俺達『平民』は‼　ふざけんなよ。騎士道精神は、レディファーストは、慈悲と博愛は、ノーブレスオブリージュはどこ行った⁉　自分が失墜するのが怖くて仲間同士で殺し合わせる、そんなヤツらに正義を渡すな！　ヘイヴィア‼　お前はそういう世界の理不尽からみんなを守るために生まれてきた『貴族』サマなんだろうがッ‼」

ヘイヴィア＝ウィンチェルはしばらく俯《うつむ》いていた。

言葉なんかなかった。

やがて、だ。

本当に、ぽつりと。

「……うるせえよ」

出た。

ようやっと、悪友から本当の言葉が。

「本当は分かってんだよ。自分が醜くて醜くてどうしようもなく小さな存在だって事くらい‼

怖くて怖くて仕方がねえんだ、生まれてきた時から信じてきたもんが丸ごとナシにされちまって、何とも思わねえはずねえだろ!!」

クウェンサーは、口を挟まなかった。

実利を追求するエリーゼが動こうとしたけど、これは彼の手で制した。

そうしなくてはならなかった。

「分かってるよ!! それじゃダメなんだって!! 真実を誤魔化しちまったら、その時点で自分がダメになっちまう事くらい。胸を張って歩きてえんだ、前だけ見据えて生きていきてえんだ!! だったら二一のやってる事なんか認められるか！ 俺は別に助けてくれなんて言ってない、連中の手が血で汚れているのは連中が勝手にやってる事だろ。勝手に俺ら『貴族』全体のためです責任はみんなで共有してくださいなんて言われても頷《うなず》けるか!! 地獄には一人で行けよクソ野郎ッ!! ああ、ああ！ そうだよ、そうなんだ!! 今のウィンチェル家に何かが足りないなら、『平民』がそれじゃあ納得しないって言うなら!!」

だから。

だから。

だから、だ。

「俺がここから作っていかなきゃならねえんだ!! 正しい『貴族』、正しいウィンチェル家の名誉ってヤツを！　そいつはどうやったって、真実に蓋をして死ぬ必要のない人間を殺して回るゲス行為じゃあ手に入らねえんだ‼‼‼」

クウェンサー＝バーボタージュは『平民』だ。

生まれた時からそれは決まっていて、絶対に『貴族』や『王族』にはなれない。だから彼らを擁護したって自分が得する展開にはならない。

だけど、少年は小さく笑ってこう言った。

「それで良《い》い」

オーロラ観測船の子供達を思い浮かべて。

たとえ何があったって、彼らにだけは失望されてはならないと結論できた時点で。

この悪友の魂は、高潔であると証明されたのだから。

遺伝情報がどうした。本当に美しい配列を持っているのは誰かなんて話は知った事じゃない。

こっちは別に、ＡＧＣＴの並びで五七五を作りたい訳ではないのだから。

「さあこっちは覚悟決めたぜ‼　『正統王国』がどうぶっ壊れようがウィンチェル家は絶対に守る！　そう決めた‼　そのためには目の前のクソ野郎がどうしても邪魔だ。あいつをぶっ壊して世界を守るにはどうすりゃ良《い》いってんだ‼⁉⁇」

「なんか覚醒したって感じですねえ。それはともかく、感情論とは別に具体的な照準指示をい

ただけると助かりますぅ」

ようやっと、ここまで来た。

だからもう迷わない。

クウェンサーは即答した。

「なら方位二〇八〇、角度四五〇」

「あのうー、そっちは『クリスタルスクライング』とは全然別の方向ですけどぉ⁉」

「黙ってろ」

手負いの獣のような低い唸《うな》りがあった。

重たい砲弾を抱え、砲口に突っ込もうとしているヘイヴィアからだ。

「いいかクウェンサー、テメェの頭の中がどうなってるのかなんか知らねえ。だけどこれだけ約束しろ。こいつを言われた通りにぶち込めば！　俺はあのガキどもに背を向けなくても済むんだよな⁉　俺は何があっても『貴族』にならなくちゃあならねえんだ、ここからでも‼」

「ああ」

どうすれば良いのかは分かっていた。

クウェンサー＝バーボタージュは悪友の全てを請け負って、そして叫んだ。

「だから撃て、今すぐに‼」

ドガッッッ!!!!!!　と。

車体全体が前に叩《たた》かれるような衝撃と共に、一二〇ミリの砲弾が空気を引き裂く。

まるで間近の落雷のような、閃光《せんこう》と大音響だった。

それに見合うだけの一撃ではあっただろう。

通常、迫撃砲は野球の遠投のように大きく弧を描いて遠距離にいる敵の頭上へ爆発物を落とす兵器だ。

しかしモンブランは傾斜が急なので、斜め上に飛ばす事で直接ターゲットへ砲弾を叩《たた》き込《こ》む事ができる。

クウェンサーが狙ったのは『クリスタルスクライング』ではない。

もっと上、山頂側で追い詰められて破壊された『ベイビーマグナム』の方だ。

より厳密には、その足元。

岩場が崩れた事で引っかかりが外れ、急な斜面に張り付いていた五〇メートル大の巨体が滑る。白い雪や氷河を巻き込みながら、そのまま一気に第一一機動整備大隊の第二世代へ、迫る!!

「あっ!!」

ごづっ!?　という鈍い音が炸裂《さくれつ》した。

ヘイヴィアが思わずといった感じで叫ぶ。

「当たったぞ、ちくしょう⁉」

「エリーゼ降りろっ、これだけ派手にやれば敵に気づかれてる‼」

防御力皆無、押し付けられた兵士が涙目になる事間違いなしのオープントップだが、唯一の利点は脱出が容易な点だ。三六〇度どこからでも逃げられる。

雪の上にダイブしたメガネ美人がこんな風に尋ねてきた。

「ディーゼル着火、あるいはピンヒールですかあ？」

「あん？」

「二〇万トン同士の激突ですから見た目は派手ですけど、オブジェクトは球体。二つのボールを押し付けてみれば分かりますけどお、実際の接触面は一点だけです。つまりそこに全ての荷重が加わっていく。釘《くぎ》の先とかピンヒールと一緒で、その貫通力はかなりのものになるはずです。莫大《ばくだい》な圧力で熱が生まれれば、地中のマグマどころではないとんでもない破壊力に置き換えられるはずなんですう！」

それで『クリスタルスクライング』が撃破できれば、越した事はない。

だが、ぎぎぎぎぎぎぎっ‼　と金属同士が擦れ合う太い音が真夜中のモンブランに響き渡った。押さえ込んでいる。オブジェクトを丸ごとぶつけられた『クリスタルスクライング』だが、まだ動く‼

「どうすんだ……？」

呼吸困難のように詰まらせながら、ヘイヴィアが叫ぶ。

「どこに逃げるんだよ、ここからっ⁉　反撃一発もらったらその時点でおしまいだぞ‼」

「いいや」

対して、クウェンサーは汗まみれの顔で笑っていた。

行動不能の『ベイビーマグナム』をヤツにぶつけた時点で、ギャンブルは終わっていた。

「そうはならない」

ばぢっ‼　という大木を縦に割るような破壊音があった。

紫電。

しかし辺りに雷雲がある、なんていう話ではない。音源はあくまでも『クリスタルスクライング』だ。

より正確には、そのガラスの装甲。

「……ヤツは普通のオブジェクトじゃない。ガラスでできた装甲をタマネギみたいに貼り合わせてあれだけの巨体を作っている。けど、それだと中心の動力炉から作った莫大《ばくだい》な電気を外装の主砲レールガンには送れない」

「ええと、ですからプリント基板みたいに金属箔《きんぞくはく》の配線を嚙《か》ませているんじゃないですか？　ガラスとガラスの間に。普通のオブジェクトでも使われている方式ですけど」

「ああ。普通のオブジェクトならそれで構わないんだ」

音は、消えない。

いいやむしろ、天井知らずに大きくなっていく。

「さっきも言ったろ、ヤツはガラスを装甲板に使っている。電極と電極の間に絶縁体のガラスを挟んでいるんだ。これって何の構造を示してしまっているか、分からないかな。はんだごてと格闘しながらAI深層学習用の自走ロボットを作るくらいの趣味があればすぐに浮かぶはずだけど」

「そんなギークな事やってんのはテメェくらいのもんだ。答えを言ってくれよ、早く‼」

「コンデンサ。電気を溜《た》める電子部品だよ、スタンガンとかにも使われてるヤツ」

それはもはや爆発であった。

紫電が作る殺傷力そのものだ。

「配線が配線として、端から端まで繋《つな》がっていればこんな事にはならない。でも、何かの拍子に千切れてしまったら。その時点でヤツのガラス板と金属箔《きんぞくはく》は巨大なコンデンサとして振る舞い始める。動力炉から注《そそ》ぎ込《こ》まれる莫大《ばくだい》な電力をそのまま溜《た》め込《こ》み、どこにも逃がせなくなる」

「それじゃあ……」

「でもってヘイヴィア、これくらい知っているよな。リチウムイオンバッテリーは扱い方次第で爆発する。電気だってエネルギーなんだよ、当たり前の話だけど」

ガカァッッッ!!!!!!　と。

溶接よりも凄《すさ》まじい閃光《せんこう》で、真夜中のモンブランの闇がまとめて拭い去られた。

激突していた『ベイビーマグナム』と『クリスタルスクライング』だったが、第二一機動整備大隊側の巨体が不自然に跳ねたのだ。そこで、バランスを崩す。着地に失敗して横転すると、後はもう為《な》すがままだった。

転がる。

モンブランの急斜面を、五〇メートル級の巨体が転がっていく。

「へっ」

留まるところを知らないオブジェクトの中で、操縦士エリートがどうなっているかなど想像する必要もない。

彼はプラスチック爆弾の『ハンドアックス』を手に取り、

「……ヘイヴィア、エリーゼ。持ってる武器を構えろ」

『ベイビーマグナム』も『クリスタルスクライング』も行動不能に陥った。だけど、お互いの恨みは奇麗さっぱりなくなる訳ではないだろう。『正統王国』同士だろうが知った事ではない。

この雪山では『白旗』の電波も届かない、二一はそうやって三七を追い込もうとしていたはずだ。クウェンサー達としても、勝手に殺し合いを始めた二一が手持ちの武器を撃ち尽くしたので帰りますと言ったところで、逃がすつもりなど毛頭ない。

ここから先は、傘の外にある戦争だ。

親鳥に餌をねだるだけの、雛鳥《ひなどり》の時代はもう終わった。

ぶわり！　と。

モンブランの山頂から、何かが顔を覗《のぞ》かせる。それは太陽だ。いつの間にか日の出の時刻となってしまったらしい。

全てを黄金色に染め上げる一瞬。

新しい一年。

その始まり。

しかしこの区切りの時にどこまでも泥臭い笑顔を浮かべたまま、クウェンサー＝バーボタージュ戦地派遣留学生は宣告した。

「反撃開始だ。ヤツらを皆殺しにしよう」

白き山が、赤く染まる時がやってきた。

それも、同じ勢力の人間の血で。

12

「ふう」

フローレイティア＝カピストラーノはそっと息を吐いた。

あれだけてんやわんやだった会議室も、今は誰もいない。裏方は裏方なりに目一杯戦ってきたつもりだが、具体的な結果が出る前に表の戦闘が終わってしまったのなら仕方がない。

「カピストラーノ少佐」

秘書のような女性士官が控えめに話しかけてきた。

「ああ」

銀髪爆乳は椅子ではなく長テーブルに形の良《い》いお尻を下ろし、細長い煙管《キセル》を口《くち》に咥《くわ》えたまま生返事をしていた。

慣れているのか、女性士官は気にする素振りもなく、

「二一では壊滅的被害が確認されております。彼らは今さら上に掛け合って停戦命令を出すよう要求しているようですが、後の祭りですね」

「まあ、ヤツらが自分で結論を長引かせるよう調整していたんだろうからな」

「こちらとしましては、擱座《かくざ》した『ベイビーマグナム』の回収作業がネックでしょうか。ひょ

っとしたら整備機材をモンブラン中腹まで運んで、現地で修理した方が早いかもしれません」

「憂鬱だ、色々と……」

「もうちょっとですよ。少佐」

にこやかに微笑《ほほえ》む女性士官の顔をフローレイティアは眺めた。

彼女は煙管《キセル》を口から離して、

「時に中尉、一つ尋ねたい」

はい？　とお行儀良く首を傾《かし》げる女性士官。

フローレイティア＝カピストラーノは笑っていなかった。

「で、いつになったら本性出して襲いかかってくるつもりなんだ？　二一の犬」

女性士官がナイフを――いいや、グリップ部分にサプレッサー込みの銃身を組み込んだ仕込み銃を――抜くのと、フローレイティアが火《ひ》の点《つ》いたままの煙管《キセル》を彼女の手の甲へ投げつけたのはほぼ同時だった。

「あづっ⁉」

「目の前で抜いてどうするんだ、馬鹿者。狙いは心臓か、それでどうやって私の自殺に結び付けると？」

間髪入れずに足を払い、ほとんど反射的に火傷《やけど》した箇所へ逆の手を添えてしまったため受け身も取れなかった刺客は肩から床に落ちた。苦悶《くもん》の表情を浮かべてそれでも起き上がろうとする女性士官へ、フローレイティアは逆の肩をブーツの底で踏みつけ、床へ押し戻す。

車のシフトレバーをいじるような、鈍い感触があった。

これで両肩共に脱臼扱いだ。

「ぎっ、き……⁉」

「さて、こうなると自殺もできないな。これ以上抵抗するなら両足も外す。言っておくが、股関節の脱臼は肩なんかとは比べ物にならないくらい痛い。お前の意思は尊重するが、非推奨とは伝えておこうかな」

二一の対応が早過ぎたのだ。

ブルランク＝ハッピーユースの化けの皮を剝がすため、SNS企業へ警告メールを送ってから、わずか数分で三七のサーバー機能は遮断された。ただ漫然とネットを巡回しているだけではこうも鮮やかにはいかない。大企業なら猫撫で声の標的型メールくらい一日何百と受けているはずなので、AIサーチだけではここまで正確に対応できないはず。

むしろ三七の内側から。

フローレイティア＝カピストラーノの一番近くにいる者から警告がない限り、こうはいかない。電子シミュレート部門の人間に頼んでいたのは、データリンクが途絶してサーバーが使えない状況なのに、それでも後ろに回した手を使ってこっそり電波を飛ばしているのは誰なのか、という調査だった。そいつは三七以外のサーバーとアクセスし、情報を流している。

（それにしても、まさかこいつか）

とはいえ。

北極海《ほっきょくかい》の件を受けて二一が潜入を命じたのでは期間が短すぎる。何かがあったから二一の犬が三七に入り込んだのではない、元々彼らはどこにでも紛れているのだろう。

お姫様も、クウェンサーやヘイヴィアも、各々《おのおの》が身を削った。

フローレイティアだけが安穏と結果を待つなどありえない。

そう思っての罠《わな》で、誰がかかるかは彼女にも分からなかったのだが、

（憂鬱だ……）

「二一の指揮官、ブルランク＝ハッピーユースに関する弱みは見つけられなかった。……お前以外は」

「っ⁉」

全てを覆い隠し。

机の上で戦う戦友だった女性へと、銀髪爆乳の悪魔は冷酷に告げた。

別れの言葉を。

「……無事に釣り上げられて良かったよ。正直に言って、ここで襲ってくれなければ手詰まり

だったからな。身柄は諜報部門《ちょうほうぶもん》に預けると思ったかな？　だが甘い。お前の身内がどこに潜り込んでいるかは分からないんだ、だから確実な手を使わせてもらうよ」

「あなたが、直接尋問すると……？」

「いいや、もっと相応《ふさわ》しい人がいる」

にい、と。

フローレイティアは感傷を振り切り、悪辣な笑顔と共に言い放つ。

「エリーゼ＝モンタナ軍曹。第七特別教導隊はお前の古巣だろ？　鬼教官の手でビシバシしごいてもらうと良《い》い、全てを吐くまでな」

行間三

ぱっさぱさになっていた。

直立不動のレンディ＝ファロリートが動かない。

「……、」

「おーい」

顔の前で豪快縦ロールの操縦士エリートが小さな手を振っているが、銀髪褐色の指揮官は動かない。どうあっても動かない。

「れ、レアアースを束ねる地下銀行が、はっ、はは、破綻？　潰れた……？？？」

「あら。……ちょっとおまちなさい。イモータノイドの件、たしか元手はぜいきんだったような」

彼女は情勢不安な国や地域の人々からお金を預かって、イモータノイドなどの貴金属に変換する仕事を請け負っていた。その手数料で儲《もう》けていた訳だ。であるからして、預かったお金はきちんと置き換えないと約束を破った事になる。

できないと言ったら、なくなった分は自分の財布を開けて持ち主に返さないとならない。それも違約金を上乗せして。

ホームページの紹介欄、その端の端にも、超小さな文字がこう並んでいる。

＊一〇〇％の利益を保証するサービスではありません。状況によっては元本割れを起こすリスクもあらかじめご了承願います☆

「かっ、かりぶかい」

予算がないならどうにもならない。

そうなると、わざわざクリスマスを軍のイメージ戦略のライブで埋めてまで確保していた彼女達のニューイヤー休暇の行方は、

「かりぶ海ィィィいいいーい!!!!!!」

終　章

今回も散々であった。

「もう最悪じゃん！　あっちもこっちも血まみれの死体とガソリン臭い鉄くずだらけ。アルプス山脈ってミネラルウォーターの聖地だろ、こんな水飲みたいヤツなんかいるのかよ⁉」

「ディーゼルなら軽油だよ。それにそのまま飲んだら腹下すような水道水と比べたら、まだまだマシなんじゃない？」

「あとは爆乳だな？」

「とりあえずあいつもうM字でひっくり返すの刑は確定だな。だがもっとアイデアが欲しい、他に何かリクエストのある人ー？」

今回の件、何やら裏で仕込んでいたのはフローレイティア＝カピストラーノ少佐らしかったので、頭がFの四文字だけを胸にここまで戦ってきた。ちなみに最後はKで、二番目はUで、三番目はCである。ぐらぐら煮えてる第三七機動整備大隊のツワモノどもは無敵であった。今なら全員揃って上半身裸でガトリング砲を振り回せる。

性欲はスポーツで発散できる、という話はどうやら彼ら馬鹿野郎のお徳用箱買いセットには適応しなかったらしい。むしろなんか煮詰まって結晶化している。

そして整備基地ベースゾーンでは必殺裸エプロンに着替えた銀髪爆乳が目の前いっぱいにご馳走《ちそう》を広げて待っていた。

「やあお帰り諸君!!　私の陣営についた者は好きなだけ食べて良いぞ!!」

「「「汚《きた》ねえよこの腹黒爆乳！　俺達の自由意志とかどこにもないじゃんッッッ!!!!!!」」」

尊い犠牲よりも目の前のお尻とおっぱいなのだ。

この肌色を享受する派とあくまで鉄槌《てつつい》を下す派が勝手にかち合ってしまったので、結果無防備極まりないフローレイティアが無傷のまま勝利を収める展開に。

世界のルールを把握しているフローレイティアの掌《てのひら》の上から逃げられないジャガイモ達としては、もうこうなったら目の前のご飯を食べて生きているという実感を取り戻すしかない。激戦を経てへとへとになった体には炭水化物が問答無用で染《し》み込《こ》んできてしまうのだ。

エリーゼ＝モンタナは軽く敬礼しながら、

「カピストラーノ少佐。ボディファイルに関する膿《うみ》は出し切りました。後続の部隊から追われ続ける心配はひとまずなさそうかと」

「第二一機動整備大隊単独の暴走とは思えないが。もっと『上』がいるのでは？」

「ええと、ですから」

なんか鬼教官がもじもじしながら、

「第二一機動整備大隊とは、ただの隠《かく》れ蓑《みの》だったようですねえ。つまり、世界各地の『王族』や『貴族』の遺伝情報を保存し、そのリスクに対応した薬品を研究開発する秘匿部門。ボディファイルを作った張本人が、あの二一だったんですう」

「続けろ」

「はい。膨大な研究データはハード・ソフトの両面から最強硬度のサーバーに記録保存しなくてはなりません。遺伝リスクはそのまま『王族』や『貴族』のアキレス腱《けん》になりますからあ。生物学を駆使してそれ専用の殺人ウィルスなんて組み上げられたら最悪の展開に繋《つな》がりますしね」

「それで、か」

「異形の第二世代『クリスタルスクライング』。あれ自体が医療サーバーとして機能していたようですね。つまり、我々の手で吹き飛ばしてしまった時点で研究を続ける事も不可能となった。私達を暗殺したところで、『上』の方々にはメリットがありません。研究は頓挫しましたが、最低限、オブジェクトの撃破と同時にボディファイルがそのまま表に出る心配もなくなった訳ですしねえ」

「……それで納得するのかな、自分の命には執着するお歴々は」

「『クリスタルスクライング』からの最後の通信は覚えていらっしゃいますか、少佐。暗号化されていなかったので誰でも拾えたはずですが」

ふう、とフローレイティアは紫煙を吐いた。ちなみに細長い煙管《キセル》、裸エプロンとの食い合わせはとことん悪い。

そして言う。

「『もうつかれた』……か」

「技術的にはどうあれ、モラルの面では限界だったんでしょうね。そりゃそうです、『王族』や『貴族』は絶対ブレないが常識だったのに、二一の研究者達はそんな彼らの脅《おび》えや不安をじかに見続けてきた訳ですからあ。『正統王国』がそう教えて支配してきたからこそ、『正統王国』の研究者達には耐えられなかった。構造的な欠陥です。人員の配置を変えて再スタートしても、やはりどこかで頓挫するでしょう」

実際に、病気や災害で『王族』や『貴族』がバタバタ倒れる日が来るとは限らない。

そうして試練の日に誰が助かるのかは、その試練の内容によって変わってしまう。対応した鍵を持つ人間だけが生き残るのだから、少なくとも問題発生時点まで『平民』から『王族』まで、誰にも優劣は存在しない。

だけど、それでは許せない人達がいた。

その根底にあるのは、自分が劣る側に回る『かもしれない』という恐怖や不安だった。

だから。

目の当《ま》たりにしてきた人々は、自分の信じてきたものを否定されて、壊れていった。

「となるとこれでおしまい。二一を支援していた……というか医療研究を強要していた王侯貴族の皆様はお咎《とが》めなし、か」

「ご自身の発病リスクに死ぬまで脅《おび》えながら、となりますけどね☆」

罰則は、ただの妄想。

言葉だけ聞けば軽過ぎるように思えるかもしれない。

だが逆に言えば、ここまでやっても上の皆様は振り切れなかったのだ、ありもしない病気の恐怖を。誰が責め立てている訳でもないのに勝手に髪から色が抜けるほど恐怖する、地獄の日々が待っているだろう。

エリーゼはメガネの奥でそっと目を細めて、

「……怒りや快楽による戦いは長続きしません。人を動かす一番の原動力は、不安や恐怖ですよう。大抵の場合は、制御できずパニックに陥ってしまいますけどね」

「なら、お前ならどうする。エリーゼ軍曹」

「私はまあ、見ての通り第七特別教導隊の教官ですので。人を教育し、莫大《ばくだい》な力を手中に収めながら己を律するようストッパーを設ける事はできます。これについては、どのような人間であってもできると自負しておりますぅ」

特別教導隊の鬼教官は小さく笑った。

が、

「ですがそれは、敵と戦うためという前提があっての話ですねぇ。受験戦争にせよ軍隊教育にせよ、お上品なバレエもピアノであっても、競争なしに教育しろと言われても困ります。それでは目標を作れない」

「一人で己を高める方法はないのかね。ゴルフなんか自分との戦いという話を聞くが」

「ほんとにそうなら大会なんか開かないでしょう。人は激しく争うから興奮と感動が生まれ、それを求めて多くの参加者が集うんですぅ。かつては自分一人で満足できる学習もあったのかもしれませんが、そうしたものは自然消滅してしまったんでしょうね」

こんなものは一形態。

第二一機動整備大隊は消滅し、王の不安を払拭《ふっしょく》するための研究は頓挫しても、また別の争いが芽吹いていく。

それが争いを望む行為にせよ、嫌う行為にせよ、結果としてこちらへ銃口を向けるのであれば撃滅以外の道はない。

「不毛だね」

「戦争に楽しみを見つけてみては？　自分ルールを作ってスコアを稼ぐ事をオススメしますう」

結局、この世界はそういう風に回っていた。

今は戦争を楽しめる者だけが生き残れるイカれた時代なのだ。

あとがき

そんな訳でお久しぶり、鎌池《かまち》和馬《かずま》です。
今回は年末年始の年またぎです!! 正統派のホワイトクリスマスから始まった物語がどこへどう転がっていくかは本編を追いかけてもらった通り。でもサンタクロースはおじいさんよりグラマラスミニスカお姉さんの方が夢があると思います! サンタさんには冬でもへそ出しであっていただきたい!!

オブジェクトについては毎度の通りのゲテモノで。防弾ガラスはどういうものなのか前々から興味があったのでざっと調べてみたのですが、意外と仕組みは単純……? ただこれ、例えば防弾車が海に落ちると窓を割れなくなって閉じ込められてしまう、といったデメリットもあるようですね。同じように、家中何でも防弾の窓やドアで固めれば安全という訳でもないようです。外から壊される心配がなくなる一方で、代わりに中から壊して脱出できる安心感も失ってしまう、と。何だか一つの分野に尖《とが》り切《き》ったオブジェクトにも通じる話だなあと思います。

以前、紙のオブジェクトというのを登場させましたが、ガラスの方がより脆《もろ》く儚《はかな》い印象があるのは私だけでしょうか。……シンデレラ辺りのイメージから膨らませていけば、ヒロイン機になったかもしれませんね。情状酌量の余地もない敵ではありましたが、第二一機動整備大隊なりの正義感に形を与えたものと思っていただけますと。中のエリートは自分より大きなくまのぬいぐるみを抱えながら戦うスーパー美少女だった可能性もある訳ですしね。

誘雷も調べてみると面白いですな。気象条件、それもド派手な落雷を人の手で操る……というとんでもないお題目な割に、ＡＩやレアアースと比べると即物的で莫大《ばくだい》な利用価値を見出《みいだ》せない辺りが素敵。安全確保というだけなら、既存の避雷針で構わない訳ですし。まさにフィクション向けの研究です。

それから今回はクウェンサーとヘイヴィアはただ徒歩で戦場を歩き回るだけでなく、あちこちに乗り物や砲台を設けて利用する描写を増やしてみました。こちら、架橋車両を出せなかったのが心残りではありますが。ともあれ、自由に戦場を動いて何でも利用する爽快感に繋《つな》げられないかなあという試作だったのですが、いかがでしたでしょうか。単純なフォルムなら八輪に砲塔をくっつけた機動戦闘車が大好物なのですが、でもやっぱり、ゲテモノ度で言えば掘削アームやドリルのついた後方支援の作業車かなあと。

新キャラのエリーゼについてはビフォアとアフターの落差に気を配りました。ドＭとドＳは表裏一体。あれだけ理不尽な扱いを受けてもしれっと無傷で生き残っているからには、相応の猛者《もさ》であるべきなのです。おや、そう考えるとまさかフローレイティア少佐も？……実はラストについては二案あって、もう片方は笑顔のエリーゼ先生の手で罰としてドラム缶の氷風呂《こおりぶろ》に浸《つ》け込《こ》まれる展開でした。もちろん裸エプロンでな!! 何となくですが、この作品世界だと上に立っている人には因果応報が通用しない方が理不尽度は上がって面白い、と考えています。とはいえ今回あれだけのサービスを繰り出したという事は、さしものフローレイティアもこのままじゃヤバいと焦《あせ》ったのでしょう。クウェンサー達の見てない所で冷や汗まみれになってクローゼットを漁《あさ》っているフローレイティアを思い浮かべていただければ、それはそれで可愛《かわい》らしいのではないでしょうか。

イラストの凪良《なぎりょう》さん、担当の三木《みき》さん、阿南《あなん》さん、中島《なかじま》さん、見寺《みてら》さんには感謝を。あちこち仕掛けがあっていつもより大変だったかもしれません。今回も色々ご迷惑をおかけしてしまいましたが、本当にありがとうございました。

それから読者の皆様にも感謝を。白一色でロケーションをまとめてみた今回のお話、いかがでしたでしょうか。まともな善悪の通用しないイカれた世界に、そんなぶっ飛んだルールすら食い破っていく馬鹿二人。存分に楽しんでいただけたらと祈っております。

それでは今回はこの辺りで。

き、気を抜くとミョンリが歴戦の兵《つわもの》になってしまう……

鎌池《かまち》和馬《かずま》

◉鎌池和馬著作リスト

「とある魔術の禁書目録《インデックス》①〜㉒」（電撃文庫）

「とある魔術の禁書目録《インデックス》SS①②」（同）
「新約　とある魔術の禁書目録《インデックス》①〜㉒　㉒リバース」（同）
「ヘヴィーオブジェクト」　シリーズ計17冊（同）
「インテリビレッジの座敷童①〜⑨」（同）
「簡単なアンケートです」（同）
「簡単なモニターです」（同）
「ヴァルトラウテさんの婚活事情」（同）
「未踏召喚：／／ブラッドサイン①〜⑩」（同）
「とある魔術のヘヴィーな座敷童が簡単な殺人妃の婚活事情」（同）
「最強をこじらせたレベルカンスト剣聖女ベアトリーチェの弱点①〜⑦
その名は『ぶーぶー』」（同）
「とある魔術の禁書目録×電脳戦機《バーチャロン》　とある魔術の電脳戦機《バーチャロン》」（同）
「アポカリプス・ウィッチ　飽食時代の【最強】たちへ」（同）
「マギステルス・バッドトリップ」　シリーズ計2冊（単行本　電撃の新文芸）

本書に対するご意見、ご感想をお寄せください。

ファンレターあて先
〒 102-8584　東京都千代田区富士見 1-8-19
電撃文庫編集部
「鎌池和馬先生」係
「凪良先生」係

本書は書き下ろしです。

電撃文庫

ヘヴィーオブジェクト
純白《じゅんぱく》カウントダウン

鎌池和馬《かまちかずま》

◆◇◇

2019年10月10日　初版発行
2024年10月５日　３版発行

発行者　山下直久
発行　株式会社KADOKAWA
〒102-8177　東京都千代田区富士見2-13-3
0570-002-301（ナビダイヤル）
装丁者　荻窪裕司（META＋MANIERA）
印刷　株式会社 KADOKAWA
製本　株式会社 KADOKAWA

●お問い合わせ
https://www.kadokawa.co.jp/（「お問い合わせ」へお進みください）
※内容によっては、お答えできない場合があります。
※サポートは日本国内のみとさせていただきます。
※ Japanese text only

※定価はカバーに表示してあります。

ISBN978-4-04-912668-6　C0193　Printed in Japan

電撃文庫　https://dengekibunko.jp/

電撃文庫創刊に際して

文庫は、我が国にとどまらず、世界の書籍の流れのなかで〝小さな巨人〟としての地位を築いてきた。古今東西の名著を、廉価で手に入りやすい形で提供してきたからこそ、人は文庫を自分の師として、また青春の想い出として、語りついできたのである。

その源を、文化的にはドイツのレクラム文庫に求めるにせよ、規模の上でイギリスのペンギンブックスに求めるにせよ、いま文庫は知識人の層の多様化に従って、ますますその意義を大きくしていると言ってよい。

文庫出版の意味するものは、激動の現代のみならず将来にわたって、大きくなることはあっても、小さくなることはないだろう。

「電撃文庫」は、そのように多様化した対象に応え、歴史に耐えうる作品を収録するのはもちろん、新しい世紀を迎えるにあたって、既成の枠をこえる新鮮で強烈なアイ・オープナーたりたい。

その特異さ故に、この存在は、かつて文庫がはじめて出版世界に登場したときと、同じ戸惑いを読書人に与えるかもしれない。

しかし、〈Changing Times,Changing Publishing〉時代は変わって、出版も変わる。時を重ねるなかで、精神の糧として、心の一隅を占めるものとして、次なる文化の担い手の若者たちに確かな評価を得られると信じて、ここに「電撃文庫」を出版する。

1993年6月10日
角川歴彦